En BUSCA DE WONDLA

GRANTRAVESÍA
presenta

En Busca De Wondla

de
TONY DITERLIZZI

con ilustraciones
del autor

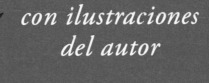

Traducción de
Adela Padín Romero

En busca de WondLa

Título original: *The Search for Wondla*

© 2010 Tony DiTerlizzi

© 2012 Adela Padín Romero, por la traducción

Diseño: Tony DiTerlizzi y Lizzy Bromley
Diseño del logo: Tom Kennedy

Las ilustraciones de este libro fueron realizadas con rotuladores Staedtler Pigment Liner
sobre papel vitela e iluminadas digitalmente.

Esta edición se ha publicado según acuerdo con Simon & Schuster Books for Young
Readers, un sello de Simon & Schuster Children's Publishing Division.

D.R. © Editorial Océano, S.L.
Milanesat 21-23, Edificio Océano
08017 Barcelona, España
www.oceano.com

D.R. © Editorial Océano de México, S.A. de C.V.
Blvd. Manuel Ávila Camacho 76, piso 10
11000 México, D.F., México
www.oceano.mx
www.oceanotravesia.mx

Primera edición: 2014

ISBN: 978-607-735-316-4
Depósito legal: B-27718-2014

IMPRESO EN ESPAÑA / *PRINTED IN SPAIN*

9003975010215

Si quieres que tus hijos
sean inteligentes,
LÉELES CUENTOS DE HADAS.
Si quieres que sean
más inteligentes,
LÉELES MÁS CUENTOS DE HADAS.

ALBERT EINSTEIN

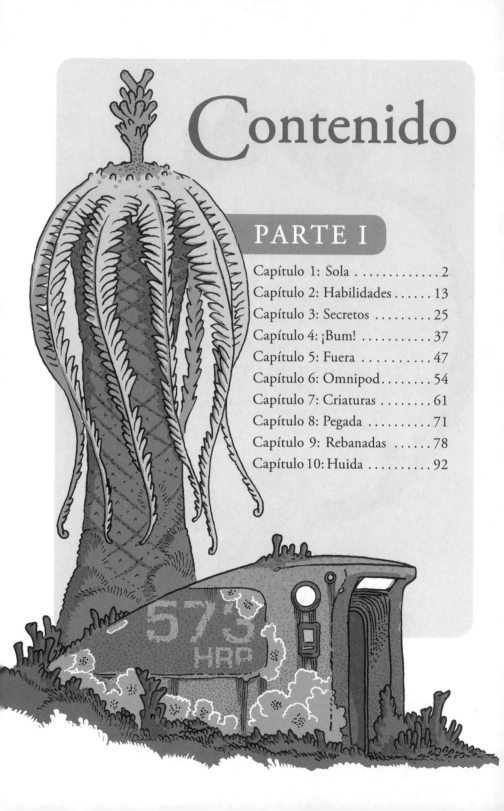

Contenido

PARTE I

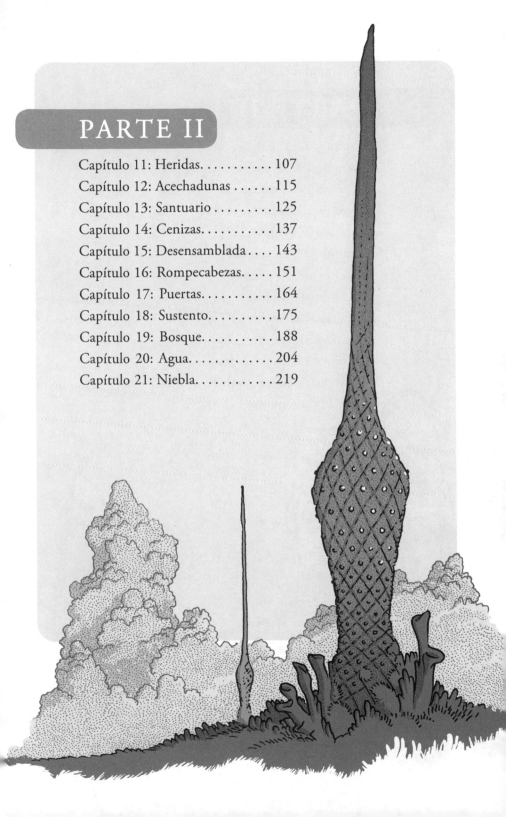

PARTE II

PARTE III

PARTE IV

En BUSCA DE WONDLA

PARTE I

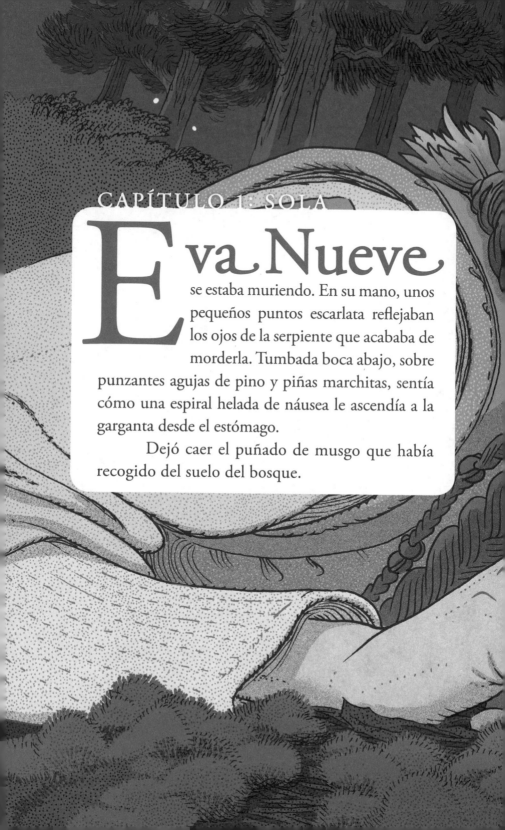

CAPÍTULO 1: SOLA

Eva Nueve

se estaba muriendo. En su mano, unos pequeños puntos escarlata reflejaban los ojos de la serpiente que acababa de morderla. Tumbada boca abajo, sobre punzantes agujas de pino y piñas marchitas, sentía cómo una espiral helada de náusea le ascendía a la garganta desde el estómago.

Dejó caer el puñado de musgo que había recogido del suelo del bosque.

—Yesca —le había aconsejado el Omnipod minutos antes con su alegre voz—. Busca algo inflamable como ramitas secas o musgo para encender fuego.

Eva había encontrado un enorme montón de rocas que sería un refugio perfecto para pasar la noche. Además la zona estaba recubierta de un gran manto de musgo ceniciento. Cuando se agachó para recoger un puñado, Eva se dio cuenta de que había una serpiente moteada de color rojizo justo a su lado, tomando el escaso sol que quedaba. Sin embargo, tardó demasiado en evitar su mordedura.

Tras soltar el musgo, con las manos temblorosas, hurgó en su sucia bolsa para recuperar el Omnipod. El dispositivo portátil de metal era plano, como una lupa, y tenía un pequeño orificio circular en el centro que parecía un ojo.

El corazón de Eva latía con fuerza, como si intentara escapar de su pecho. Tragó saliva para interrumpir el ritmo frenético de su respiración. El parche de su túnica, situado sobre su hombro, parpadeó como advertencia.

—Aquí Eva Nueve —murmuró al Omnipod—. Activa 1-M… Eh… 1-M…

Eva cerró los ojos y se concentró. Se colocó el dispositivo sobre la frente, como si el Omnipod le pudiera susurrar al cerebro la orden que buscaba.

—Saludos, Eva Nueve. ¿En qué puedo ayudarte? —dijo alegremente el dispositivo.

—Yo… Eh… —las manos le temblaban—. Necesito que actives la Identificación Médica…

—¿Te refieres a la Inspección Médica de Análisis, IMA por sus siglas? —la corrigió el Omnipod.

—Sí —respondió, pasándose la lengua sobre los labios resecos e intentando no vomitar.

—¿Se trata de una emergencia?

—¡Sí! ¡Necesito ayuda ahora mismo! —le gritó Eva al Omnipod.

—¿Cuál es la naturaleza de tu emergencia?

—Mo… Mordedura de serpiente —dijo Eva tragando saliva. La náusea acechaba justo bajo su lengua, lista para salir.

—Un momento, por favor. Iniciando Identicaptura —Eva observaba con atención las tres lucecitas que parpadeaban en el Omnipod alrededor de su ojo central—. Procede a la Identicaptura de la serpiente en cuestión. Necesitamos determinar si pertenece a una especie venenosa.

A través del ojo de cristal, Eva escaneó sólo el área más cercana; no podía concentrarse en el terreno que la rodeaba, y menos aún encontrar una serpiente oculta en el suelo del bosque. Los ojos se le pusieron en blanco. Su respiración se ralentizó. El Omnipod le resbaló de los dedos.

Eva se cayó hacia atrás, como un gigante que se derrumba sobre un bosque de musgo en miniatura. Miró hacia arriba, hacia la luz que se desvanecía en el cielo azul cobalto. Junto a ella, su Omnipod no dejaba de repetir: "Procede a la Identicaptura, por favor".

Todo lo que Eva podía susurrar era: "Muerta. Estoy completamente muerta".

Una voz procedente del cielo resonó como un eco en el paisaje. Era una voz dulce y agradable, parecida a la de una mujer hermosa que había visto en una película antigua.

—Eva. Eva, tesoro, por favor levántate —decía la voz. Igual que en una película antigua, Eva también oía unas ligeras interferencias ocultas en la dulce entonación.

Los pinos parecían murmurar el nombre de la muchacha, movidos por la brisa vespertina. En algún lugar a lo lejos, un chotacabras le daba la bienvenida a la noche. Los pálidos ojos verdes de Eva se abrieron como dos pequeñas rendijas.

—Eva Nueve —insistió la voz—, levántate.

La muchacha se tumbó sobre un costado. Tendida en el bosque, examinó la bolita de musgo que tenía en la mano. Se fijó en que la delicada red de tallos le daba el aspecto de un árbol en miniatura, aunque pálido e inerte. "¿Cómo es posible que una planta tan insignificante sobreviva en un mundo tan grande?", se preguntó. "¿Cuál es su finalidad? ¿Cuál es mi finalidad?"

—Eva, por favor.

—Estoy muerta —le anunció Eva al cielo—. ¿No te das cuenta? He fallecido. Expirado. Espichado. ¡Me he mueeeeerto!

Centró su atención de nuevo en el arbolito de musgo e hizo un mohín.

—Como si a ti te importara... —masculló.

El puñado de musgo se desvaneció convirtiéndose en una nube de motas de luz. Eva se hizo un ovillo y cerró los ojos mientras el mundo que la rodeaba también se esfumaba en la nada. En el vacío.

La voz ahora estaba justo a su lado.

—Eva, ¿qué ha pasado?

—Déjame en paz —respondió el ovillo.

—No estabas prestando atención —dijo la voz con un suspiro—. Tenías un noventa y ocho por ciento de probabilidades de descubrir la serpiente si hubieras hecho un simple barrido EscanVida. Estaba ahí, a la vista.

Todavía hecha un ovillo, Eva no dijo nada.

—Lógicamente, tendré que reprobarte en esta prueba de habilidades para la supervivencia. Mañana lo intentaremos de nuevo, ¿de acuerdo? —dijo la voz.

Una mano cálida acarició el pelo rubio oscuro medio trenzado de Eva. Y finalmente, Eva se levantó.

Dos esferas oscuras, que emitían desde lo más profundo un resplandor ambarino, reflejaron la cara de Eva distorsionándola, como si fuera un pez en una pecera. Unos enormes párpados automatizados se abrieron y se cerraron con un clic, como si estuvieran vivos. Otros ojos, pequeños y fijos, estudiaron a la chica, grabando innumerables datos y enviándolos a un cerebro computarizado. Un cerebro ubicado en dos recipientes metálicos situados a su vez detrás de la cabeza, en la parte frontal mostraba una cara de silicona mecanizada.

—¿Qué es lo que te pasa, Eva? —simularon articular los labios automatizados—. No debería haberte costado nada superar esta prueba. ¿Va todo bien?

Uno de los brazos del robot se extendió desde una cinta transportadora con varios brazos más plegados en torno al torso cilíndrico. Cuatro dedos larguiruchos, también con un acabado de silicona, acariciaron los hombros de Eva para tranquilizarla.

—¿Consigues concentrarte? —le preguntó el robot—. Me he fijado en que no descansaste diez horas la noche pasada, lo que indica que quizás no tuviste suficientes fases REM. Esto podría haber afectado tu rendimiento.

—Ahora no, Madr —Eva ignoró al robot—. Necesito estar sola.

Cruzó la amplia sala blanca, de forma casi cuadrangular, y se dirigió hacia la entrada. Las baldosas de color beige, de textura semejante al caucho, absorbían el sonido de sus pasos lentos y pesados. Aunque la iluminación de la sala era tenue, los holoproyectores instalados en el techo emitían suficiente luz como para deducir que aquel espacio estaba completamente vacío… excepto por la joven humana y el robot azul pálido.

Eva caminó enfurruñada arrastrando los pies hasta la estación central de sus dependencias. Cuando las enormes puertas que daban a la holosala se cerraron deslizándose, se proyectó con todo detalle una escena bucólica sobre ellas. Nubes de algodón vagaban sin rumbo en un brillante cielo azul celeste sobre un fondo lejano de montañas de color lavanda.

De este modo, la sala parecía un enorme ventanal, con unas magníficas vistas. Pero un proyector no funcionaba correctamente: parpadeaba y mostraba una escena nocturna que estropeaba la ilusión.

—Bienvenida, Eva Nueve —dijo el intercomunicador con un tono relajado. Sus palabras resonaron en la sala octogonal—. ¿En qué puedo ayudarte?

El agua se deslizaba por un arroyo lejano y los pájaros cantaban, colmando el vestíbulo con sonidos ambiente acordes con el paisaje.

—Hola. Por favor, abre las puertas del dormitorio, Santuario —dijo Eva, caminando con paso firme hacia la ventana del fondo. En ella se proyectaba una vista espectacular de una cascada vaporosa que caía desde una enorme montaña. La imagen proyectada crepitó cuando la muchacha la atravesó para acceder a su dormitorio en penumbra.

—Cierra las puertas, por favor —Eva lanzó su chaleco sobre su ergonoasiento. Se sentó en el borde de su cama de espuma y se quitó las botas deportivas de una patada. Después, se dejó caer en el colchón ovalado y se quedó mirando la multitud de tuberías y salidas de ventilación que se entrelazaban en el techo blanco. Había manchas de agua en los paneles y en las esquinas de la pequeña habitación, como grandes flores de color ocre que brotaban de las tuberías. Una de las luces parpadeaba con un ritmo molesto e irregular.

Con las manos detrás de la cabeza, Eva se frotó el lunar redondo que le sobresalía en la nuca. La calidez de la cama eléctrica penetraba a través de su túnica y le transmitía una agradable sensación. Dejó caer los párpados, y empezaba a quedarse dormida cuando las puertas corredizas del dormitorio se abrieron.

—Eva, dejaste la bolsa con el equipo y el Omnipod en la holosala —dijo Madr mientras entraba rodando en la habitación, en equilibro sobre su rueda desgastada—. Sinceramente, tesoro, ¿cómo esperas superar los entrenamientos si no cuidas tus cosas?

—¡Madr! —Eva siguió observando fijamente el techo manchado, decidida a no mirar a Madr a los ojos—. Déjalo ahí. Ya lo guardaré después.

El robot recogió de la silla el chaleco mugriento de Eva. La prenda había quedado perfectamente camuflada entre una acumulación de peluches, ropa sucia y electropapeles desperdigados por la habitación.

—¿Vas a guardarlo como has hecho con el resto de tus pertenencias? A veces me pregunto…

—Por favor, Madr, quiero estar sola un rato —gritó Eva mirando al techo.

Madr colgó el chaleco en la fila vacía de ganchos que cubría la pared.

—La cena es a las dieciocho. Por favor, sé puntual, Eva —dijo Madr. En cuanto salió rodando de la habitación, las puertas se cerraron tras ella. Eva agarró la almohada que tenía debajo de la cabeza, la apretó contra la cara y gritó.

CAPÍTULO 2: HABILIDADES

—Estoy haciendo una ensalada de espinacas y fresas —dijo con voz cantarina Madr cuando Eva entró en la cocina y se dejó caer en el asiento.

Los colores crema y cáscara de huevo de las paredes de la cocina y la acumulación de alacenas no ayudaban a que ese espacio compacto pareciera acogedor. Un horno lleno de arañazos y raspaduras dominaba la pared del fondo, con un enorme conducto de ventilación que atravesaba el techo. A su lado, había un fregadero sobre el que colgaban diferentes grifos y tuberías, como si fueran tentáculos revestidos de metal. Eva se puso a juguetear con un trozo reseco de comida que había sobre la cubierta de acero.

—Me alegro de que la semana pasada consiguiéramos arreglar el sistema de riego del invernadero. Nuestra cosecha ya ha alcanzado el setenta y seis por ciento —comentó Madr mientras ponía frente a Eva un bol lleno de fresas—. Mira, puedes ir cortándolas.

Eva cogió una fresa del tamaño de su puño y sacó un cuchillo de donde estaban los cubiertos.

—Ése es para filetear —dijo Madr, quitándole con cautela el utensilio a la muchacha. Otra mano con venas de cables le entregó a Eva un pequeño cuchillo de chef—. Con éste lo harás mejor.

Eva colocó la descomunal fresa sobre un lado y se dispuso a cortarla.

—¿No te olvidaste de algo? ¿Te lavaste las manos? —le preguntó Madr, sin dejar de mirar el fregadero, donde lavaba las hojas de espinaca. Eva puso los ojos en blanco y fue hacia ella.

En el fregadero, Madr estaba preparando la comida con su habitual eficiencia. Una mano le pasaba una enorme hoja de espinaca, ondulada y limpia, a otra mano que la depositaba sobre una tabla de cortar. Entonces, una tercera mano cortaba la espinaca en cuadrados perfectos.

—He estado pensando —dijo el robot—, y creo que debemos volver atrás para repasar algunos de los procedimientos básicos antes de seguir con el entrenamiento en el exterior.

Eva se secó las manos en su túnica, en la que dejó unos manchones húmedos a lo largo del dobladillo.

—¿Re… repasar? —farfulló—. ¿Cuánto tiempo nos llevará?

—Si empezamos mañana, algunas semanas más, o veinticuatro días más, para ser exactos —respondió Madr mientras empujaba las espinacas cortadas para echarlas en una ensaladera de acero.

—¿Veinticuatro días? —dijo Eva estupefacta—. ¿Y por qué no vamos fuera y practicamos de verdad algunos de esos ejercicios? Estoy segura de que lo haría mucho mejor —le arrancó a la fresa el tallo verde en forma de estrella y la cortó.

—Sabes perfectamente que todavía no estás preparada —respondió Madr mientras abría la puerta de una alacena llenísima de recipientes de diversos tamaños, ordenados meticulosamente como en un especiero gigante.

—Estoy preparada —dijo Eva—. Mucho más de lo que crees —echó en el bol la fresa cortada en cuartos y cogió otra, todavía más grande que la anterior—. Además, si exploramos, a lo mejor encontramos… ya sabes… a otros.

—¿"Otros"? —repitió Madr. Hizo una pausa y giró la cabeza. Con sus grandes ojos, el robot parecía

15

un búho mecanizado que observaba a Eva—. ¿De qué "otros" hablas?

—Ya sabes… Otros. Humanos, como yo —dijo Eva, concentrada en cortar el fruto rojo maduro.

—Eva Nueve, ya hemos hablado de esto muchas veces —Madr alcanzó una olla que colgaba sobre ella. Cuando la colocó bajo uno de los grifos, el agua comenzó a llenarla automáticamente—. Y, como ya te dije esas otras veces, no hay indicios de que aquí existan otros como tú. Eso es lo que te hace tan especial.

Mientras le cortaba el tallo a otra fresa, Eva movió los labios en silencio exactamente al mismo tiempo que Madr, como si pronunciara la última frase.

—Pero por eso creo que tenemos que marcharnos. Para explorar y asegurarnos de que así es —replicó.

—Hoy reprobaste la más sencilla de las tareas, un barrido EscanVida. No estás preparada —Madr desvió de nuevo su atención a la cocina—. Cocina, fuego uno, temperatura seis, por favor.

—Es que me siento tan encerrada aquí… —dijo Eva abatida—. ¿No podemos ir al exterior, aunque sólo sea un poquito?

—A su debido tiempo, tesoro —respondió Madr—. Ahora…

—Creo que no lo entiendes, Madr. Yo…

—Claro que lo entiendo. Ahora, por favor, hazme caso. Céntrate en lo que estás haciendo —el tono de Madr era severo.

—¿Cómo puedes entenderlo? —Eva lanzó el cuchillo contra la cubierta, que retumbó con un sonido metálico—. ¡Tú no eres como yo! ¡No te puede morder una serpiente! Tú… ¡Ni siquiera eres humana!

La cocina permaneció en silencio, excepto por el clic del pestañeo de Madr, que estudiaba a Eva con sus ojos oscuros y profundos. La olla que estaba al fuego empezó a borbotear suavemente. En algún lugar por encima de ellas, se oía el zumbido de un ventilador que aspiraba y expulsaba el calor de la habitación.

Eva miró desdeñosamente al robot, en espera de su reacción. Se preguntaba qué estaría pensando Madr con todos esos ceros y unos que fluían por su sistema nervioso eléctrico. Fue entonces cuando Eva se dio cuenta de que estaba sangrando.

—¡Eva! —Madr lanzó un grito ahogado y fue rodando hacia ella.

—Sólo es un pequeño corte, nada más —dijo Eva, y se metió el pulgar en la boca. Mientras lamía la herida, notaba el sabor de su sangre. Notaba los latidos de su corazón.

—Ésa no es la manera de tratar un corte menor, Eva —Madr se acercó rodando a ella y extendió un brazo parecido a una varilla—. Deja que lo vea.

Eva le enseñó el pulgar y la dejó que lo examinara. Al mismo tiempo reiniciaron los preparativos de la cena, pues Madr echó unas pastillas de la alacena en la olla de agua hirviendo. El aroma a pollo asado empezó a inundar la pequeña cocina.

—Esto es a lo que me refiero —dijo Madr—. Bien, ahora lo que debes hacer es esterilizar la zona. Después, debes colocar un pequeño apósito para que se cure sin que se infecte y quede una cicatriz mínima.

—Estoy bien, Madr. Es sólo un pequeño corte —Eva retiró la mano—. Sobreviviré.

—Eva, por favor, deja que...

—¡Estoy bien! —gritó Eva. Salió a toda prisa de la cocina, farfullando entre dientes: "Como si tú te fueras a morir..."

Accedió a la estación central y activó manualmente una puerta adyacente, que se abrió al depósito de provisiones. Cuando la puerta se cerró tras ella, Eva atravesó el laberinto de estantes que contenían todo tipo de artículos para el hogar: electrojuntas, holobombillas, paquetes lumen, productos de limpieza y equipos de hidratación.

—Hola, Eva Nueve. ¿Puedo ayudarte a encontrar algo? —preguntó el Santuario con su tono tranquilo por el intercomunicador.

—Estoy bien, Santuario —respondió Eva, deteniéndose frente a un estante con productos médicos—. Sólo busco apósitos pequeños.

—Los apósitos médicos adhesivos con pomada SanaRápido se encuentran en el estante inferior —dijo el Santuario.

—Gracias —contestó Eva mientras abría un recipiente metálico. Cogió dos apósitos y guardó uno de ellos en la túnica. Rasgó con los dientes el envoltorio de plástico del otro y lo colocó sobre la zona del pulgar donde la sangre se había coagulado. En el pasillo de estantes en la penumbra, Eva se detuvo a escuchar. Podía oír a través de las paredes de chapa de acero a Madr tarareando mientras ponía la mesa. Caminó hasta el fondo del almacén y se quedó mirando al contorno apenas perceptible de una puerta sellada.

Una puerta que supuestamente no debía conocer.

—¿Eva, tesoro? —la voz armoniosa del robot sonó a través del intercomunicador—. ¿Has encontrado los apósitos?

—Sí —respondió Eva, aunque sabía que la pregunta no tenía ningún sentido, pues Madr y el Santuario estaban conectados—. Sólo quiero coger unas cosas, como… electropapel… para tomar notas en la clase de mañana.

—Buena idea —dijo Madr—. ¡La cena está lista!

Más tarde, ese mismo día, Eva se estaba relajando en su acogedora cama eléctrica viendo su holoprograma favorito, *Beeboo y sus amigos*, cuando entró Madr en su habitación esquivando el desorden del suelo.

—Creí que te había dicho que recogieras tus cosas —le dijo a Eva mientras se le acercaba.

—Adelante —dijo Eva sarcásticamente sin dejar de mirar los dibujos animados de vivos colores que brincaban por su habitación. Un mapache azul intentaba ayudar a un pulpo naranja a construir una casa con palos y rocas, pero la casa siempre se venía abajo. Un gato vestido con un traje plateado que lucía un logotipo de Dynastes Corporation se reía de ellos y les advertía: "¡Necesitan bloques de construcción!"

—Detén el programa, por favor —ordenó Madr con su tono alegre de siempre—. He tomado algunas notas por mi cuenta y creo que esto te interesará —dijo mientras le tendía un electropapel.

A medida que Eva estudiaba la hoja semitransparente, las pálidas líneas de texto se desplazaban hacia arriba para encontrarse con su mirada errante.

—No es más que una lista con las seis habilidades de supervivencia básicas —dijo Eva. Cuando dirigió su mirada a Madr, el texto dejó de moverse—. Esto ya lo hemos visto.

—Pues tendremos que volver a verlo hasta que lo entiendas bien —respondió Madr.

—¿Qué? —dijo Eva aterrada.

El robot le puso una mano sobre el hombro.

—Mañana te preguntaré en qué consiste cada una de estas habilidades —dijo Madr—. Si apruebas con una puntuación perfecta, continuaremos con el ejercicio para aprender a encender fuego justo donde lo dejamos el otro día. ¿De acuerdo?

Eva miró de nuevo la lista.

—¿No tendremos que volver a empezar desde el principio?

—No tendremos que volver a empezar desde el principio siempre y cuando apruebes el examen de mañana —dijo Madr—. Tienes un noventa y nueve por ciento de probabilidades de conseguirlo, por lo que espero que tu rendimiento sea excepcional —Madr se dio la vuelta y salió rodando de la habitación—. Buenas noches, tesoro.

Cuando la puerta del dormitorio se cerró, Eva oyó que Madr le ordenaba al Santuario que se apagara para dormir. Observó la lista, con sus palabras que brillaban de forma tenue en el electropapel:

SEIS HABILIDADES DE SUPERVIVENCIA BÁSICAS PARA LOS HUMANOS
1. Confiar en la tecnología.
2. Comunicarse con otros mediante señales.
3. Buscar cobijo.
4. Encender fuego.
5. Conseguir alimentos y agua.
6. Conocer los primeros auxilios.

Eva se deslizó fuera de la cama y lanzó una sábana sobre el monitor de vida que la observaba desde lo alto. Se puso las botas de deporte y cogió la bolsa de la mesilla de noche. Al hacerlo, el Omnipod se cayó al suelo y, por el impacto, proyectó un holograma de tamaño natural de una chica con atuendo deportivo. Su rostro tenía un parecido inconfundible con el de Eva.

—¡No, no, no! —dijo ahogadamente Eva mientras se agachaba para recoger el dispositivo.

—¿Lista para calentar con unas flexiones? —preguntó la chica del holograma.

—¡Desactiva a Miss Aeróbic! —le susurró Eva al Omnipod.

—Desactivando —dijo el dispositivo, también susurrando. El holograma se evaporó dejando un resplandor blancuzco iluminando la cara de Eva—. ¿Puedo ayudarte en algo más, Eva Nueve? —preguntó.

—Un segundo —respondió Eva, introduciendo su mano en la correa del Omnipod. Sin dejar de mirar la puerta, esperó para comprobar si el ruido repentino había atraído a Madr. Finalmente, le dijo al Omnipod—: Ordena al Santuario que deje de rastrear mi ubicación y de informar a Madr hasta que le indique lo contrario.

—Rastreamiento de Auxilio en Dispositivo Robótico cero seis interrumpido.

Eva abrió la puerta del dormitorio y salió a la estación central. Bajo la suela de sus botas oía el chapoteo del desinfectante que se filtraba a través de las baldosas del suelo, ahora que el Santuario había comenzado la limpieza nocturna. El penetrante olor a producto de limpieza hacía que los ojos de Eva lagrimearan y el interior de la nariz le picara. Recorrió a hurtadillas el perímetro de la estación central por el camino más alejado de la sala de control, las dependencias de Madr, con la esperanza de que el robot, siempre alerta, no la oyera.

Afortunadamente, la puerta del depósito de provisiones no funcionaba bien y ya no podía accionarse con la voz. Eva pulsó un botón verde brillante y las puertas se abrieron deslizándose con un silbido sordo. Se quedó paralizada, esperando que en respuesta se abrieran las puertas de las dependencias de Madr. ¿Qué le diría si la descubriera? "Un apósito", pensó. "El que tenía puesto se me cayó mientras me bañaba".

Eva se coló en el depósito de provisiones y su cuerpo activó la iluminación del techo. En cuanto la puerta se cerró, se acercó el Omnipod a la boca.

—Omnipod, ordénale al Santuario que abra la trampilla del fondo del depósito de provisiones, por favor —le susurró al dispositivo.

—Abriendo acceso.

La puerta situada al fondo de la sala se abrió con un silbido. La silueta de Eva se proyectó alargada en la penumbra húmeda y tenebrosa.

—Allá voy —murmuró Eva.

Eva pulsó un botón rojo brillante y cerró la puerta tras de sí. Deslizó los dedos sobre un logotipo, un símbolo impreso en la chapa de acero compuesto por las letras HRP.

El Omnipod entró en modo luminoso y proyectó un intenso rayo de luz a través de su ojo central. Mientras Eva recorría el largo y tortuoso pasillo, recordó la vez que descubrió la entrada secreta...

Tenía cinco años y estaba jugando al escondite con Madr. Su lugar favorito para esconderse siempre había sido un armario vacío bajo el fregadero de la cocina, pero había crecido y ya no cabía.

En su lugar, Eva se abrió paso hasta el fondo del laberíntico depósito de provisiones y se escondió detrás del último estante, lleno de cápsulas nutritivas. Riéndose nerviosamente, se apoyó contra la pared y se sumió en la sombra, a la espera de oír la voz juguetona de Madr. En la fría superficie de la pared, Eva notó la inconfundible junta de una puerta.

Madr la encontró un poco después, cuando intentaba conseguir que el Santuario la abriera. El robot le dijo a Eva Nueve que era una puerta defectuosa que se había sellado mucho antes de que hubiera nacido.

Eva pronto se olvidó de la misteriosa puerta, hasta el día en que hizo otro descubrimiento. A los ocho años, mientras guardaba en su armario unos calcetines de lana enrollados, vio unas incisiones en el metal en el interior del cajón superior. En letras mayúsculas ponía: "CP01: OMNISCIENTE: PLANO".

Eva se pasó varios días dándole vueltas a ese código críptico. No sabía si debía preguntarle a Madr qué significaba. Valoró esa posibilidad, pero tenía sus dudas, ya que por esa época empezó a darse cuenta de que ella y Madr no eran iguales. Esa observación despertó en ella una sensación que la aguijoneaba en lo más profundo de su ser: no se lo estaba contando todo.

En los holoprogramas que veía aparecían otros humanos, pero ninguno de ellos vivía en el Santuario. ¿Dónde estarían? Cuando se lo preguntaba a Madr, siempre recibía la misma respuesta: "No hay nadie más como tú. Eso es lo que te hace tan especial".

Eva regresó a su tocador y se puso a mirar las palabras que estaban escritas dentro del cajón.

Entonces le preguntó al Omnipod qué era un "plano".

El dispositivo soltó una definición larguísima mientras proyectaba hologramas de diferentes trazados arquitectónicos con todo lujo de detalles, y le preguntó si deseaba más información. Eva le respondió que no.

Después le preguntó el significado de "omnisciente". El Omnipod contestó que "omnisciente" era un adjetivo derivado de una palabra del siglo XVII que significaba "saberlo todo".

Por último, Eva le preguntó qué quería decir "CP01". En esa ocasión, el Omnipod no supo responderle. Le dijo que las letras y los números podían ser una especie de código, quizás para otra computadora o dispositivo.

Todavía desconcertada, Eva leyó el mensaje críptico un día tras otro, intentando determinar su verdadero significado. Con el tiempo, acabó olvidándolo. Un año después, se había puesto a sacar la ropa vieja que ya no cabía en los cajones de su tocador.

De nuevo, leyó las palabras secretas.

—Muéstrame el plano del Santuario —le ordenó al Omnipod cuando tenía nueve años. En el aire apareció un holograma deslumbrante que exponía con todo detalle los diferentes espacios de su hogar. Eva se dio cuenta de inmediato de que había agujeros en esa proyección hipnotizadora: faltaban partes del Santuario. El Omnipod no se lo había enseñado todo.

Eva le pidió que le mostrara el plano completo del Santuario.

El Omnipod solicitó un nombre de usuario y una contraseña.

Eva contestó: "CP01. Omnisciente"…

Ahora se encontraba a medio camino del largo pasillo. La humedad aumentaba a medida que se adentraba en la tortuosa galería. Las paredes estaban recubiertas de vapor de agua y algunos puntos del techo estaban salpicados de hongos.

—Ya falta poco —susurró Eva, y su voz resonó en la oscuridad. La primera vez que recorrió esa zona nueva e inexplorada, se sintió emocionada y aterrorizada al mismo tiempo. Ahora caminaba sin titubear. Su destino se encontraba un poco más adelante…

Recordó la vez en que se dio cuenta de que había algo más en el mundo que su vida en el Santuario. A la edad de seis años, interrogó a Madr al respecto durante la hora del desayuno.

—¿Por qué no hay árboles en nuestra casa?

—Porque no pueden crecer aquí —contestó Madr mientras echaba una pastilla en una taza de agua, que hizo burbujas al sumergirse hacia el fondo, hasta desintegrarse.

—Pero tenemos plantas en nuestro invernadero. Y en mis programas aparecen árboles. Robles grandes, enormes, que crecen en amplios bosques —dijo Eva al sorber su bebida. Madr le había dicho que sabía a naranjas recién recogidas.

—Bueno, Eva, hay árboles —el robot la rodeó con un brazo—. Pero no pueden crecer aquí, donde vivimos. Crecen… encima de nosotras.

—¿Podemos ir a verlos? —a Eva le emocionó la idea de explorar el gran bosque que se alzaba justo sobre ellas—. Podemos jugar al escondite y hacer un día de campo.

—Todo a su debido tiempo —respondió Madr, a la vez que dejaba un bol con papilla con sabor a avena frente a ella—. *Todo a su debido tiempo…*

Eva por fin llegó al final del pasillo. Otra puerta, idéntica a la que había abierto en el depósito de provisiones, se alzaba cerrada frente a ella, con su panel de control manual oscurecido por los daños ocasionados por el agua. Se arrodilló y ajustó la luz del Omnipod, que cambió de un rayo sólido a un tenue resplandor luminoso.

El área que rodeaba la entrada estaba flanqueada por una colección de objetos extraños e inusuales, colocados en pequeñas filas ordenadas que llevaban hasta la puerta. Estos objetos abarcaban desde ropa —zapatos y túnicas dobladas con esmero— hasta juguetes y juegos, como una sonaja animada y una pelota sonora. Todos tenían algo en común: eran propiedad de Eva y todavía no estaba preparada para deshacerse de ellos. Se sentó frente a una serie de peluches mugrientos, a la cabeza del grupo, y abrió su bolsa.

—¡Hola a todos! —Eva se dirigió a los juguetes y a los objetos apiñados sobre el suelo en tinieblas—. Siento que haya pasado tanto tiempo. He estado muy ocupada con mis ejercicios y otras cosas. ¿Qué tal están?

Los juguetes no contestaron.

—Bien. Bien —respondió Eva—. Oh, ¿yo? Estoy bien… Supongo.

Les mostró a los juguetes el pulgar vendado.

—Me he cortado, ¿ven? Sí, estoy bien. Gracias por preguntar. Me pasó mientras preparaba la cena. No, no se preocupen, estoy bien —con el índice, se frotó el pulgar vendado—. Pero hoy fallé mi examen de encender fuego. Me mordió una serpiente y me morí. ¿Lo pueden creer?

La silenciosa colección la miraba fijamente. Eva hizo una mueca.

—Lo sé, lo sé. Creo que Madr quería que reprobara y la puso ahí a propósito, por eso caí fulminada. ¡Se enfadó tanto que creí que iba a explotar! —Eva soltó una risita sofocada que rebotó en las paredes húmedas que la rodeaban.

Suspiró y se dejó caer en la sombra, lejos del resplandor del Omnipod. Con la mirada baja, Eva dijo en tono melancólico:

—¿Qué puedo hacer, chicos? No es que quiera reprobar los ejercicios. Quiero aprobarlos. O sea, cuanto antes los apruebe, antes podré salir de aquí… Lo siento, tienen razón: antes podremos salir de aquí —Eva miró fijamente las caras de sus viejos juguetes, iluminados por el Omnipod—. Es que… Es que quiero tener amigos. No estoy diciendo que ustedes no sean unos amigos geniales. Ya me entienden. —Eva agarró una hebra suelta de climatifibra que colgaba de su media—. Quiero conocer a personas… como yo.

Un golpe sordo resonó en el pasillo, procedente del Santuario. Dejó de hablar y se puso a escuchar… Pero de nuevo todo estaba en silencio.

Volvió a dirigirse a sus juguetes.

—¿Qué? No. Mañana tengo que hacer un examen para ver si todavía recuerdo las habilidades básicas. ¡Las habilidades básicas! Es como si Madr no quisiera dejarme marchar. No es justo —sacó el electropapel de su bolsa. Sus renglones ligeramente brillantes parpadearon en la oscuridad cuando Eva lo enrolló. Lo deslizó cuidadosamente dentro de una pequeña bota que se erguía fielmente junto a su compañera, al lado de los peluches—. ¿Saben qué? Aquí está el tema del examen. Sólo quería asegurarme de que ustedes también tuvieran la lista.

Los ojos de Eva reposaron sobre un pequeño objeto oculto en medio del ordenado tesoro. Lo sujetó cuidadosamente y lo examinó de cerca. Era un fragmento de material plano, ennegrecido y deteriorado, muy diferente de todo lo que había visto hasta entonces.

Cuando lo descubrió, hacía ya más de un año, Eva intentó identificarlo con ayuda del Omnipod, pero el dispositivo se limitó a decir: "Datos insuficientes. La información no permite su identificación". Eva dedujo que probablemente se trataba de un trozo de baldosa o de un panel, o quizás de una especie de letrero, ya que tenía forma cuadrada. En él aparecía una imagen (estropeada, pues ya no se movía) de una niña de la mano de un robot y un adulto.

El único objeto de su colección secreta que no le había dado Madr.

El único objeto de su colección secreta que el Omnipod no podía identificar.

Un objeto que otro humano había dejado para ella, allí, junto a esa puerta sellada.

Una prueba.

No tenía ni idea de quién era el adulto de la imagen. Una quemadura le había oscurecido la cara con hollín. Sin embargo, podía ver dos letras en ese trozo de panel desgastado: una "L" y una "a". Había descubierto una segunda pieza de este rompecabezas, más pequeña, que pegó en la parte superior del panel. También tenía impresas unas letras muy elaboradas: "Wond".

"WondLa" era como lo llamaba Eva. Estudió la imagen que tenía en las manos. La niña sonreía. El robot sonreía. Eva estaba segura de que el adulto también sonreía mientras paseaban juntos por un campo de flores. Caminando como si fueran uno solo. Como amigos. Explorando los bosques de la superficie.

Sin embargo, el robot de Eva no la dejaba explorar. Ni siquiera la dejaba salir del Santuario.

Un Santuario que había estado conectado con otro Santuario.

Un Santuario que había estado conectado con muchos otros Santuarios.

Eva había visto el plano omnisciente.

Sin embargo, igual que la puerta que se levantaba ante ella y que llevaba al Santuario contiguo, Eva tenía el acceso vedado a todos ellos.

—No sé por qué Madr no quiere que tenga otros amigos —dijo Eva mientras devolvía el WondLa a su lugar—. Pero nunca sabrá nada de WondLa o de nosotros... hasta que sea demasiado tarde.

Eva levantó el Omnipod del suelo y recorrió con la vista la colección de juguetes inmóviles. La suave luz iluminó sus rostros carentes de vida. Se detuvo en uno de ellos, una mugrienta muñeca Beeboo.

—He traído un apósito también para ti —dijo Eva, y rasgó con los dientes el pequeño envoltorio. Colocó el adhesivo sobre el sucio brazo de la muñeca—. No quiero que agarres una infección cuando nos escapemos de aquí.

Mientras se levantaba para marcharse, una violenta onda expansiva sacudió todo el Santuario, y una lluvia de polvo y escombros del techo del pasillo cayó sobre Eva.

El Omnipod

se balanceaba en una danza desenfrenada mientras Eva regresaba corriendo al Santuario. Justo cuando activaba los controles de la puerta, otro eco ensordecedor sacudió las paredes, e hizo que tropezara con la puerta abierta y volviera atrás, al depósito de provisiones. Los estantes del interior vibraban con cada estruendo, y varios recipientes de desinfectante cayeron al suelo. Sujetándose a los entrepaños, Eva llegó arrastrándose a la entrada de la sala precisamente cuando la puerta se abrió con un silbido. Allí de pie se encontraba Madr.

—¡Aquí estás! —exclamó. Le tendió bruscamente a las manos su chaleco y un gran recipiente de comida—. Te he buscado por todas partes. ¿Tienes tu Omnipod?

—Sí —respondió Eva levantando la mano

derecha, de donde colgaba el dispositivo, sujeto a la muñeca.

—¿Me lo das, por favor? —le preguntó Madr.

Eva le entregó el Omnipod. Al instante sus lucecitas empezaron a parpadear sincronizadas con otra en el torso de Madr.

—¿Qué es eso? —gritó Eva cuando se oyó otra violenta explosión. El sonido venía de encima de ellas. Todas las luces del Santuario oscilaron—. ¿Es otro ejercicio? ¿O un simulacro? Porque…

La interrumpió una estridente sirena, un sonido que jamás había oído. Con ojos desorbitados —ojos aterrorizados— miró al robot. Madr se mostraba silenciosa y estoica, pero las luces parpadeaban rápidamente por toda su cabeza.

—Madr, ¿qué sucede? ¿Qué te está diciendo el Santuario? —le preguntó Eva. Se arrimó al robot cuando otra onda expansiva retumbó sobre ellas.

Madr salió de su trance con un destello y se dirigió a Eva.

—Un intruso ha forzado las puertas del Santuario y ahora está descendiendo hacia la entrada principal. Ven, sólo tenemos unos minutos para ponerte a salvo —sin decir nada más, el robot giró sobre sí mismo y se dirigió rodando a la estación principal. Eva lo siguió a saltitos mientras se ponía el chaleco por encima de su túnica beige. El Santuario tembló de nuevo.

—Apertura de las puertas de la cocina, por favor —ordenó Madr, y entró disparada por la más cercana.

—¡Espera! ¿La cocina? —Eva se detuvo en el umbral, confundida—. ¿Por qué vamos a la cocina? ¿No deberíamos dirigirnos a la sala de control?

—Ahora no, Eva, tesoro —Madr la agarró de la muñeca y la jaló hacia dentro. El robot abrió un pequeño panel deslizante oculto junto a la puerta y se puso a introducir una secuencia de números en un teclado de seguridad. La entrada de la cocina se cerró y se bloqueó. Por encima del sonido de la alarma, Eva oyó que las demás puertas del Santuario también se bloqueaban. A continuación, los sonidos ambiente de la estación central, así como todos los aparatos del Santuario, se activaron y empezaron a retumbar a todo volumen.

—Con esta ruidosa distracción no ganaremos mucho tiempo, debemos ser rápidas —dijo Madr. Miró a los ojos a Eva y apoyó dos manos sobre sus hombros—. Ahora préstame mucha atención, Eva. Debes marcharte del Santuario y refugiarte en la superficie. Este intruso claramente no es benévolo, y no quiero que te haga daño.

Eva lanzó un grito ahogado.

—¿Marcharme? ¿Ahora? No es que no quiera, pero...

La voz de Madr conservó la calma mientras, detrás de la puerta de la cocina, las explosiones destrozaban el Santuario.

—No te preocupes, mi niña —le dijo—. Todo saldrá bien. Ya sé que no habíamos acabado tus ejercicios. Sin embargo…

—El sensor de incendios de la habitación dos ha detectado fuego —anunció el Santuario por un altavoz—. Cerrando habitación e iniciando la secuencia de extinción.

Madr acompañó rodando a Eva hasta el conducto de ventilación de la cocina y se puso a retirar con los cuatro brazos los tornillos que sujetaban la rejilla de entrada.

—Eva, en el interior hay una escalera que te llevará directamente a la superficie.

Eva pestañeó anonadada. "¿Todo este tiempo ha habido una trampilla de salida justo aquí, en la cocina?" El plano del Omnipod mostraba claramente una sola salida, y era a través de las dependencias del robot.

Una fuerte vibración sonora, justo fuera de la estación central, sacudió las paredes del Santuario. Se produjo una explosión tremenda, como si una puerta hubiera estallado en pedazos. Eva dio unos pasos atrás para alejarse de la puerta de la cocina y chocó con Madr, que acababa de retirar la rejilla. La colocó en el suelo y reanudó sus instrucciones.

—He estado monitorizando atentamente el terreno circundante. Si los informes son correctos, estamos ocultas por una densa zona boscosa junto a un río. En cuanto llegues a la superficie, deberás alejarte corriendo lo más rápido que puedas y buscar un lugar para ocultarte entre los árboles —Madr sujetó a Eva mientras trepaba encima de los hornillos y se introducía en el conducto de ventilación. Olía a humo, como si se hubiera quemado un pan—. No te muevas hasta que amanezca y, sobre todo, no dejes que el intruso te encuentre.

Arrodillada en el conducto de ventilación, Eva miró a Madr. Su corazón latía al compás de su respiración desenfrenada.

"Esto no es un ejercicio".

—En las habitaciones tres y cinco también se ha detectado humo —dijo el intercomunicador del Santuario en su tono tranquilo e inquietante. Otra explosión interrumpió su informe—. ... Iniciando secuencia de extinción.

"La habitación cinco. Esa es mi habitación".

"Toda mi vida está ahí. Mi ropa... Mi cama... Mi colección de holoprogramas".

La habitación cinco era donde Eva había ideado incontables planes para encontrar a otros como ella y traerlos sanos y salvos a su hogar. Sus amigos y su familia vivirían con ella y con Madr en el Santuario, justo como la imagen que mostraba el WondLa.

Otra explosión sacudió la cocina.

—Eva, necesito que estés concentrada y alerta —dijo Madr, y le tendió el Omnipod—. Recuerda lo que hemos estudiado y todo lo que has aprendido —el robot recogió la rejilla y empezó a atornillarla de nuevo en su lugar—. Confía en la tecnología, y no regreses hasta que me ponga en contacto contigo. ¿Entendido?

Eva asintió con la cabeza y cayó en la cuenta de lo que estaba sucediendo. Los ojos empezaron a escocerle. Esta situación no estaba contemplada en ninguna lista. Claro que quería explorar la superficie, pero así no. Sola no.

—El sensor de incendios de la habitación seis ha detectado fuego —informó el Santuario. Por la tranquilidad en el tono de su voz, podría estar dándole la bienvenida a Eva—. Cerrando habitación e iniciando secuencia de extinción —las interferencias enturbiaron parte de la advertencia. A pesar de que el fuego del exterior aumentaba cada vez más la temperatura, todo el cuerpo de Eva temblaba, como si estuviera congelada.

—¡Madr! Tienes… ¡Tienes que venir conmigo! —gritó Eva. El olor a humo empezó a inundar la cocina—. ¡Por favor! —dijo presa del pánico—. ¡Aquí cabes de sobra! ¡Puedo ayudarte a subir! ¡No me dejes!

Madr apoyó una mano en la rejilla.

—Eva, escúchame. Escúchame con mucha atención —Eva enroscó sus dedos alrededor de los de Madr, con tanta fuerza que comenzó a brotar sangre. El robot siguió hablando—: He desactivado el ventilador, pero tiene un temporizador. Pronto se reiniciará, por lo que debes apresurarte. Cuando llegues a lo más alto del conducto, encontrarás una rueda. Gírala en sentido contrario a las agujas del reloj para abrir la trampilla y poder salir.

El humo consiguió colarse en la cocina por debajo de la puerta, con un hedor nauseabundo a metal quemado y plástico fundido. Fuera, Eva oyó un ruidoso zumbido seguido de una penetrante vibración sonora. La puerta de la cocina se combó por la explosión, pero no se abrió. Madr habló con una voz melodiosa ligeramente distorsionada.

—Eva, te quiero muchísimo, y espero volver a verte, pero debes irte, ¡YA!

Madr se alejó de la rejilla. Eva se puso a golpearla mientras gritaba: "¡No! ¡No! ¡No!"

Una cubierta de metal se desprendió y obstruyó el conducto de ventilación. Eva oyó una explosión terrible, y la puerta de la cocina se abrió violentamente. Asustada, se quedó paralizada en el fondo del conducto durante el minuto más largo de su vida. Escuchó el registro y el saqueo que se estaban produciendo bajo la rejilla que cubría lo que una vez fue su cocina, lo que una vez fue su hogar.

Eva pensó en Madr. Pensó en sus viejos amigos ocultos en el pasillo secreto. Empezó a abrirse paso trepando hacia una lejana luz parpadeante en lo alto del conducto. Parecía encontrarse a kilómetros de distancia, y cada vez que se le saltaban las lágrimas, la luz cobraba la forma de una pequeña estrella.

Jadeando, Eva se acercó cada vez más al ventilador inmóvil. A medida que se aproximaba, oía que rechinaba con un ritmo electrónico constante. Eva estudió desde abajo las anchas aspas grasientas del ventilador, con incrustaciones grises de mugre, mientras el rechinido aceleraba su ritmo.

Eva recordó las instrucciones de Madr: "El ventilador tiene un temporizador, debes apresurarte". Se agarró al motor central del ventilador y tomó impulso para pasar a través de las aspas. El rechinido se aceleró todavía más. Eva se sentó encima del enorme motor y recuperó el aliento. El rechinido se convirtió en un pitido rápido. Eva se puso de pie sobre la unidad y vio una manija con forma de rueda, iluminada por una sola luz de emergencia. Agarró la rueda e intentó girarla. No se movió ni un milímetro.

—Gira, gira, gira —suplicó Eva.

El rechinido se interrumpió y el motor del ventilador se reactivó. La vibración sobresaltó tanto a Eva que casi perdió el equilibrio. El golpe de las aspas contra la punta de su bota produjo un repiqueteo.

Cuando otra onda expansiva sonora se abrió paso retumbando por el conducto, Eva gritó. La onda iba acompañada de un sonido desgarrador procedente de abajo y de un estruendo metálico. La rejilla se había levantado y el humo empezaba a ascender por el conducto de ventilación. Al percibir el aumento de la temperatura, el ventilador comenzó a girar todavía más rápido. Toda la unidad vibraba y crujía bajo el peso adicional que suponía la presencia de Eva. Aunque el humo hacía que los ojos le escocieran, Eva se arriesgó a mirar hacia abajo. Pudo ver entonces el brillo del fuego que se introducía a través de la rejilla de la cocina y ascendía hacia ella como una furiosa serpiente naranja y roja. El vértigo intentó que Eva se cayera, pero ella se centró de nuevo en la rueda. Aplicó hasta la última gota de fuerza que poseía hasta que, por fin, emitió un rechinido grave y se movió ligeramente. En ese momento, el humo era tan denso que Eva ya no veía sus propias manos frente a ella. Comenzó a toser cuando los gases tóxicos penetraron en sus pulmones. Su nariz goteaba sobre sus apretados dientes.

—¡Vamos! —gritó mientras a ciegas intentaba desbloquear la rueda. Finalmente se puso a girar libremente cuando los viejos pernos oxidados que fijaban el ventilador bajo ella cedieron uno a uno. Con cada giro, la parte superior del conducto se abría cada vez más y aspiraba el fuego y su aliento humeante. El ventilador se soltó de las paredes del conducto y cayó en picada a las llamas. Eva se quedó colgando de la rueda, pero logró escalar agarrándose al borde de la abertura. Deslizó su ágil cuerpo a través del conducto y cayó rodando sobre el suelo de la superficie.

Un suelo que Eva Nueve jamás había pisado en sus doce años de vida.

CAPÍTULO 5: FUERA

Frotándose

los ojos irritados para limpiarlos de ceniza y polvo, Eva Nueve salió a tropezones del conducto de ventilación subterráneo del Santuario y emergió en el bosque que lo rodeaba. Se arrodilló junto al grueso tronco de un árbol cercano para recuperar el aliento.

—Fri… frío —tartamudeó—. Pu… puedo ver mi aliento —Eva agitó los dedos en el vaho que salía de su boca y observó cómo se disipaba encima de ella. Se cayó hacia atrás y, a través de las ramas de los árboles, vio las estrellas, millones de ellas, que moteaban el cielo nocturno y el suave brillo de la luna que se filtraba a través de las nubes. Eva admiró la absoluta enormidad del firmamento que se extendía sobre ella. Lo estaba viendo por primera vez.

—¡Es tan grande! —dijo boquiabierta por el asombro—. Y mucho más brillante de lo que me imaginaba —el fresco aire de la noche era húmedo y misterioso. Eva sintió que las climatifibras de su ropa se tensaban para calentarla cuando su túnica anunció la temperatura exterior y la de su cuerpo. Hizo caso omiso del informe y escudriñó los bosques que la rodeaban.

En vastas arboledas crecían ejemplares enormes y achaparrados, casi tan grandes como su Santuario, con ramas en forma de copa, que se mecían y crujían al ritmo de extrañas risas y murmullos procedentes de lo más profundo de la densa maleza. En los espacios que separaban los árboles habían brotado plantas largas y endebles, con puntas bulbosas, que se balanceaban al unísono, como si las empujara la brisa de la medianoche.

Un estruendo familiar estremeció el bosque e hizo que sus habitantes invisibles graznaran y croaran atemorizados. Misteriosas criaturas susurraban por todas partes alrededor de la muchacha. Eva se arrastró detrás del tronco de un árbol y se ocultó. De repente, pegó un salto al oír el pitido amortiguado de su Omnipod. Con manos temblorosas, hurgó en su bolsa y sacó el dispositivo. Después de arriesgarse a echar un vistazo en torno al tronco, Eva le susurró al Omnipod: "Aquí Eva Nueve. Procede".

—Saludos, Eva Nueve —dijo el dispositivo también en un susurro—. Tienes un mensaje de Multimecanismo de Auxilio en Dispositivo Robótico cero seis. Enviado hace doce minutos. ¿Deseas que reproduzca el mensaje grabado?

—Sí —Eva sintió que la soledad se apoderaba de todo su ser.

Una imagen tridimensional de Madr se proyectó por encima del dispositivo.

—Querida Eva —dijo el holograma—, he grabado este mensaje por si lograbas escapar con éxito del Santuario. Sé que todavía tienes que explorar la superficie, pero debes escucharme con mucha atención: aléjate lo más que puedas del Santuario y ocúltate para pasar la noche. Cuando encuentres un refugio, comunícate por señales con el asentamiento más cercano, el complejo subterráneo HRP cincuenta y uno. Necesito que permanezcas oculta hasta que recibas un mensaje mío que te indique que estoy viva, o un mensaje de respuesta enviado por esas coordenadas. Recuerda: tu Omnipod te ayudará mientras tanto. Eva, sé fuerte.

—Fin del mensaje —concluyó el Omnipod.

—No pienso esperar —Eva envió la señal de socorro, guardó el dispositivo en su bolsa y echó un vistazo alrededor del árbol. Una fina columna de humo emergía del conducto de ventilación y se disipaba en el cielo nocturno. Allí estaban los restos quemados y pulverizados de su Santuario. Quizás incluso de Madr.

—Robot estúpido —Eva se enjugó los ojos con el dorso de la manga—. Sabía que teníamos que haber explorado la superficie antes.

Otro violento temblor se elevó por el conducto, seguido de una figura oscura y corpulenta, que surgió a lo lejos por otra abertura del suelo.

—La entrada principal —susurró Eva, que recordaba el plano que le había mostrado el Omnipod.

La enorme figura misteriosa se quedó quieta en la entrada mientras inspeccionaba el bosque. Eva no podía distinguir los detalles desde su posición, pero fuera quien fuera ese intruso, era grande y tenía muchas piernas y brazos. Alzó su gigantesca cabeza y bramó con fuerza, pero de repente se calló. Se giró y levantó un aparato largo, semejante a una barra, justo en la dirección de Eva. La muchacha pudo oír claramente cómo aumentaba la intensidad de un zumbido electrónico hasta convertirse en el "bum" de una brutal vibración sonora. El tronco en el que Eva se ocultaba explotó y la lanzó hacia atrás.

La violenta onda sonora había abierto un boquete del tamaño de Madr en el grueso tronco. Cuando logró liberarse de los despojos que habían caído sobre ella, Eva oyó el crujido del árbol debilitado, que comenzaba a derrumbarse. A toda prisa se escabulló gateando antes de que la frondosa copa chocara contra el suelo justo detrás de ella, desperdigando hojas y ramas en todas direcciones.

Se levantó y echó a correr por entre los árboles. Al poco rato, Eva sólo oía sus propios pasos hollando la blanda superficie del bosque.

"¿Se habrá ido? ¿Lo habré dejado atrás?", pensó.

Justo a su derecha, otro árbol quedó reducido a astillas por una explosión de sonido. La estaba persiguiendo.

Siguió corriendo durante un buen rato, zigzagueando entre la maleza. Los pulmones le ardían debido al gélido aire de la noche. Cuando llegó como una exhalación junto al enorme tronco de un árbol, Eva intentó establecer la posición de su atacante. Se apoyó contra una rama baja y recuperó el aliento, mientras se preguntaba dónde estaría. Miró hacia arriba, a través de las anchas hojas que se elevaban sobre ella. En el oscuro bosque, la luz de la luna no era suficiente para que pudiera familiarizarse con el entorno y encontrar un lugar seguro en el que ocultarse.

"Quizás si trepo hasta arriba podré ver mejor". Se agarró a una rama y, como había hecho muchas veces en las barras del gimnasio del Santuario, trepó a ella para comprobar si la plataforma de hojas endurecidas resistía su peso. Así fue.

Eva comenzó a saltar de una plataforma a otra. En poco tiempo escaló el árbol irregular y llegó a la copa, iluminada por la luna. Atisbando por encima de la rama más alta, podía ver la silueta ahusada de su atacante, que se movía rápidamente debajo de ella.

De nuevo, el intruso se detuvo y olisqueó el aire. Se puso a dar vueltas alrededor de los troncos vecinos. Aunque la túnica y el chaleco la protegían del frío de la noche, Eva se estremeció por el miedo y se echó hacia atrás para esconderse en la frondosa plataforma.

"Tengo que hacer que se aleje de mí", pensó. "Pero ¿cómo?"

Miró de nuevo hacia abajo. Podía ver en la pálida luz que el intruso todavía estaba por la zona, rebuscando entre la maleza con su arma de punta bulbosa. Un poco más allá echó a volar una bandada de pájaros, que se recortó sobre el cielo nocturno. El intruso se quedó inmóvil y escuchó. Estaba de cacería.

"Tengo que distraerlo", pensó Eva. "Pero ¿con qué?"

Abrió su bolsa y descubrió que no llevaba muchas cosas en ella: el Omnipod, bálsamo para los labios, esmalte de uñas Brillaluce, un equipo de hidratación, un recipiente para beber, unas cuantas electronotas… y el paquete de comestibles que Madr le había dado. Llena de curiosidad, Eva lo abrió. Se trataba de una bolsa rebosante de alimentos: SustiBarras, paquetes de EnergiJugos, pastillas para potabilizar el agua y gránulos nutritivos.

"Gránulos nutritivos. Perfecto", pensó, y cogió una de las bolas marrones.

Eva miró hacia abajo para comprobar si el intruso seguía dando vueltas. Moviéndose muy silenciosamente, se incorporó y lanzó el gránulo, que emitió un tintineo al golpear un árbol lejano. El oscuro intruso se lanzó como un rayo entre la maleza en dirección al ruido.

Eva esperó un poco.

"Otro", pensó. "Esta vez, todo lo lejos que puedas".

Se puso de pie y lanzó otro gránulo en la oscuridad, pero no oyó nada y se sentó de nuevo. Mientras esperaba, Eva estudió el terreno que se extendía bajo ella en busca de señales del intruso. Las horas pasaron. Las sombras del follaje, semejantes a borrones de tinta, se desplazaban y ondulaban sobre el bosque en penumbra, como si fuera el suelo el que se moviera. Este movimiento oscilante empezó a hipnotizar a la muchacha agotada. Eva se acurrucó entre las anchas hojas ahuecadas del árbol y esperó a que amaneciera.

CAPÍTULO 6: OMNIPOD

Un coro de

bramidos suaves y graves sacó a Eva de su sueño. Sobresaltada, se irguió de golpe.

—¿Dónde estoy?

Aunque todavía estaba bastante oscuro, la mayoría de las estrellas habían desaparecido en la luz que precedía al amanecer, y sobre Eva aún se cernían espesas nubes. La brisa fresca y neblinosa que le acariciaba la cara olía como un agradable jabón con aroma a flores.

Cuando se acostumbró al mundo tenuemente iluminado que la rodeaba, Eva buscó el origen de los bramidos. En una frondosa plataforma justo a su lado, había posados tres pájaros muy peculiares. Eva se inclinó para verlos mejor en la luz del alba y comprobó que eran casi tan grandes como ella. Una de las criaturas sacudió sus alas parecidas a aletas y gorjeó una advertencia, pero no echó a volar.

—¡Caray, pájaros! Pájaros vivos y de verdad. Aquí mismo. Justo a mi lado —susurró Eva. Mientras observaba cómo se arreglaban las

plumas con el pico, Eva sacó su Omnipod y dijo en voz baja—: Aquí Eva Nueve. Activa la Identicaptura, por favor.

El dispositivo brilló y respondió:

—Identicaptura activada. Procede.

Eva dirigió el Omnipod hacia los pájaros y el dispositivo emitió un pitido electrónico. Segundos después, un holograma tridimensional perfecto del pájaro, con sus tres pares de alas, flotó como si fuera una maqueta sobre el ojo central del Omnipod. Por debajo del holograma comenzaron a parpadear gráficas y menús mientras el Omnipod intentaba identificar la criatura. Por fin, el dispositivo anunció:

—Reino, filo y especie: desconocidos.

—Qué raro —dijo Eva. Examinó el Omnipod para comprobar si estaba dañado—. Pensaba que podías identificarlo todo.

Cuando le dio la vuelta al dispositivo, sobre su acabado metálico lacado se reflejó un rayo de luz que asustó a los pájaros posados. La bandada se puso a cotorrear y echó a volar hacia el horizonte bajo la atenta mirada de Eva. Entonces descubrió el origen de la luz reflejada. Bajo las nubes brumosas y espesas, apareció en el cielo una bola descomunal de color blanco brillante. Su núcleo abrasador despedía rayos de luz que atravesaban el cielo púrpura y azul a medida que lo iluminaban.

—¡Oh, no! —gritó Eva. Se encogió sobre la frondosa plataforma hasta convertirse en un ovillo—.

¡Es demasiado grande! ¡Es demasiado grande! —Eva se tapó los ojos con las manos—. ¡Es mucho más brillante que los hologramas! ¡Me va a quemar!

Una gran calidez inundó su cuerpo y grietas de luz naranja se colaron entre sus dedos pálidos y huesudos. Cuando se atrevió a mirar a través de ellos, Eva dejó de contener la respiración y se sentó. El sol se alzó en el sombrío cielo matinal y desveló el paisaje circundante.

En el horizonte, hacia el este, justo bajo el sol naciente, asomaban las cumbres puntiagudas de unas montañas envueltas en bruma. Hasta donde alcanzaba la vista de Eva, en dirección norte y sur se extendía un espeso bosque de árboles entrelazados. En el extremo del bosque, la grava y las piedras salpicaban una amplia llanura. Tras ella, hacia el oeste, había un grupo de árboles más tupidos e irregulares, como aquél en el que estaba subida. La masa en su conjunto tenía un intenso color verde oliva y, cuando Eva se fijó mejor en los árboles, se dio cuenta de que... se movían.

"¿Árboles que se mueven?"

Se asomó a toda prisa al borde de su plataforma de hojas y miró hacia abajo. Las rocas cubiertas de líquenes y la grava suelta se desplazaban por debajo a un ritmo constante, a medida que el árbol paseaba tranquilamente sobre cientos de pequeñas patas que parecían raíces. A Eva le recordó a los hologramas que había visto de ciempiés reptando por el suelo.

—¿Árboles que caminan? No recuerdo haberlos estudiado —dijo Eva perpleja, con el ceño fruncido.

—Tu nivel de hidratación es bajo, Eva Nueve —le comunicó alegremente su túnica—. Por favor, hidrátate de inmediato. Gracias.

Se incorporó y golpeó el parche del hombro para confirmar que había recibido el mensaje. El parche le mostró un diagrama con estadísticas, como la altura, el peso, la temperatura corporal y la hora.

Eva observó las hojas del árbol. Bajo la rama en la que se habían posado los pájaros, había un pequeño charco de agua.

La muchacha saltó hasta la ancha plataforma y sumergió una mano en el charco. Se llevó la fresca agua hasta la nariz y la olisqueó mientras se escurría por sus dedos, pero no le olió a nada. Sacó su recipiente para beber, lo llenó de agua y metió la lengua. Detectó un ligero sabor a col pero, por lo demás, el agua era normal y corriente. Echó una pastilla potabilizadora y bebió.

Eva se detuvo y se preguntó si habría esperado el tiempo suficiente para que el agua fuera potable. "¿Será venenosa? ¿Me pondré enferma?" Intentó no pensar en el agua, o en la extensión del cielo iluminado por el amanecer, y sacó el Omnipod.

—Consulta los mensajes, por favor.

—No tienes mensajes nuevos, ni de voz ni de otro tipo.

—¿Puedes… puedes enviarle un mensaje a Madr?

—Intentando la conexión por voz con Multimecanismo de Auxilio en Dispositivo Robótico cero seis… —dijo el Omnipod a la vez que las lucecitas empezaban a parpadear alrededor de su ojo central.

—Vamos… —Eva se puso a juguetear con el apósito del pulgar—. Por favor, dime que estás ahí…

—Lo siento, Eva Nueve. No recibo respuesta —dijo el Omnipod—. ¿Quieres dejar un mensaje?

—No, gracias —Eva se levantó y observó el bosque a lo lejos. Contempló entrecerrando los ojos los árboles errantes y las bandadas de criaturas voladoras.

"¿Dónde estoy?", se preguntó. "Anoche estaba en el bosque, pero ahora ya no. ¿Cuánto tiempo llevo viajando?"

Lo vio en la lejanía.

A cierta distancia serpenteaba una pequeña voluta de humo que se evaporaba justo por encima de las copas de los árboles: el humo procedente del conducto de ventilación del Santuario.

"Madr".

Eva se bajó con dificultad del árbol errante y saltó al suelo pedregoso. Mientras el árbol seguía avanzando pesadamente, Eva se alejó de su sombra y se adentró en la llanura que se extendía entre ella y lo que quedaba de su hogar subterráneo.

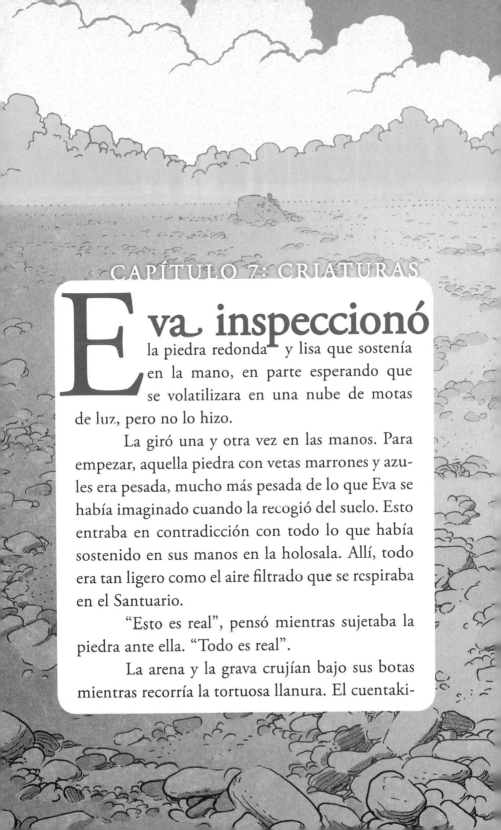

Eva inspeccionó

la piedra redonda y lisa que sostenía en la mano, en parte esperando que se volatilizara en una nube de motas de luz, pero no lo hizo.

La giró una y otra vez en las manos. Para empezar, aquella piedra con vetas marrones y azules era pesada, mucho más pesada de lo que Eva se había imaginado cuando la recogió del suelo. Esto entraba en contradicción con todo lo que había sostenido en sus manos en la holosala. Allí, todo era tan ligero como el aire filtrado que se respiraba en el Santuario.

"Esto es real", pensó mientras sujetaba la piedra ante ella. "Todo es real".

La arena y la grava crujían bajo sus botas mientras recorría la tortuosa llanura. El cuentakilómetros incorporado en el tacón hacía clic al registrar la distancia. Se detuvo y comprobó cuánto había avanzado.

—He recorrido casi dos kilómetros. Nunca había caminado tanto.

Eva miró hacia atrás y contempló la llanura. El árbol en el que había estado viajando se había juntado con otros y ya no se distinguía de los demás. Parecían una manada holográfica de elefantes verdes. Al dirigir los ojos hacia los rayos de sol, que intentaban abrirse paso por el cielo nublado, notó que un entumecimiento frío se apoderaba de ella. Se sentía vulnerable y asustada. Nunca había estado en un espacio abierto tan vasto. Jamás.

Aflojó la mano sudorosa en la que sujetaba la piedra y la dejó caer. Se quedó paralizada en el sitio.

"Tengo que correr", pensó. "Ir corriendo a casa tan rápido como pueda".

—Pero no puedo hacerlo —dijo Eva en voz alta—. Debo ser fuerte.

"Ojalá pudiera volar. Así exploraría todo el mundo al abrigo de las nubes".

—Ojalá estuviera en mi habitación —Eva tragó saliva—. Ahora podría estar viendo *Beeboo y sus amigos*.

"Pero ahora soy libre. Nadie puede decirme lo que debo hacer".

—¿Nadie? ¡Aquí no hay nadie! ¿Dónde está todo el mundo? —gritó Eva.

"Debo buscarlos. Debo encontrarlos".

—Estoy cansada. No sé si puedo hacerlo —alicaída, miró a su piedra en el suelo.

"Tengo que demostrarle a Madr que yo tenía razón y que ella se equivocaba".

El entumecimiento desapareció. Eva se secó en la túnica la humedad de la palma de las manos. Dio la vuelta hacia la lejana columna de humo y se puso a caminar de nuevo, pensando en el robot mientras avanzaba penosamente.

—Madr tenía razón. Soy una fracasada. Creo que no estoy preparada para explorar la superficie —dijo Eva mientras cogía su Omnipod.

—Eva Nueve —la saludó el dispositivo—, ¿en qué puedo ayudarte?

—Activa la señal de transmisión —le ordenó—. Las coordenadas son complejo HRP... número... eh... Espera. ¿Puedes volver a reproducir el mensaje de Madr de anoche?

—Por supuesto —dijo alegremente el Omnipod.

—Querida Eva —la grabación mostró de nuevo el holograma de la cabeza de Madr—, he grabado este mensaje por si lograbas escapar con éxito del Santuario. Sé que...

El Omnipod se desactivó repentinamente cuando Eva tropezó con una roca rugosa que se encontraba ante ella en el camino y que le pasó desapercibida. La roca empezó a parlotear mientras se escabullía de debajo de Eva sobre sus numerosas patas. Su exoesqueleto pétreo se abrió y mostró un par de alas membranosas de llamativos colores. Se alejó volando con un zumbido y se posó cerca de un gran agujero un poco más allá. Eva observó cómo se acomodaba y cambiaba de color hasta mimetizarse con un grupo de piedras y ramitas de color marfil que rodeaban el agujero.

—¿Las piedras también caminan? —preguntó Eva—. A lo mejor necesito entrenar más —comprobó de nuevo su posición y se encaminó hacia el bosque donde estaba el Santuario.

Mientras Eva estudiaba la acumulación de flora con extrañas formas que tenía ante sí, sus ojos se fijaron en unos pájaros que describían círculos en torno a un árbol llorón, adornado con ramas largas y mustias. En el centro de su rama más alta se encontraba un objeto brillante; Eva llegó a la conclusión de que sería una especie de fruto. Activó la Identicaptura con la esperanza de obtener un holoescaneo mejor de los pájaros, pero entonces uno de ellos se posó sobre el fruto. Rápidas como un rayo, las ramas colgantes del árbol se apoderaron del pájaro y lo asfixiaron hasta ahogar sus chillidos.

—¡Puaj! —Eva dio un paso atrás, horrorizada—. ¿Qué es eso? —orientó el Omnipod hacia el árbol y esperó a que el dispositivo captara una imagen. Sobre el ojo central del Omnipod comenzó a rotar una maqueta holográfica con todo detalle. De nuevo, el dispositivo anunció: "Reino, filo y especie: desconocidos".

—¿Desconocidos? —preguntó Eva atónita—. ¿Cómo es posible? Claramente se trata de una especie de árbol —sus ojos se abrieron como platos cuando presenció cómo el árbol devoraba al pájaro.

—Su tamaño, forma y coloración no se corresponden con ninguno de mis registros —informó el Omnipod—. En todo caso, su forma básica y sus acciones se parecen a las de un animal del género *Hydra*...

—¿Así que es eso? —Eva se quedó mirando al holograma de una hidra flotando sobre el Omnipod. Sus tentáculos finos y menudos ondulaban libremente en torno a su cuerpo, semejante a un tubo.

—Sin embargo —prosiguió el Omnipod—, todas las especies de este género son minúsculas. La mayoría, microscópicas.

—Eso de ahí —dijo Eva, señalando el árbol— es de todo menos microscópico.

El árbol relajó las ramas y las dejó en su posición original. El pájaro había desaparecido.

—Estoy de acuerdo —afirmó el Omnipod—, por eso concluí que no era identificable.

—Pero dijiste que se parecía a algo como una hidra —dijo Eva—, por lo que debe de ser un animal —observó que otros pájaros volaban en círculo alrededor del fruto. Se dio cuenta entonces de que había devorapájaros llorones por todo el bosque.

—Su coloración y su textura son similares a las de un amplio grupo de plantas llamadas algas, pero no puedo llegar a una conclusión definitiva —añadió el dispositivo. Mostró entonces varios tipos de algas con flechas señalando diversos estanques, lagos y mares en los que podían encontrarse. Otro pájaro graznó a lo lejos mientras un árbol se lo comía.

"¿Qué está pasando?", se preguntó Eva. "¿Por qué nunca los estudié? Son mucho más peligrosos que la estúpida serpiente holográfica que me mordió". Sintió otra vez que el entumecimiento le paralizaba hasta las piernas.

—Debo regresar al Santuario.

—Hay una entrada a un Santuario a unos quinientos sesenta y ocho metros todo recto y ligeramente hacia el sur —dijo el Omnipod en respuesta a las palabras de Eva—. Si quieres, puedo sincronizar la distancia con tus botas.

—No, gracias —dijo Eva mientras observaba la linde del bosque. En la sombra matutina de los devorapájaros, vio lo que parecía ser una enorme roca, inclinada por un lado y medio hundida en la tierra: la entrada a ras de suelo de un Santuario.

Pero no era su Santuario.

Eva corrió por la llanura pedregosa hasta la entrada. Justo como en los hologramas de entradas subterráneas que había visto, la abertura se adentraba en la tierra con un suave ángulo. Sus paredes exteriores estaban salpicadas de grandes líquenes. Su tejado carcomido albergaba enormes setas pálidas. Incluso la puerta había desaparecido. Eva dedujo, por el aspecto deteriorado de la entrada, que el Santuario llevaba vacío mucho tiempo.

Se retiró de los ojos un mechón de pelo entre castaño y rubio y echó un vistazo dentro de la entrada descendente. La oscuridad del interior no le dejó ver nada.

"Quizás hay alguien que pueda ayudarme", pensó, "alguien como yo. A lo mejor su transmisor está estropeado, como el nuestro, y lleva años intentando ponerse en contacto con Madr y conmigo".

—¡Holaaaa! —gritó Eva en el hueco. El sonido rebotó con un eco en las negras profundidades.

Le respondió un agudo chillido, y de golpe salió volando un enjambre de algo parecido a repugnantes cangrejos voladores. Eva dejó escapar un grito y se tapó la cara con las manos. Los bichos gorjeantes se alejaron aleteando en el cielo matutino. Acto seguido, un bramido grave resonó por todo el paisaje y una sombra gigantesca oscureció la entrada desde arriba.

Lo que a ojos de Eva parecía una enorme ballena voladora surgió desde lo alto sobre la llanura abierta. Con sus inmensas fauces, la ballena aérea engulló el enjambre de cangrejos voladores y prosiguió su camino, manteniéndose a flote gracias a un par de imponentes sacos de aire. Desconcertada por el tamaño de la ballena, Eva se encogió. No alzó su Omnipod hasta que la ballena hubo desaparecido tras las copas de los árboles, en el extremo de la llanura.

Eva recuperó el aliento y se apoyó contra un lateral de la entrada carcomida.

—Aquí Eva Nueve —le dijo al dispositivo—. Activa el barrido EscanVida. Busca en la zona todas las formas de vida detectables.

—Iniciando EscanVida —una imagen de radar flotó sobre el ojo central del Omnipod. Eva se puso a mordisquear el apósito del dedo mientras giraba ante ella un plano de la entrada del Santuario. Aparecieron varios puntitos desperdigados y un punto más grande que brillaba con fuerza—. Hay varias formas de vida pequeñas de escasa importancia —informó el Omnipod—. Sin embargo, hay una criatura activa más grande que se dirige hacia las escaleras de la entrada.

A Eva se le encogió el corazón.

—¿Es un humano o un robot?

—Desconocido.

Erguida cuan alta era, Eva escudriñó el entorno. Aunque la entrada se encontraba cerca del extremo del bosque, estaba algo alejada de la hilera de árboles.

—Criatura casi en la superficie —Eva odiaba que el Omnipod siguiera hablando tan alegre.

"Podría ser el intruso de anoche", pensó. "¿Qué hago? ¿Qué hago?" Echó un vistazo a su alrededor.

—No puedo correr, estoy demasiado lejos —susurró Eva entrecortadamente. Volvió a mirar el punto brillante en el Omnipod—. Sea lo que sea, llegará a la superficie antes de que yo alcance el bosque.

—Aceleración detectada en la frecuencia cardiaca, Eva Nueve —anunció su túnica—. Por favor...

Eva golpeó el parche del hombro para silenciar el informe. Dejó caer el Omnipod en la bolsa y corrió hacia la parte trasera de la entrada del Santuario. Tras agarrarse con fuerza al tallo de una seta enorme, trepó por la pendiente hasta alcanzar el tejadillo inclinado.

Los pasos se oían cada vez más fuertes a medida que la persona —o la cosa— se aproximaba a la superficie. Eva aguantó la respiración y se encogió hasta convertirse en un ovillo. El vello de la nuca se le puso de punta. Podía notar a la cosa cerca de ella.

"A lo mejor no me ve. A lo mejor se va".

El tiempo se detuvo mientras esperaba, acurrucada con las manos encima de la cabeza. El cuello empezó a dolerle. No oía absolutamente nada, excepto las risitas lejanas de los pájaros.

"¿Habrá vuelto a bajar?"

—¿Ovanda say tateel? —gritó una voz. Lentamente, Eva abandonó su posición y se atrevió a asomarse por el borde del tejadillo.

Sus ojos se encontraron con los de una criatura que, a todas luces, el Omnipod tampoco podría identificar.

CAPÍTULO 8: PEGADA

Eva no despegó la vista de la boca con barbas de siluro de la criatura. Su desgarbada silueta era mucho más pequeña que la del intruso de la noche anterior. Su cuerpo de color azul cerúleo estaba cubierto en parte por una ancha chaqueta de un marrón desvaído.

—¿Ovanda say tateel? —repitió la criatura bípeda. Eva dedujo que se trataba de una pregunta por la entonación, y supuso que era un macho por su voz áspera, aunque no estaba completamente segura. Se separó a toda prisa de él, echándose hacia la parte de atrás del tejado.

—¿O-van-daa... say... taa-teel? —dijo gesticulando con sus enormes manos. En una de ellas, sujetaba una botella cilíndrica medio llena de un líquido lechoso—. ¿Say tateel? ¿Dat?

—¿Quién eres? —preguntó Eva con voz estridente—. ¿Cómo has entrado ahí?

"¿Has matado a quien vivía ahí y le has robado la chaqueta?"

La criatura volvió su estrecha cabeza y observó a Eva con sus ojos añiles, parpadeando como un pájaro.

—Bluh. Shassa avanda say tateel —farfulló mientras bajaba las escaleras para regresar a su Santuario.

Eva, perpleja, se sentó en el tejado y esperó.

A lo lejos se oía la llamada de la ballena aérea surcando el cielo.

No sucedió nada.

—¡Ya sé que esto no está en la estúpida lista de supervivencia! —se deslizó por la parte de atrás de la entrada y se dirigió de puntillas al acceso. Atisbó en el interior, pero en la oscuridad no distinguió ningún indicio de la criatura.

Eva carraspeó.

—Hola… ¿Se… puede? —dijo de manera sucinta—. Me… llamo… E-va… Nueve. ¿Vives… aquí?

Un sonoro eructo retumbó en el interior.

—Si pudieras decirme dónde están las personas que vivían aquí, me…

—¡Saaga na SASHA! —gritó la criatura mientras subía las escaleras pisando con fuerza. Cuando emergió de las sombras de la entrada, estaba agitando violentamente los brazos.

Eva pegó un grito y se cayó hacia atrás. Con la barriga hacia arriba, se dio la vuelta como pudo sobre las manos y los pies, como un insecto escabulléndose de una criatura furiosa.

—¡Zaata! ¡Zaata! —dijo para ahuyentarla.

—¡No me hagas daño! —gritó Eva—. Sólo intento volver a casa —cuando se sentó, el Omnipod se le cayó de la bolsa. Los inquietantes ojos de la criatura se fijaron en él y en cuestión de segundos se propulsó con sus piernas, que se doblaban hacia atrás, y se abalanzó sobre Eva. Antes de que ella pudiera cogerlo, le arrebató el Omnipod. Eva se puso en pie de un salto.

—¡Devuélvemelo! ¡No es tuyo! —dijo señalando el dispositivo.

—Bluh —la criatura eructó y se guardó el Omnipod en un bolsillo.

Eva arrugó la nariz por el agrio hedor que despedía su boca.

—¡Puaj, eres asqueroso! —Eva se abanicó con las manos—. ¿Qué estás bebiendo?

—Bluh, napana —la criatura se dio la vuelta y se alejó de ella dando un último trago. Lanzó la botella vacía al suelo y volvió a entrar en el Santuario.

—¡Espera! ¡Necesito mi Omnipod! ¡Es mío! —gritó Eva. Sin volverse, como si no hubiera escuchado sus súplicas, la criatura bajó las escaleras hacia la oscuridad.

—¿Cómo se supone que voy a encender fuego? —gritó. Furiosa, Eva se puso a dar vueltas alrededor de la entrada—. ¡No pienso meterme ahí!

"Me matará", pensó. "Me comerá y me robará el chaleco".

—¡Uf! ¿Qué voy a hacer? —gimoteó—. No puedo encontrar el camino de regreso a mi Santuario sin el Omnipod.

"Podría esperar a que se quedara dormido y robárselo".

—No, eso no funcionará. ¿Quién sabe cuándo duerme? ¿Quién sabe siquiera qué es? Aunque aquí no hay nadie para decírmelo…

En el bosque se oyó el latigazo de otro devorapájaros llorón que acababa de cazar su desayuno.

Eva se detuvo y se puso a observar la hilera de árboles. A lo lejos todavía podía distinguir la tenue voluta de humo que emergía en la tardía bruma matutina. Volvió la vista hacia la corroída entrada del viejo Santuario.

—Estúpido Omnipod —masculló con rabia, y se puso en marcha hacia su hogar—. Me pregunto qué pensará Madr cuando por fin me llame y esa cosa le conteste —reflexionó—. Dirá: "Hola, Eva, tesoro. ¿Todavía estás viva?", y sólo oirá "¡Blaaga, blaaga, blaaga!" al otro lado. Se lo merece por no haberme traído aquí antes.

Eva, cada vez más cerca de la linde del bosque, cruzó los brazos. Allí el musgo crecía en amplias marañas que cubrían el suelo y los troncos de los árboles inmóviles. Los rayos de luz intermitentes le daban la bienvenida a todo tipo de brotes insólitos que surgían del suelo.

Eva bordeó las raíces del devorapájaros y observó las ramas colgantes del despiadado árbol. En lo alto se oía el reclamo de los pájaros, pero no podía verlos a través de la copa oscilante y embrollada. Un árbol cercano sacudió repentinamente sus gruesos zarcillos y capturó a su presa. Asustada, Eva tropezó con un arbusto rosa, voluminoso y redondeado, que estaba cubierto de finos tallos coronados de rocío.

—¡Aaah! ¿Qué es esto? —intentó soltar la mano, que se le había quedado pegada en la planta, pero también su brazo se enganchó. Unos pegotes viscosos se le adhirieron a las piernas y a los pies. Eva empezó a darles patadas a los numerosos tallos, pero pronto se convirtió en una masa pegajosa unida al arbusto. Miró por encima del hombro y vio que cerca de ella se encontraban los restos de otra desventurada criatura que había quedado atrapada. La piel ahora transparente dejaba al descubierto su esqueleto. Todos los órganos habían desaparecido.

—¡Ovanda! —Eva gritó las palabras que la misteriosa criatura le había dicho—. ¡Ovanda tateel! ¡Ayúdame, por favor!

El bosque permaneció en silencio. El pánico se apoderó de Eva, que comenzó a retorcerse para intentar soltarse.

—¡Tateel! ¡Ovanda! ¡Socorro! —Eva gritó y forcejeó hasta que le dolió la garganta y quedó completamente inmovilizada. Pronto se sintió agotada, y a duras penas pudo levantar la cabeza para ver quién (o qué) producía los pasos que se acercaban.

Eva reconoció las delgaduchas piernas de la criatura del viejo Santuario. Ahora llevaba puesto un sombrero de ala ancha que le ensombrecía la cara. Sobre sus estrechos hombros cargaba las correas de una mochila pesada y voluminosa. De ella colgaban numerosos objetos que tintineaban a cada paso. La criatura se detuvo y se apoyó sobre un bastón tallado. Le dedicó un resoplido a la muchacha.

—¡Ovanda tateel! ¡Por favor, ayúdame! —imploró Eva con voz ronca—. Puedes quedarte con mi Omnipod, pero sácame de aquí —notaba una quemazón en el anverso de las manos, por donde la sujetaban con fuerza las brillantes puntas de la planta.

La criatura rebuscó en un bolsillo de la mochila y desenvainó un pequeño cuchillo con forma de hoz. Se agachó y cercenó los tallos de la planta pegajosa que se habían adherido a Eva. La muchacha cayó al suelo e intentó escapar rodando.

—Dat, dat, dat —descorchó otra botella de su fétida bebida y la vertió sobre las manos de Eva. De inmediato, el líquido disolvió los tallos de puntas pegajosas y alivió la quemazón. Vertió más líquido de la botella sobre la muchacha, que se incorporó como pudo.

—Gracias —dijo jadeando—. Gracias.

La criatura se bebió lo que quedaba en la botella, se puso de pie y se sacudió el polvo.

—Beeta sa feezi —dijo riéndose entre dientes. De repente, dejó caer la botella vacía y se quedó paralizado, con la mirada fija detrás de Eva Nueve.

—¿Daff effu caerulean? —susurró con voz gutural. Una enorme silueta apareció sigilosamente entre la maleza y cubrió a Eva con su sombra. Sofocó un grito cuando se dio cuenta de que la forma corpulenta que se cernía sobre ella era la del intruso de la noche anterior. Su arma zumbadora estaba apuntando a la estrecha cabeza azul de la criatura. Con un estruendo grave, una onda expansiva lanzó hacia atrás al desgarbado desconocido, que aterrizó en el suelo y quedó inmóvil.

CAPÍTULO 9: REBANADAS

Eva abrió los ojos. Sentía como si la cabeza le fuera a explotar. Incluso a sus pulmones les costaba mantener suficiente aire en su interior. Su pie derecho estaba peor: no lo sentía; en realidad, tampoco sentía su pierna derecha. Sabía que cuando saliera de ésa, si lo lograba, le seguiría doliendo durante mucho tiempo. Algo confundida, intentó recordar cómo había llegado a ese aprieto…

El intruso, empuñando su arma, había obligado a Eva a acompañarlo a su campamento, en las profundidades del bosque. Antes de que le hubiera dado tiempo a abarcar con la mirada la colección de criaturas allí atrapadas, la bestia le había indicado que se quitara la bolsa y el chaleco. Acto seguido, los había lanzado al montón en el que acumulaba su botín.

Después de bajar de su hombro a la larguirucha criatura azul y tirarla al suelo, el intruso había atado una soga alrededor del pie derecho de Eva y la había izado a un árbol, de modo que colgara cabeza abajo. Los dedos de la muchacha, que pendía de una rama elevada, habían quedado balanceándose a un metro del suelo. En cuanto se hubo ralentizado el vaivén, había presenciado cómo el intruso colgaba a la otra criatura. Entonces, mareada, había perdido el conocimiento…

Cuando lo recobró, se fijó en los detalles del campamento desde su perspectiva invertida.

El enorme espacio se encontraba en un claro bordeado de árboles cuyo perímetro estaba cercado de altos postes, cada uno de ellos con diversos faroles apagados. Las largas sombras vespertinas apuntaban hacia el centro del campamento, donde se acumulaba la montaña del botín. Cerca de los objetos robados reposaba una especie de planeador con alas onduladas, lo suficientemente grande como para transportar al intruso.

Mientras Eva escudriñaba la zona, se armó una algarabía. Los ruidos procedían de la colección de animales y plantas errantes que estaban retenidos de diferentes maneras por todo el campamento. Unos enormes recipientes transparentes, muy parecidos a los cubos en los que se almacenaban las cápsulas nutritivas en su Santuario, contenían un variado surtido de extraños insectos. Un par de pájaros atados al suelo agitaban sus alas como aletas, intentando huir;

igual que Eva, estaban inmovilizados por una soga fuertemente anudada en torno a sus patas.

"Es un cazador", pensó Eva. "Estos animales son sus presas. Yo soy su presa".

En el extremo más alejado del campamento se encontraba el prisionero más grande, un behemot con seis patas y un caparazón de color óxido. Su forma le hizo pensar a Eva en el holograma de una cochinilla, pero con el tamaño de un mamut. El behemot emitía melancólicos bramidos que resonaban por todo el bosque. También él parecía estar amarrado.

Eva estaba impresionada por el tamaño del animal acorazado, pero pronto se dio cuenta de que eran dos, aunque el más pequeño quedaba oculto junto al grande. El cazador, que había sustituido su arma por una lanza larga y afilada, apareció de repente y pasó entre los dos animales.

El cuerpo descomunal del cazador estaba cubierto por pelos gruesos y ásperos en diversos tonos de gris, como si sobre él se proyectara la luz moteada que se filtraba a través de la copa de los árboles. Su cabeza afilada y robusta estaba coronada por dos ojos amarillos, hundidos y penetrantes. Su fría mirada le recordó a Eva el holograma de un búho, o incluso de diferentes tipos de dinosaurios. Sobre uno de sus múltiples apéndices reposaba la correa de una extraña mochila, con cables que se acoplaban a la empuñadura posterior de la lanza.

Recorrió con sus garras el costado del behemot más grande y se detuvo para mirar de frente a ambos animales. Eva pudo oír un zumbido familiar cuando el cazador cargó su lanza. Los dos animales acorazados se movieron nerviosamente.

—Tuda neem —dijo el cazador mientras situaba la punta de la lanza entre los ojos protuberantes del más pequeño. Apretó el gatillo. El animal dejó escapar una tos entrecortada y se desplomó en el suelo.

El superviviente se puso a gemir largamente con voz lastimera. Eva se tapó la boca con sus manos mugrientas para ahogar un grito de horror y siguió mirando con las pestañas paralizadas. Con sus poderosos brazos, el cazador agarró al animal muerto por las patas y le dio la vuelta sobre la espalda. Después, se subió encima de él y le cortó la cabeza con un solo golpe de su lanza zumbadora. Del cuerpo manó un líquido transparente y viscoso que iba tiñendo de azul el suelo a medida que fluía.

La mirada de Eva se centró en el corpulento cazador, que había comenzado a cortar el cadáver en enormes rebanadas con precisión quirúrgica. Quería cerrar los ojos, pero por alguna razón no podía dejar de mirar, hipnotizada por la facilidad con la que la lanza sónica cortaba la carne. Le recordó a Madr cortando las espinacas la noche anterior.

El cazador desolló al animal de gruesa piel acorazada, arrancándosela como si fuera una manta húmeda. Comenzó entonces a cortar el interior. La carne, recia y grasa, era de color rosa y se bamboleaba como si fuera gelatina. Rebuscó en lo más profundo de la cavidad del pecho y extrajo con sus garras uno de los órganos de la criatura, parecido a un racimo de uvas grande y oscuro. Lo dejó caer en sus dentudas fauces y lo engulló con fruición. Eva cerró los ojos cuando el estómago se le revolvió.

El behemot superviviente se retorció con fuerza en su atadura, apretada alrededor de una de sus colosales patas, y aulló de nuevo.

—Kap und gabbo... Ta, broog iffa yu nabba —reflexionó el cazador con un tono suave.

—Oeeah. Te banga nee peezil —susurró una voz áspera junto a Eva. La delgada criatura azul se había despertado y estaba señalando al animal muerto.

—¡No estás muerto! —gritó Eva, feliz por ver que aún estaba vivo. Señaló al cazador—. Los dos somos prisioneros de este monstruo. Tenemos que encontrar la manera de escapar —con energías renovadas, Eva intentó alzarse hasta la soga que la sujetaba por el pie. Incapaz de alcanzarla, se dejó caer de nuevo cabeza abajo.

—Dot, dat —la criatura le dijo a Eva que no agitando un grueso dedo. Entonces, impulsándose con su pierna libre, empezó a balancearse. Pronto se meció rápidamente describiendo arcos cada vez mayores. Eva se dio cuenta de lo que estaba haciendo y lo imitó. El crujido de las ramas quedaba amortiguado por el barullo que armaban los ruidosos prisioneros. En poco tiempo, chocaron el uno contra el otro. Eva se agarró firmemente a la gastada chaqueta de la criatura e intentó ignorar el agrio hedor que salía de su boca.

El cazador paró un momento de cortar, inclinó la cabeza y escuchó. Eva aguantó la respiración.

El monstruo reanudó su espeluznante tarea, de espaldas a Eva y a su compañero.

—Peesa van shuuzu —dijo la criatura larguirucha mientras movía la mano hacia arriba, en dirección al nudo de la soga.

Eva intentó concentrarse en lo que le decía, a pesar de que la cabeza le martillaba.

—No sé qué quieres decirme —susurró.

—Peesa —dijo repitiendo el ademán.

Eva hizo un gesto.

—¿Arriba? ¿Quieres subir?

—¡Ta! ¡Ta! —dijo asintiendo con la cabeza—. Peesa.

—Ya lo intenté antes, pero no puedo levantarme. Peso dem…

Con gran esfuerzo, la criatura agarró a Eva por la cintura y la levantó ligeramente. La muchacha sintió que se aflojaba la tensión del nudo en torno a su tobillo.

—¡Pra! ¡Dooma boffa! —dijo el cazador mientras abofeteaba al otro animal acorazado, que se arrastró hacia atrás gruñendo con voz lastimera.

Eva y su compañero de reclusión se quedaron paralizados. Notaba que el nudo se había movido y ya no la rodeaba por el tobillo, sino por la punta de la bota.

—Peesa. Hazlo otra vez —le susurró señalando hacia arriba. La criatura azul la volvió a levantar. Esta vez, Eva retorció el pie dentro de la bota y logró escurrirlo fuera. Se soltó y cayó al suelo con un ruido sordo.

Tendida sobre el bosque, Eva notó un hormigueo cuando la sangre comenzó a fluir de nuevo por sus piernas. Vio que el cazador dejaba la lanza en el suelo canturreando y se ponía a organizar los trozos de carne. Cuando se le pasó un poco el dolor de cabeza, se arrastró hasta ponerse debajo de la criatura delgaducha e intentó levantarla.

—Dat, dat, dat —señaló hacia su pie descalzo en lo alto. Justo debajo de sus dedos gruesos y callosos se extendía un moretón de color oscuro alrededor del tobillo, por donde lo sujetaba firmemente la soga fabricada con una liana—. Te —dijo señalando la montaña con el botín en medio del campamento. Eva miró hacia el cazador atareado justo más allá y de nuevo a la criatura azul, que seguía asintiendo con la cabeza y señalando al botín.

—¿Qué? —murmuró—. ¿Qué quieres que coja?

Él respondió haciendo un gesto como si con la mano se cortara el brazo.

—¿Golpear? ¿Cortar? ¿Qué?

La criatura repitió el gesto una vez más.

—No sé qué significa. ¿Quieres que te corte el brazo? Espera… ¡Cortar! ¿Un cuchillo? —dijo Eva abriendo los ojos como platos—. ¡Tu cuchillo! ¡En tu mochila! —exclamó imitando su gesto.

La criatura asintió sonriendo.

—Ya entiendo —bisbiseó Eva. Se agachó y, en ese momento, se dio cuenta de que su pie descalzo estaba entumecido y dolorido por el cautiverio. A cuatro patas, se arrastró hasta la montaña del botín y se acercó sigilosamente a la enorme mochila de la criatura. Con sus ágiles dedos, abrió el bolsillo en el que se encontraba el cuchillo con forma de hoz. En el saquillo de al lado distinguió la silueta inconfundible de su Omnipod.

Eva lo sacó y sonrió. Con los ojos clavados en la espalda peluda y robusta del cazador, sacó con cuidado de la montaña del botín su bolsa y su chaleco. Cuando se daba la vuelta para marcharse, le llamó la atención un pequeño objeto medio enterrado en la extraña colección de despojos. Recogió esa pieza de color amarillo brillante y leyó la etiqueta estampada en mayúsculas en un lateral abollado: "Batería Centurión T6D9". Eva se la guardó en la bolsa y comprobó de nuevo la posición del cazador. Como seguía ocupado cortando la carne, Eva corrió en ayuda de su flaco compañero, sin que la bestia se diera cuenta.

"Pequeña".

Una suave voz flotó en la mente de Eva, como las viejas grabaciones de canciones que había oído. Miró a su alrededor. "¿Hay alguien más aquí? ¿La ballena aérea?", se preguntó Eva mientras escrutaba el lugar. El cazador estaba enfrascado sazonando la carne, mientras la colección de pájaros picoteaban sus ligaduras desesperados. Su compañero se balanceaba cabeza abajo y en silencio esperando a que regresara.

Eva echó a correr y le entregó el cuchillo. En cuanto lo agarró, la criatura señaló el bosque que estaba detrás de él y susurró: "Tasha, zaata".

Eva negó sin dejar de mirar con precaución al ocupado cazador. Se estremeció ante la idea de que la persiguiera otra vez por el bosque. "¿Cómo puedo escapar de él a plena luz del día? No volverá a echar a correr detrás de unos gránulos nutritivos". Una idea empezó a abrirse paso en su cabeza. Sujetó en alto el Omnipod.

—Te ayudaré, pero tu también tendrás que ayudarme, ¿de acuerdo?

—Bluh, sizzu feezi —respondió la criatura poniendo los ojos en blanco.

Una vez acabadas sus tareas de carnicero, el cazador cogió varios filetes grandes y se dio la vuelta para dirigirse hacia su planeador. Cuando miró hacia arriba, descubrió que sólo quedaba uno de sus prisioneros, colgado junto a una solitaria bota.

—¡Feezi meed! —bramó mientras dejaba caer la carne y tomaba su lanza—. Ya battee meer de hagrim Ruzender. ¿Wha seesha?

Encaramada en el árbol del que pendían las sogas, Eva oía al cazador gritando a medida que se aproximaba.

—Aquí Eva Nueve —musitó al Omnipod—. Activa a Miss Aeróbic. Que el calentamiento empiece dentro de quince segundos.

—Activando dentro de quince segundos —respondió el dispositivo—. Quince... Catorce... Trece... Doce...

Eva lanzó el Omnipod hacia el bosque todo lo lejos que pudo. El artilugio de metal llegó mucho más lejos que los gránulos la noche anterior. Aterrizó en la lejanía asustando a una bandada de pájaros alborotadores. El cazador dejó al prisionero azul y echó a correr para inspeccionar el bosque. Eva aguantó la respiración y contó en silencio.

"Cinco... Cuatro... Tres... Dos..."

—¿Lista para calentar con unas flexiones? —preguntó una remota voz de pito.

El cazador salió embalado tras el señuelo, arrasando con la maleza. Eva bajó del árbol justo cuando su compañero se ponía de pie haciendo equilibrio sobre una pierna, cuchillo en mano. Los dos se abalanzaron sobre la montaña del botín, y con la ayuda de Eva la criatura recuperó sus cosas.

"Pequeña".

Eva se giró con el corazón latiendo a toda velocidad. El vello de la nuca se le erizó y sintió un escalofrío. "¿Hay alguien escondido entre las sombras de la noche?" El behemot acorazado emitió un gruñido y Eva se volvió para mirarlo.

"Pequeña. Socorro".

Eva lanzó un grito ahogado.

"Socorro".

Pasó junto al cadáver descuartizado y se acercó al gigantesco animal. Aturdida, Eva clavó la mirada en sus enormes ojos protuberantes. Sentía que el behemot no se limitaba a mirarla, sino que, en cierto modo, la entendía.

"Libera. A mí".

Oyó la melodía de esa voz flotando dentro de su cabeza. Eva apoyó la palma de su pálida mano sobre la frente del behemot, entre sus ojos saltones. Su piel de color óxido era cálida y rugosa, como si la hubieran moldeado sobre el suelo que Eva había recorrido. Se sintió unida al animal y percibió su fuerza… su tristeza… su miedo.

—¡Grazeet! —la criatura delgaducha cogió puñados de objetos robados y los metió apretujándolos en su mochila, que ya rebosaba—. ¡Zaata! ¡Zaata! ¡Zaata! —gritó.

"Lamento lo que le ha pasado a tu amigo", pensó dirigiéndose al animal acorazado. "¿Qué puedo hacer por ti?"

El behemot se puso a jalar hacia delante arrastrando sus seis patas para liberarse de sus ataduras.

"Deja. Libre. A mí".

Eva oyó que su compañero se acercaba, pero su voz sonaba distante y amortiguada. La criatura azul apoyó su enorme mano sobre el hombro de la muchacha y señaló el bosque, impaciente. Nervioso.

"Rápido".

Eva hizo caso omiso de su compañero y se acercó a la pata posterior del behemot. El miembro, del tamaño de una columna, le hizo sombra cuando se arrodilló para examinar la soga que lo amarraba. Igual que las ataduras que antes la habían aprisionado a ella, era un sencillo nudo que, al estar tan apretado, había penetrado en la gruesa piel. El suelo se había convertido en un barro oscuro por la supuración de la herida.

"Atrás", pensó Eva, dirigiéndose al behemot, "camina hacia atrás".

"Rápido. Libera".

La criatura delgaducha se dio por vencida y escapó hacia los bosques. Todavía hechizada, Eva apoyó la palma de la mano sobre la pata del behemot. Era mucho más gruesa que el cuerpo de la muchacha.

"Tienes que caminar hacia atrás", pensó. "¿Entiendes? Camina hacia atrás".

Sin embargo, el animal acorazado seguía sin moverse en la dirección correcta. Eva oía cómo la soga se apretaba alrededor de su pata. Al animal se le escapó otro bramido ronco.

"Llama. Otros. Libera. Ahora".

Eva dio la vuelta para colocarse delante del animal y apoyó ambas manos sobre su frente. Empezó a empujarlo. "Hacia atrás", pensó. "¡Échate hacia atrás!"

"Libera".

"¡Vamos!" Cerró los ojos. "¡Por favor! Sólo tienes que moverte hacia atrás y serás libre".

"Otros. Libera. Corre".

—¡Muévete! —gritó Eva—. ¡Tienes que moverte hacia atrás!

El behemot se quedó quieto. Empezó a caminar arrastrando las patas hacia atrás. La tensión de la soga en torno a su pata se aflojó. Mientras empujaba, Eva perdió el equilibrio, tropezó y se cayó de lleno sobre el estómago. Desorientada, salió de golpe de su hechizo y miró hacia arriba.

En el extremo opuesto del campamento surgió el cazador, procedente del bosque. Lanzó al suelo el Omnipod y echó a correr directamente hacia Eva Nueve.

—¡Nassa Ruzender

Keet! —el cazador saltó por encima de la montaña del botín directo hacia Eva, que se puso de pie apresuradamente.

"Corre. Rápido. Libera".

Eva se lanzó hacia la parte posterior del animal acorazado. Veloz como un rayo, el cazador saltó sobre el lomo del behemot, lanza en mano, para atrapar a su presa. Eva se lanzó al suelo y gateó entre las macizas patas del animal hasta llegar bajo su gruesa cola con forma de abanico, que

había ocultado bajo el vientre. Agarró la soga, que ahora estaba aflojada, y la retiró de la pata ensangrentada del behemot.

"Ya eres libre", pensó.

—¡Tista baffa fooh! —gritó el cazador por encima de los bramidos del behemot. Accionó una palanca y la lanza empezó a cargarse con un zumbido cada vez más intenso.

Eva oyó un "BUM" ensordecedor.

Se echó las manos a la cabeza, esperando que el peso del behemot muerto la aplastara, pero el animal no se cayó.

En su lugar oyó una voz familiar que decía: "¿Ovanda say tateel?"

Eva abrió los ojos y su mirada se cruzó con la de su delgaducho compañero azul, que estaba arrodillado junto al animal acorazado, con la mano extendida. Cuando le dio la mano para ayudarla a salir de debajo del behemot, Eva vio que empuñaba en la otra mano el rifle sónico, el arma que el cazador había utilizado en el Santuario.

—¡Gabu Baasteel! —bufó la criatura mientras tiraba el rifle al suelo. Señaló hacia el cielo naranja y Eva vio que el sol estaba desapareciendo tras el oscuro manto de nubes.

La criatura larguirucha se puso a pegar brincos por todo el campamento para cortar las sogas de los otros prisioneros y liberar de los recipientes a los insectos.

Eva caminó sobre el cazador, que yacía inconsciente sobre un costado en el suelo. Sus enormes brazos reposaban marchitos, y respiraba con un ritmo lento junto al cadáver del animal descuartizado. La muchacha sintió un empujoncito por detrás y un canto que ya le era familiar sonó en su cabeza.

"Soy. Libre. Pequeña".

La mirada de Eva deambuló hasta la cabeza decapitada del animal muerto. Sus ojos abiertos, sin vida, se habían nublado y su boca picuda estaba ligeramente abierta. Las moscas bailoteaban en la saliva blanca que se había secado y endurecido en su mentón y sus bigotes.

"Corre. Libre".

"Sí", le respondió Eva con el pensamiento, "debemos correr… O si no…" Observó la lanza que se encontraba en el suelo junto a sus pies. Se trataba de una fina varilla de color marfil, mucho más larga que el rifle del cazador, que tenía una palanca oscura en su sección central. Los cables en espiral se habían enredado en una de las piernas del cazador. Mientras estudiaba su punta sanguinolenta, Eva recordó la facilidad con la que había atravesado la carne recia. Se acordó de los cuchillos de su cocina, y pensó que sólo eran utensilios.

Meros utensilios.

Ahora su cocina estaba destruida y un animal inocente yacía muerto. Se agachó para recoger la lanza.

"No. Pequeña. Libre".

—¡Feezi! —gritó su flaco compañero—. ¡Zaata! ¡Zaata! —señaló los bosques con el sombrero. Usando su bastón como muleta, fue a saltitos hacia ella, gruñendo del esfuerzo. Eva comprobó que su pie manchado se había hinchado tanto que no podía hacer ninguna presión sobre él.

—Deja que te ayude —le dijo.

—Dat, dat, dat —respondió la criatura, negando con la cabeza. Señaló otra vez los bosques—. Feezi zaata —se volvió, señaló la dirección opuesta y dijo—: Ruzender zaata.

—No —Eva recogió su Omnipod del suelo—. No lo conseguirás. Y yo no sé dónde estoy. Dijiste que me ayudarías.

—Bluh —dijo la criatura con un suspiro y lanzó los brazos al aire.

Se oyó un gruñido que venía de donde estaba el cazador.

—¡Oh, no! —gritó Eva—. Se está despertando. Vamos a acabar con él —escudriñó el lugar en busca del rifle sónico y vio que se encontraba en el suelo cerca de la montaña del botín. El behemot dejó escapar un bramido grave.

"Libre. Ahora. Corre".

Eva lo miró y el animal le devolvió la mirada, bramando de nuevo.

"Llevo. A ti".

—¡Zaata! ¡Zaata! ¡Zaata! —la criatura azul se dirigió a paso lento hacia el rifle.

—¡Espera! —dijo Eva.

"Llevo. A ti. Llevo. A él".

Eva asintió con la cabeza y miró a su compañero. Manteniendo el equilibrio sobre su pie sano, la criatura se arrodilló y recogió el rifle. Eva oyó el inconfundible zumbido cuando empezó a cargarlo.

Aturdido, el cazador se sentó mientras se despertaba guiñando rápidamente sus ojos de color limón.

—¡Grasset de fugill Ruzender! —bramó.

—¡No! —Eva corrió para sujetar a su compañero—. Úsame de muleta.

El hirsuto cazador cogió su lanza, se incorporó y cargó el arma.

"Rápido. Pequeña".

La criatura delgaducha dirigió el rifle zumbador hacia el cazador mientras él y Eva corrían a tropezones hacia el behemot acorazado.

"Sube. Pequeña".

El cazador ahora estaba de pie y gruñía ruidosamente. Los zumbidos de las dos armas juntas se intensificaron y produjeron un sonido que rechinaba.

—Lo conseguiremos —dijo Eva cuando alcanzaron al behemot. Este se arrodilló en el suelo y la muchacha se agarró a la coraza para subirse a él.

Eva gritó con la mano extendida:

—¡Vamos! ¡Rápido!

Con puntería vacilante, el cazador dirigió la lanza hacia ellos en el momento en que la criatura larguirucha se subía al animal. El zumbido era tan intenso que todo el cuerpo de Eva vibraba. Ignoró el ruido y ayudó a su compañero renqueante a trepar hasta el lomo acorazado de su montura. La criatura azul disparó el rifle. Estaba tan cargado que salió disparado de sus manos y la explosión volcó un montón de jaulas que se encontraban detrás del cazador.

"Salto. Libre. Rápido".

—¡Vamos! —gritó Eva.

El cazador soltó la palanca de la lanza sónica y se produjo una onda sonora tan intensa que todo el bosque se estremeció. Los faroles del campamento explotaron y varios árboles en la línea de fuego acabaron reducidos a montículos de pasta verde triturada.

A Eva le lloraban los ojos. Largas lágrimas se deslizaban por sus mejillas por el frío viento que le golpeaba en la cara. El behemot atravesó la luz tenebrosa con un salto gigante, como un enorme saltamontes. Aunque Eva se agarraba desesperadamente al animal, tenía la cara iluminada por una sonrisa aturdida.

A pesar de su tamaño colosal, el animal acorazado aterrizó grácilmente en un claro y guardó su gruesa cola en abanico bajo el cuerpo.

"Libre. Salto. Otro".

—¡Agárrate! —le dijo a su compañero sentado junto a ella sobre el lomo del animal. Con una débil sonrisa, se sujetó fuertemente a las placas de la coraza del behemot.

Con una fuerza descomunal, el animal chasqueó repentinamente la cola y se lanzó a planear por el cielo. Los pájaros y otras criaturas voladoras aleteaban alrededor de ellos, chillando molestos por el alboroto. El behemot describió un arco sobre un bosquecillo de árboles errantes y aterrizó a más de cien metros. En poco tiempo, el trío había dejado atrás los bosques y se encontraba en la llanura rocosa, al otro extremo.

"A salvo. Ahora. Pequeña".

—¡Lo hemos conseguido! —Eva le echó los brazos al cuello a su compañero.

—Ewa seetha tadasha —respondió él, dándole unas palmaditas en la espalda. Dejó escapar un largo suspiro de alivio y sacó una botella de la mochila. La descorchó y le ofreció un trago a Eva.

—Eh… No, gracias —Eva podía percibir el olor agrio que desprendía la botella.

Su compañero se encogió de hombros y, después de echar un trago, se relamió de gusto.

—¡Ta! ¡Feezi! —levantó un dedo para indicar que se le había ocurrido una idea—. Zuzu, zuzu —farfulló mientras hurgaba en su mochila. Eva se dio cuenta de que el animal acorazado pastaba en silencio los líquenes que crecían en el extremo del bosque.

"Gracias", pensó dirigiéndose hacia él, mientras observaba la penumbra que inundaba el paisaje. "¿Vas a reunirte con los tuyos?"

"No ahora. Calma. Reposo".

—Has pasado por muchas cosas —Eva se bajó del lomo del animal deslizándose—. Y nosotros también.

—¡Oeeah! —la criatura delgaducha encontró lo que buscaba. Saltó del behemot al suelo musgoso, fue junto a Eva y le cogió la mano. En su palma dejó caer una pesada bolita de metal—. ¡Kip! —le dijo.

Tras inspeccionar el objeto con el ceño fruncido, Eva levantó la vista de nuevo hacia su compañero.

—¡Kip! ¡Kip! —repitió mientras señalaba su cuello barbudo.

—¿Qué? ¿Quieres que me lo coma? —Eva sopesó la esfera en la mano—. No creo que pueda comer nada de metal.

—Dat, dat, dat, feezi —dijo la criatura al tiempo que agarraba la mano en la que Eva sostenía la bolita y se la acercaba a la boca—. Doot, doot… ¡Ba kip!

—¿Que hable? —dijo Eva. En cuanto habló, la bolita se iluminó con un dibujo de microluces—. ¡Vaya! ¿Qué es esto? —se quedó mirando cómo bailaban las lucecitas en el pequeño dispositivo. Entonces una minúscula nube salió despedida de un agujerito en la parte superior. Eva lo alejó de su rostro—. ¿Qué está haciendo?

—Dat —susurró su compañero—. Peesa tobondi feezi, ta kipli —de nuevo agarró la mano de Eva y se la acercó a la cara, de modo que la nube de polvo flotara a su alrededor. Él se reclinó y respiró profundamente, y luego señaló a Eva.

—¿Quieres… quieres que respire el polvo? —Eva hizo una mueca—. Eh… No sé. Pero gracias de todos modos —dijo, y le devolvió la bolita.

La criatura negó con la cabeza, farfulló algo y sopló el polvo hacia la cara de Eva.

—¡Puaj! —Eva se puso a toser—. ¿Qué haces? ¿Quiercs matarme? —notaba un sabor metálico en la garganta y en la nariz.

La criatura se sentó y se rio entre dientes.

—Ah, muy gracioso, ¿verdad? —Eva le lanzó la esfera metálica—. ¡Quédate con tu estúpida bola que brilla! Yo tengo que volver a mi casa, que está hecha pedazos —echó a caminar enfurruñada.

—Sis, continúa kippando —dijo la criatura.

—¡Un momento! —Eva se detuvo y se volvió hacia él—. ¿Acabas de decir "continúa"?

—Zazig. Intento peebla foo —dijo su compañero mientras recogía la esfera, salpicada de fascinantes lucecitas.

Boquiabierta, Eva la cogió de sus manos.

—Quieres… que continúe hablando, ¿verdad?

—Sí, continúa kippando —respondió con una sonrisa de oreja a oreja.

Eva parpadeó anonadada cuando todas las piezas le encajaron.

—Quieres que le hable a la bola, ¿verdad? Porque está grabando mi voz, y si lo hago… —la esfera rechinó y asustó a Eva, que la tiró al suelo.

—Si lo haces —repitió la criatura mientras recogía la esfera—, hret graaveem mis palabras.

—¡Es un traductor! ¡Ya caigo! Así puedes entender lo que digo —Eva lo cogió gritando de alegría.

—Entiendo —la criatura asintió—. Geefa. Ahora entiendo —abrió su otra mano y mostró un dispositivo idéntico, que también brillaba con numerosas lucecitas.

La criatura de tez cerúlea y piernas que se doblaban hacia atrás levantó la palma de la mano.

—Me llamo Rovender Kitt y soy una criatura vieja en un mundo nuevo.

—Me llamo Eva… Eva Nueve —dijo la muchacha sonriendo e imitando su gesto—. Soy una criatura nueva en un mundo viejo.

Fin de la
PARTE I

PARTE II

—**O**sea que es ese polvo de sabor extraño lo que me permite entenderte...
—Eva Nueve iba detrás de Rovender mientras caminaban siguiendo el borde del bosque. En la mano llevaba la bota que le quedaba.

—Sí, eso es. El "polvo" son en realidad pequeños transmisores que envían la señal a la bolita que te di, el transcodificador vocal —le respondió Rovender, que caminaba cojeando bajo la débil luz de la luna, como si buscara algo—. Prácticamente todo el mundo tiene uno. Si mantienes el transcodificador cerca de ti en todo momento, podrás entender a quienquiera que te encuentres.

—¡Vaya! Todo el mundo, ¿eh? ¿Y puedo hablar con los árboles? —Eva miró emocionada el pequeño transcodificador.

—Qué bobada —dijo Rovender—. Todos saben que los árboles hablan un idioma que sólo ellos entienden. Se puso en cuclillas sobre su pie sano e inspeccionó el musgo que crecía en las raíces retorcidas de un árbol inmenso. Arrancó un poco y lo restregó contra su nariz, que no era más que un conjunto de poros sobre su estrecho hocico—. Vamos a quedarnos aquí un rato —dijo.

Rovender se quitó la mochila y se sentó cómodamente bajo un árbol. Eva se dejó caer junto a él sobre el manto acolchado.

—Bueno, ¿y quién era ese tipo enorme que daba tanto miedo? ¿Por qué nos persigue? —preguntó. Aunque todavía estaba impresionada por la huida, Eva sentía una gran emoción por poder hablar con otro ser vivo que no fuera un holograma o un robot.

—Ah, ¿el dórceo? —Rovender jaló de un puñado de musgo—. Se llama Besteel. Dice que caza para la reina. Sin embargo, en mi opinión, es un villano y un matón —Rovender hizo una pausa y alzó una de sus desastradas orejas para escuchar los sonidos nocturnos del bosque. Después la dejó caer y reanudó su tarea de recoger musgo.

—¿Por qué destrozó mi casa? ¿Por qué nos persigue a nosotros? —Eva arrugó el entrecejo. La recorrió un escalofrío cuando recordó a Besteel comiéndose los órganos del animal muerto.

—¿A nosotros? No sé si nos persigue a nosotros, Eva Nueve —Rovender limpió la tierra que había en las raíces colgantes del musgo—. Más bien creo que te persigue a ti. Por alguna razón, pensó que yo intentaba alejarte de él.

Eva dejó escapar un grito ahogado de incredulidad.

—¿A mí? ¿Qué? —los ojos se le abrieron como platos—. ¡Yo no le he hecho nada! No tiene sentido…

—Ojalá pudiera contarte algo más —dijo Rovender mientras abría la mochila—, pero eso es todo lo que sé. Besteel no suele hablar de este tipo de cosas.

Eva se apartó. Sentía que una espiral de miedo se deslizaba dentro de ella y se le alojaba en el estómago. La ignoró y fijó la mirada en el behemot acorazado, que se acercaba a ellos con paso lento y firme.

Rovender levantó la vista de la mochila y dejó de rebuscar entre sus pertenencias.

—Creo que tienes un amigo nuevo —observó.

—Oh, ¿Otto? —dijo Eva, sonriéndole al behemot—. Me ha dicho que está velando por mí para agradecerme que lo haya liberado.

—¿Otto…? ¿Te ha dicho…? —Rovender pestañeó estupefacto—. ¿Habla contigo?

—Oh, sí. ¿Tú no lo oyes? —Eva se agarró las orejas y se las jaló —. Su voz es como una suave canción dentro de mi cabeza.

—No, no lo oigo. Pero ¿te ha dicho que se llama Otto? —Rovender la observó con suspicacia mientras sacaba de su mochila un ovillo de cordel.

—Qué va, pero yo lo llamo así —respondió Eva sonriendo. Miró a Otto, que en ese momento se estaba rascando la oreja con la garra trasera—.

Siempre había querido tener una mascota de verdad, viva, y ahora tengo una.

—¿Una mascota? ¿Eso? —exclamó Rovender—. Eva Nueve, he oído historias de fieras que se comunican telepáticamente, como los dargs salvajes que han domesticado los cultivadores de frint, pero lo que tú llamas "tardígrado" no es una mascota.

—Yo no lo llamo así. Te he dicho que es el término con el que lo identificó el Omnipod: una especie de tardígrado, también llamado "oso de agua". —Eva agitó el Omnipod delante de Rovender para enfatizar sus palabras.

"También dijo que los osos de agua son microscópicos", pensó. "¿Por qué es todo tan descomunal? ¿Habré encogido?". Dejó caer el Omnipod en la bolsa y sacó un puñado de gránulos nutritivos.

—Pues Otto debería regresar con su manada. Allí estará más seguro —Rovender cogió una botella de la mochila.

—Le dije que podía irse, pero se negó —dijo Eva mientras se metía los gránulos en la boca como si fueran caramelos. Tenían sabor a papa. Volvió a mirar a Otto, que ahora se estaba limpiando el pie herido. Eva prosiguió—: Me dijo que se había separado de su manada y que los demás estaban lejos de aquí, porque habían seguido adelante.

—Lo que tú digas, pero tiene que irse de todos modos. De lo contrario, Besteel te encontrará fácilmente —dijo Rovender mientras desenrollaba un trozo de bramante. Este cayó al lado del musgo que había recogido y de la botella que había depositado junto a su tobillo hinchado. Eva se dio cuenta de que la soga de Besteel había abierto una herida en la piel callosa y gruesa de Rovender.

—¿Vas a encender fuego? —cogió un puñado de musgo—. Puedo ayudarte.

—¿Fuego? No —le quitó el musgo a Eva y se lo colocó sobre la herida—. Necesito que mi tobillo se cure para llevarte de vuelta a tu hogar y proseguir mi camino. —Rovender descorchó la botella. Eva vio que hacía un gesto de dolor al empapar el musgo y dejar que el líquido turbio se escurriera sobre el corte de su tobillo. Después de soplar sobre la herida para aliviar el escozor, bebió un trago y agarró el trozo de cordel, que empleó para atar bien el vendaje provisional.

—Mmm… Creo que ésa no es la mejor manera de curar esa herida —advirtió Eva, que vio cómo su compañero cortaba el cordel con sus dientes y hacía un elaborado nudo para sujetar el vendaje en su sitio.

—Estoy bien, Eva Nueve. Esto será suficiente. —Rovender admiró su obra.

—Espera —Eva sacó el Omnipod—. Aquí Eva Nueve. Activa la IMA —dijo.

El dispositivo se puso a parpadear.

—Inspección Médica de Análisis activada. ¿Se trata de una emergencia? —preguntó.

—¡Ajá! ¡Me he acordado! —exclamó Eva sonriendo—. Ahora tengo que descubrir cómo se hace lo demás —consultó algunos menús del programa—. Mmm… No es una emergencia, sólo quiero añadir a un paciente nuevo.

Rovender se recostó y sacó de su mochila una bolsita llena de vainas. Le ofreció a Eva.

—No, estoy bien —siguió rebuscando en el programa—. ¡Aquí está! Registro de nuevo paciente. A lo mejor encuentro la manera de curar tu pie.

—No te preocupes, Eva Nueve —dijo Rovender—. De verdad, me encuentro bien —movió los dedos de los pies, pero Eva lo ignoró, concentrada en el Omnipod. Rovender se metió un puñado de semillas en la boca.

—Paciente nuevo —le dijo Eva al Omnipod—. Nombre: Kitt, Rovender. Edad: eh… ¿Cuántos años tienes?

—Casi ocho trilustralis —respondió al tiempo que escupía las cáscaras de las semillas por las comisuras de la boca.

—Trila… ¿Cómo se escribe? Espera, ¿cuánto tiempo es eso?

—Ah, a lo mejor la palabra no existe en tu idioma. ¿Sabes qué pasa? Si el transcodificador no encuentra una traducción adecuada, utiliza una palabra parecida en tu idioma, sea cual sea —le explicó Rovender.

Eva se quedó mirándolo confundida.

—No te preocupes —prosiguió—. Mi clan registra el tiempo celeste de manera diferente al tuyo. No estoy seguro de qué ciclos de la luna y de las estrellas usa tu clan, pero nuestro ciclo trilustraliano es el que mis antepasados han utilizado durante generaciones.

—¿Tu casa es el viejo Santuario en el que te… "conocí" hoy? —le preguntó Eva.

—¿Esa cueva abandonada? —Rovender escupió el resto de cáscaras—. No, sólo fue mi refugio durante esa noche. Mi hogar está bastante lejos de aquí.

Eva clavó la mirada en la noche. No se sentía tan vulnerable y asustada como antes, durante el día. En la oscuridad, las cosas parecían más cercanas. Acogedoras. Más agradables. Y ahora ya no estaba sola, como en la imagen del WondLa. Se acordó de Madr.

—¿Tienes una familia en tu hogar, Rovender?

—¿Familia? —bebió un sorbo y tragó ruidosamente—. No tengo familia. Ya no —la voz de Rovender sonaba distante. Solitaria.

Eva se quedó sentada en silencio durante un rato. No quería molestarlo con su curiosidad, ni darle motivos para que la abandonara de nuevo.

—Yo nunca he tenido una familia —dijo ella en voz baja, mirando a Otto—. Siempre lo he querido, pero nunca he tenido una.

—Entonces eres afortunada, Eva Nueve —Rovender recogió sus cosas y se puso de pie—. Vamos. Es hora de irse.

CAPÍTULO 12: ACECHADUNAS

—**T**enemos que ir por ahí —Eva se quedó de pie en el extremo del bosque, señalando la llanura. Ya no veía la hilera de árboles de enfrente, pues la luna creciente estaba ocultándose tras las espesas nubes, sumiendo al mundo en la oscuridad. Sin embargo, el Omnipod iluminó con su débil luz la cara de Eva y la de Rovender al mostrar un mapa pormenorizado de los alrededores. Un punto parpadeante indicaba el lugar donde se localizaba el Santuario.

El Omnipod trazó una flecha en el mapa.

—Si caminas sin prisas —dijo—, deberías llegar a tu destino en aproximadamente una hora y treinta y siete minutos.

—Si nos reunimos con Madr, nos ayudará a encontrar a los demás —dijo Eva mientras seguía con el dedo el recorrido holográfico del Omnipod.

—¿Nos? —Rovender despegó los ojos del dispositivo—. Te guiaré de vuelta a tu hogar, pero allí me despediré de ti, Eva Nueve.

—Pero escapamos juntos —Eva levantó la vista del Omnipod—. Creía que éramos amigos.

—No cabe duda de que ha sido un día lleno de emociones —dijo Rovender, y apoyó una mano sobre el hombro de Eva—. Y el hecho de que nuestros caminos se hayan cruzado me ha enriquecido, pero mi viaje prosigue en una dirección diferente al tuyo.

—¿Es por Besteel?

—No —respondió Rovender—. Pero cuando nos separemos, ya no le resultará tan fácil seguirnos el rastro. Y eso es bueno para todos nosotros, Otto incluido.

Eva estudió su rostro lo mejor que pudo bajo el tenue resplandor del Omnipod; sin embargo, al igual que Madr, su expresión era un enigma.

—Bueno. Genial. Vamos. Estoy segura de que Madr me está esperando —empezó a cruzar el campo oscuro y llano de grava y piedras.

Rovender le agarró un brazo.

—No, no, no —dijo—. No podemos viajar por este terreno —otto mostró su aprobación chascando la lengua.

—¿Por qué no? —dijo Eva con tono de burla—. Llevo "viajando" por aquí todo el día.

—Este terreno seco está plagado de acechadunas —advirtió.

Eva se quedó mirando a Rovender un rato. Le acercó el Omnipod a la boca.

—¿Acecha qué? ¿Puedes repetirlo? —preguntó. Rovender alejó el dispositivo.

—Los acechadunas son carnívoros sanguinarios que viven bajo tierra, en profundos túneles. Por lo general, cazan de noche y utilizan la vibración de la superficie para capturar a su presa.

—Hoy he visto un hoyo. A lo mejor vivía uno allí —Eva recordó el misterioso agujero con la entrada rodeada de ramas y extrañas rocas de color marfil. Quizás ni siquiera eran rocas.

"Mordedores de túneles. Sí. Mira".

Las palabras de Otto flotaron en la cabeza de la muchacha.

—Otto me dice que hay uno por ahí —dijo Eva mientras escrutaba el oscuro paisaje. No veía nada.

—¿En serio? Te cuenta muchas cosas, ¿verdad? —Rovender ladeó la cabeza hacia el enorme oso de agua—. Vamos a ver si Otto y tú tienen razón.

Lanzó su botella vacía hacia la sombría llanura. Eva oyó su sonido metálico al rebotar en el terreno irregular. De repente, surgió del suelo un dibujo lejano de maravillosas luces azules. Las luces salieron disparadas hacia el espacio abierto en dirección a la botella perdida.

—¡Oeeah! —Rovender miró a Otto—. Decías la verdad. A lo mejor es cierto que Otto te habla…

—Te lo dije —le reprochó Eva, cruzando los brazos.

Las manchas bioluminiscentes no dejaban adivinar la forma del acechadunas, pero Eva dedujo que el monstruo era grande, incluso mayor que Otto. Sus luces cambiaban de color, de azul a verde brillante, y emitía un sonoro chasquido, como si hablara en código.

Eva dirigió el Omnipod hacia el acechadunas y grabó su reclamo.

—Dime, Eva Nueve —dijo Rovender con una risita ahogada—, ¿qué te está contando ese monstruo?

—Ja, ja, muy gracioso —Eva se enfureció—. Vamos a ver mejor a esa cosa —con el Omnipod todavía orientado hacia el acechadunas, dijo—: Entra en modo luminoso.

El ojo central del Omnipod proyectó un brillante rayo de luz blanca que atravesó la oscuridad en dirección al acechadunas. A Eva se le cortó la respiración cuando la luz le reveló su imponente aspecto.

Numerosas antenas semejantes a cables se entrecruzaban en el centro de la cara del acechadunas. Dos enormes ojos como cuencos orbitaban encima y escudriñaban la noche, moviéndose el uno con independencia del otro.

Bajo la confluencia de las antenas, una colección de garras ganchudas y pinzas puntiagudas se plegaban con un ritmo constante. Sus robustas fauces escupieron la botella de Rovender y chasquearon cadenciosamente.

—¡Eva! —la regañó Rovender—. ¡Apaga esa luz! —empujó el Omnipod hacia abajo para que el rayo se dirigiera al suelo.

Visiblemente impresionada, Eva vio cómo el resplandor del acechadunas se apagaba.

—¿Quieres que nos mate? —le gritó Rovender—. Gracias al cielo, no se aventuran en los bosques. Si no, estaríamos perdidos.

—Lo... Lo siento —dijo Eva, todavía en estado de choque—. No tenía ni idea.

—¿Ah, no? ¿Cómo es posible que no conozcas a estos demonios? —preguntó Rovender horrorizado—. Me he encontrado con varios por estas tierras. Estas tierras que rodean la zona donde dices que se encuentra tu hogar.

Eva apagó el Omnipod.

—Es que... Nunca había estado aquí arriba, en la superficie. Jamás.

—¿Arriba? —Rovender inclinó la cabeza y estudió a la muchacha—. ¿Quieres decir que acabas de eclosionar?

—¿Eclosionar? —Eva lo miró levantando una ceja—. No. No acabo de eclosionar. De hecho, no he eclosionado nunca. Tengo doce años. Vivo en una casa subterránea, un Santuario, como el lugar en el que tú acampabas.

—Increíble —respondió Rovender, frotándose la barba.

La luna había aparecido de nuevo a través del manto de nubes e iluminaba el mundo con una sonrisa misteriosa y tenue. Eva no vio ni rastro del acechadunas.

Entonces Otto le habló.

"Tú. Casa. Ven". Dio un paso hacia la llanura abierta.

"¿Y qué pasa con el monstruo de la arena? ¿El mordedor de los túneles?", pensó Eva dirigiéndose a él.

"No hiere. A mí. Monta".

—Quiere que nos montemos sobre él —le dijo Eva a Rovender. Se agarró a una de las colosales escamas acorazadas de Otto y se impulsó hacia arriba. Miró hacia Rovender y prosiguió—: Dice que los monstruos de la arena no le harán daño.

—¿Eso dice? —Rovender examinó al enorme oso de agua sin dejar de frotarse la barbilla.

—Así es —Eva disfrutaba sabiendo algo que Rovender desconocía.

Al final, asintió y se subió.

—Muy bien. Confiaré en lo que te dice. Pídele que siga el borde del bosque, para que podamos escondernos en caso necesario.

Otto echó a andar pesadamente pegado a la linde de la llanura abierta. Rovender sacó otro puñado de semillas y se las metió en la boca.

—Puede que sea buena idea, Eva. Estoy cansado, y el reposo le vendrá bien a mi pie. Sin embargo, debemos mantenernos alerta por si aparece Besteel.

—¿Besteel? ¿Crees que nos encontrará? —Eva oteó la oscuridad, preguntándose qué más podría haber allí fuera acechando. Cazando.

—Quizás —Rovender escupió al suelo las cáscaras de las semillas—. Los dórceos son expertos cazadores y rastreadores. ¿Tu casa está bien protegida?

Eva miró hacia abajo, hacia sus manos envueltas en la pálida luz de la luna. El esmalte de uñas casi se había descascarillado del todo, y lo habían reemplazado la suciedad y la mugre.

—¿Nuestra casa? No. Anoche él consiguió entrar y la destruyó.

Rovender estudió a Eva sin dejar de masticar.

—¿"Nuestra"? ¿Hay otros seres viviendo contigo?

—No, sólo Madr, mi cuidadora. Pero no es más que un robot. No es real.

—¿Como las imágenes de luz que salen de tu aparato? —Rovender señaló el Omnipod.

—No, no es un holograma. Quiero decir que es un robot... o sea, que no está viva... como tú y yo. —Eva se sentía un poco aturullada.

—Entiendo —dijo Rovender, todavía mirándola.

Eva miró hacia delante, en dirección a su Santuario, enterrado en el oscuro bosque.

"Me pregunto si el Santuario sigue estando allí", pensó.

"Me pregunto cómo se encontrará Madr. ¿Me estará buscando?"

"¿Por qué me cuida un robot? ¿Por qué no otra persona?"

Eva también se preguntaba por qué no había hecho ejercicios para aprender a enfrentarse a árboles devorapájaros, osos de agua gigantes y monstruos que excavaban en la arena. O a cazadores malvados.

—La verdad es que esperaba que hubiera personas como yo viviendo en estos Santuarios —confesó—. Muchas personas como yo. Pero no veo ninguna. ¿Dónde están?

Rovender se inclinó hacia ella.

—Eva Nueve, he viajado por muchas tierras y he visto muchas cosas extraordinarias. Pero jamás había visto una criatura como tú.

Eva cerró los ojos. Deseó con todas sus fuerzas no haber escuchado eso.

Estamos cerca

—dijo Rovender con los ojos cerrados, desde lo alto del enorme lomo acorazado de Otto. Eva observaba cómo atraía con las manos hacia su cara el aire de la noche—. Percibo un ligero olor a quemado, pero no es ni de un animal ni de una planta. A partir de aquí debemos proseguir a pie —agarró su mochila y desmontó.

"Madr no es ni un animal ni una planta... Espero que esté bien", pensó Eva mientras se deslizaba por el costado de Otto para unirse a Rovender. Se arrepentía de la descripción de Madr que le había hecho a Rovender un poco antes. Encendió el Omnipod.

—Aquí Eva Nueve. Consulta los mensajes, por favor.

—Saludos, Eva Nueve. No tienes mensajes nuevos, ni de voz ni de otro tipo —dijo alegremente el dispositivo.

"Me quedo", dijo Otto. "Espero".

"Gracias, Otto". Eva le dio unas palmaditas en la cabeza.

—¡Vamos, vamos, vamos! —Rovender empujó a Eva hacia el misterioso bosque—. No nos conviene arriesgarnos a que Besteel nos vea. Seguramente regresará a este lugar.

—¿Regresar? ¿Por qué? —Eva se enganchó la bolsa al chaleco.

—Porque es muy listo —Rovender se puso su pesada mochila y miró hacia arriba para estudiar el nublado cielo de la medianoche—. Puede que estemos haciendo justo lo que él espera que hagamos, no sé. Pero te aconsejo que rescates a tu madre robot y que te marches cuanto antes.

Eva lo siguió hacia el bosque, iluminando el camino con ayuda del tenue resplandor del Omnipod.

—No es mi madre, simplemente cuida de mí.

—Pues habría que hacerle un monumento —dijo Rovender con una risita ahogada—. Cuidarte da mucho trabajo, Eva Nueve.

Eva estaba que bufaba, pero no dijo nada.

—Dime, Eva —prosiguió Rovender mientras se abría paso entre los gruesos troncos recubiertos de musgo—. Si ese robot no es tu madre, ¿qué le pasó a la de verdad? ¿Y a tu familia?

—Cuéntame tú primero —dijo Eva con un dejo de insolencia en su voz.

Rovender siguió adentrándose en silencio en el bosque. Eva oía las risas de sus habitantes invisibles, que parloteaban al ritmo de sus pasos. Finalmente, Rovender habló.

—Mi compañera, mi pareja, enfermó gravemente cuando una epidemia asoló nuestra aldea e infectó a muchos —Eva lo oyó carraspear—. Abandonó este mundo y se llevó consigo a nuestra cría, que aún no había eclosionado.

Eva lo siguió entre la maleza sin decir nada. "Yo nunca he estado muy enferma", pensó. "No sabía que una enfermedad podía ser mortal".

—¿Y tú qué? —Rovender hizo una pausa y miró a Eva por encima del hombro—. Si el robot no es tu madre, ¿qué le pasó a la otra?

—No conocí a mi madre ni a mi padre —respondió Eva con una voz semejante a un tintineo lejano y solitario en una orquesta de ruidos nocturnos—. Sólo conozco a Madr —recordó entonces al robot cuando la empujaba por el conducto de ventilación de la cocina, la noche anterior.

Rovender observó a Eva bajo la luz de la luna.

—Entonces vamos a encontrarla, ¿de acuerdo?

Eva asintió con la cabeza. Continuaron en silencio un rato, adentrándose cada vez más en el bosque. Por fin, Rovender se detuvo.

—Creo que tu casa está justo ahí delante, Eva Nueve.

Súbitamente, resonó un zumbido procedente del cielo nocturno y la sombra de un pájaro enorme se elevó sobre ellos.

—¡Maldición! —dijo entre dientes Rovender mientras empujaba a Eva bajo la sombra de un árbol errante—. ¡Lo sabía!

—¿Qué? ¿Qué es? —Eva abrió los ojos como platos y se puso a mirar a través de la copa del árbol.

—Es Besteel —bufó Rovender—. Tenía que haber saboteado su planeador cuando tuve la oportunidad. Ahora nos busca desde las alturas.

Eva oía perfectamente el zumbido del planeador. Era un sonido apagado y lejano, pero cada vez se hacía más intenso.

—Está volando en círculos —dijo Rovender. Estiró el cuello y alcanzó a ver el planeador revoloteando encima de ellos—. Dejaremos que pase por aquí otra vez y después echaremos a correr, ¿sí?

—¿No nos verá? —Eva se puso a girar el pie dolorido para prepararlo.

—Percibe el calor, pero la noche es fresca. Por eso, si logramos refugiarnos bajo tierra, podría no detectarnos —respondió Rovender sin despegar los ojos del cielo. La pálida luna se retiró para dormir tras las nubes. El sonido del planeador se atenuó pero, a continuación, se hizo más intenso—. Ahí vuelve —dijo Rovender mientras se agachaba bajo un árbol—. Prepárate.

El planeador pasó zumbando sobre ellos.

—¡Corre! ¡Ahora! —los dos se lanzaron de un salto hacia un pequeño claro que llevaba a la entrada del Santuario de Eva. Cuando se estaban aproximando, Eva tropezó con la pesada puerta de chapa de acero que se encontraba en el suelo. Rovender la jaló hacia dentro y los dos casi cayeron rodando por las escaleras que llevaban al hogar de Eva.

Mientras recuperaba el aliento, Eva vio que Rovender inspeccionaba el cielo desde el tejadillo de la maltrecha entrada.

—Besteel está dando otra vuelta —le informó—. Ah, bien. Ya se va.

Eva oyó cómo se alejaba el estremecedor zumbido del planeador de Besteel.

—Por el momento estamos a salvo —anunció Rovender—, por eso debemos apurar. ¡Anda, vamos!

Eva empezó a bajar los peldaños. Nunca había tomado esas escaleras, unas escaleras cuya existencia conocía, a pesar de que no debería. Ante ella parpadeaban las luces eléctricas de la sala de control, otro lugar al que tenía prohibido acceder. Eva titubeó.

—Quizás debería ir yo primero para comprobar que es seguro —dijo Rovender.

—No, no pasa nada —dijo Eva mientras seguía bajando las escaleras—. Conozco el lugar. Además, tienes que irte, ¿no? A partir de ahora me quedo sola.

Rovender echó un vistazo hacia abajo desde las escaleras.

—A lo mejor puedo ayudarte a encontrar a tu madre robot, como mínimo.

—Bueno —dijo Eva asintiendo—, gracias.

Apoyando su peso sobre el bastón, Rovender superó cojeando a Eva y la guió hacia el interior del Santuario. Las escaleras acababan en la pared del fondo de una sala de control blanca y vacía: las dependencias de Madr. Claro que Eva conocía esta sala. Madr se lo había contado todo sobre el lugar al que se retiraba al final del día, y el Omnipod se lo había mostrado en su totalidad cuando Eva había consultado el plano omnisciente. Sin embargo, nunca había estado dentro. Y aunque esperaba encontrar un arsenal de equipos de alta tecnología, Eva sólo vio un holoproyector averiado que mostraba imágenes de diversas partes del Santuario. Estas imágenes, que flotaban en el centro de la sala, parpadeaban con un ritmo inconstante.

—¿Cómo se entra? —Rovender examinó la puerta bloqueada que llevaba a la estación central del Santuario.

—Espera —dijo Eva. Se puso a estudiar las diferentes pantallas y consiguió visualizar en ellas cada uno de los espacios.

Habitación 1: la sala de control. Aquí Eva se vio a sí misma y a Rovender desde una perspectiva aérea observando las holoimágenes.

Habitación 2: la holosala. Eva vio el proyector principal tirado en el suelo y chamuscado. Algunas de sus piezas estaban esparcidas y sumergidas en los charcos formados por los extintores.

Habitación 3: el gimnasio. El equipo de entrenamiento estaba volcado y desperdigado. Una cantidad considerable de escombros ocupaba el fondo de la pequeña piscina medio vacía.

Habitación 4: el invernadero. La pantalla estaba en negro. Probablemente la cámara de la habitación no funcionaba.

Habitación 5: el dormitorio de Eva. Parecía el espacio más afectado de todos. Las posesiones de la muchacha, convertidas en masas ennegrecidas y deformes, se habían fusionado en una montaña desparramada, mientras que las tuberías de refrigeración goteaban por todas partes.

Eva se quedó mirando la proyección absolutamente horrorizada. "¿Ha desaparecido todo lo que tenía?". Separó los ojos de esa terrible visión y siguió buscando a Madr.

Habitación 6: la cocina. También esta pantalla estaba en negro. Eva supuso que la cámara tampoco funcionaba.

Habitación 7: el depósito de provisiones. Lo habían saqueado. Todas las estanterías estaban volcadas y las provisiones se encontraban desperdigadas por el suelo.

Habitación 8: la sala del generador. La otra sala de acceso prohibido aparecía en negro. Eva comprobó que la cámara funcionaba, pero las luces de la habitación estaban apagadas.

—Ahí es donde dejé a Madr —dijo Eva señalando la pantalla de la cocina—. Probemos primero ahí.

Pulsó el botón verde que brillaba junto a la puerta, pero ésta no se abrió. Eva lo pulsó otra vez, con más fuerza. Nada.

—¿No funciona? ¿No hay otra manera de entrar? —preguntó Rovender.

—Déjame comprobar si está dañado —Eva se dirigió a la holopantalla de la sala de control. Intentó interactuar con los menús del Santuario, pero éste no reaccionó—. Qué raro. No me deja acceder a nada —miró hacia arriba y anunció alto y claro—: Aquí Eva Nueve. ¿Estás ahí, Santuario?

Le respondió la voz tranquila y familiar del Santuario, aunque mezclada con interferencias que hacían que sonara confusa y lejana.

—Elemento in vitro Alfa Nueve, para volver a acceder al Santuario debes introducir un código de autorización.

—¿Código? —Eva miró hacia la cámara del techo, los ojos del Santuario—. No conozco ningún código.

—La entrada al complejo subterráneo HRP cinco siete tres está estrictamente prohibida sin la autorización adecuada —declaró el Santuario a través de las interferencias.

—¿Prohibida? Vivo aquí, ya lo sabes —dijo Eva mientras miraba las diferentes pantallas—. Por favor, déjame entrar. Tengo que encontrar a Madr.

—Multimecanismo de Auxilio en Dispositivo Robótico cero seis no responde. Su localización no puede determinarse. La integridad del Santuario está en peligro. Por favor, regresa a la superficie y envía una señal de socorro desde el Omnipod al complejo subterráneo HRP cincuenta y uno —indicó el Santuario.

—Eso ya lo he hecho —respondió Eva con sequedad. Agitó el Omnipod delante de la cámara—. Pero allí no hay humanos. En su lugar hay monstruos: enormes monstruos en la arena y árboles que te comen. Necesito la ayuda de Madr. Por favor, déjame entrar para buscarla.

—Multimecanismo de Auxilio en Dispositivo Robótico cero seis no puede abandonar las instalaciones del Santuario, Eva Nueve. Por favor, regresa a la superficie y...

—¡Te digo que ya lo he hecho! —Eva se sentía cada vez más frustrada—. ¡Tienes que dejarme entrar!

—Fin de la comunicación. Adiós —dijo el Santuario. Desactivó el holoproyector y todas las pantallas se desvanecieron. La sala de control se sumió en la oscuridad.

—¡No! ¡No! ¡NO! —gritó Eva. Se puso a caminar de un lado a otro de la sala, furiosa.

Rovender se apoyó en su bastón.

—Yo nunca me fío de una máquina que habla —afirmó.

Eva se dejó caer a los pies de las escaleras y sujetó el Omnipod con las dos manos. Su brillo se reflejó en su cara ceñuda.

—Por lo visto —dijo Rovender— te enfrentas a un rompecabezas, Eva Nueve.

—¿Un rompecabezas? —Eva levantó la mirada.

—Sí —Rovender inspeccionó el teclado manual de la puerta—. Un acertijo que puedes descifrar. Ahora bien, puedes intentar resolver este rompecabezas de varias maneras. Una es con la fuerza, como hizo Besteel, violentando la puerta para abrirla —Rovender señaló las marcas de quemaduras que salpicaban la puerta—. Otra es preguntando educadamente, algo que ya has hecho, sin obtener resultados. —Rovender se acercó a Eva—. O puedes resolverlo contestando a su petición.

—¿El código de autorización? Pero no sé cuál es —lloriqueó Eva.

—¿Y quién podría saberlo? —preguntó Rovender.

—Madr, pero jamás... —Eva hizo una pausa cuando un pensamiento atravesó como un rayo su cerebro. Recordó la inscripción garabateada en el cajón de su tocador... La que le había permitido acceder a los secretos del Santuario.

—Santuario —dijo Eva, poniéndose de pie—. Aquí C P cero uno.

El Santuario permaneció en silencio durante un rato. "¿No se dará cuenta de que soy yo?", se preguntó Eva.

Se puso a toquetearse nerviosamente la costra del pulgar.

—C P cero uno —respondió el Santuario—. Contraseña de acceso, por favor.

Eva dirigió la mirada a Rovender y después a la cámara oculta que estaba instalada en el techo.

—Omnisciente —dijo.

—¿En qué puedo ayudarte, Cadmus cero uno? —preguntó el Santuario.

—¿Quién es Cadmus? —preguntó Rovender.

Eva se encogió de hombros.

—Abre la puerta de la sala de control y deja que Eva Nueve y Rovender Kitt accedan a la estación central, por favor —ordenó Eva.

Con un rechinido grave, la puerta se desbloqueó y se abrió a medias, visiblemente dañada por el asedio de Besteel.

Antes de que Eva entrara, Rovender le apoyó una mano sobre el hombro y dijo:

—La pregunta que todos deberían plantearse al enfrentarse a un rompecabezas es: "¿Debo resolverlo? ¿De verdad necesito saber la respuesta?"

—Yo sí. Necesito saber la respuesta —respondió Eva, y se adentró en lo que quedaba de su hogar incendiado.

CAPÍTULO 14: CENIZAS

Había visto

las imágenes y sabía que el lugar estaba destrozado. Sin embargo, cuando Eva Nueve entró en la estación central de su Santuario, su hogar durante doce años, se quedó petrificada. Ahora que ya no la iluminaban los panoramas holográficos de hermosos paisajes, la estación central estaba a oscuras. El holoproyector que había generado dichos panoramas oscilaba en el techo colgado por los cables y despedía chispas, como una arteria seccionada.

La mayoría de las puertas, que por lo general quedaban ocultas tras hologramas de montañas y cielos, estaban quemadas y arrancadas de su sitio. La puerta del invernadero se abría y se cerraba, golpeando una regadera tirada a la entrada.

Los sonidos electrónicos de pájaros trinando y ríos fluyendo habían sido sustituidos por el silbido furioso de tuberías térmicas agrietadas y conductos de ventilación resquebrajados, de los que goteaba agua.

—Es una lástima que todo esté destrozado —dijo Rovender mientras cogía un tenedor de entre los escombros—. Podemos conseguir tantas cosas si simplemente pedimos que nos inviten...

Eva se abrió paso entre los inestables escombros de la estación central y se dirigió hacia la cocina. Respiró hondo y atravesó la entrada reducida a escombros utilizando el Omnipod para iluminar la habitación en penumbra.

La unidad de refrigeración estaba abierta de par en par, completamente destripada, sin alimentos ni estantes. Los grifos del fregadero chorreaban lágrimas sobre una montaña de platos rotos. Sobre las cubiertas y el suelo embaldosado había más platos desperdigados, convertidos en fragmentos afilados de color marfil. Con la luz del Omnipod, Eva echó un vistazo a la cubierta, en dirección a las hornillas, pero no vio por ningún lado al robot.

—¿Madr? —susurró mirando por el conducto de ventilación que le había facilitado la huida—. Madr, ¿dónde estás?

Eva regresó a la estación central, preguntándose qué habitación debería registrar a continuación.

—¿Rovender? —llamó a su amigo.

—Estoy aquí, Eva —le respondió asomando la cabeza por el depósito de provisiones.

—¿Ves alguna señal de ella?

—Creo que no —respondió—. Aunque, a decir verdad, no sé exactamente cómo es tu madre robot.

—Oh, tiene este aspecto —Eva puso el Omnipod en posición horizontal y proyectó una imagen de Madr.

—¿Y tu dispositivo no puede localizarla? —Rovender se acercó para estudiar el holograma.

—No si se encuentra fuera de línea, y el Santuario dijo que ése era su estado —respondió Eva. Señaló la entrada reventada del gimnasio y preguntó—: ¿Por qué no echas un vistazo ahí, y yo pruebo con la puerta de al lado?

—De acuerdo —Rovender recorrió la estación central en dirección al gimnasio, con la mochila tintineando a cada paso.

Eva pasó por encima de la regadera y entró en el invernadero. En el interior, las luces de cultivo

fluorescentes se encendían y se apagaban iluminando el sistema de riego hidropónico, que se encontraba amontonado como un montón de huesos rotos. El generador de dióxido de carbono se puso a silbar mientras Eva examinaba los pasillos de frutas y verduras patas arriba. De nuevo, no había ni rastro de Madr.

—¡Eva Nueve! ¡Corre, ven! —gritó Rovender.

Eva salió como una exhalación a la estación central, donde tropezó con la regadera.

—¿Es Madr? ¿La has encontrado? —preguntó.

—¡Por aquí! —gritó Rovender desde la puerta adyacente, la del gimnasio.

Al igual que el resto de los objetos del Santuario arrasado, el equipo de entrenamiento del gimnasio estaba doblado en ángulos extraños y completamente destrozado. El fondo de la pequeña piscina de algún modo se había agrietado, y había desaparecido la mitad del agua que contenía. En lo más profundo de la piscina se encontraba una forma cilíndrica familiar.

Una forma que Eva había conocido desde el día en que nació.

Madr reposaba como un tronco inerte en el fondo de una piscina clorada transparente.

—¡Madr! —gritó Eva mientras bajaba saltando las escaleras de la piscina medio vacía y se abría paso hasta el fondo. Sintió una ligera descarga eléctrica al adentrarse en el agua e intentar levantar al robot.

—¡Ayúdame! —le gritó Eva a Rovender. Éste se quitó la mochila y saltó a la piscina; al hacerlo salpicó a Eva.

Lentamente, entre los dos arrastraron al robot inconsciente hasta el extremo menos profundo. Con un enorme esfuerzo, alzaron a Madr hasta el suelo de chapa de acero. Sus ojos esféricos eran de un color negro brillante, sin el más mínimo rastro de su resplandor eléctrico ambarino.

—Había un ligero parpadeo luminoso aquí cuando la encontré —dijo Rovender, señalando una luz en el cráneo de Madr—, pero se ha detenido.

—Le ha entrado agua —dijo Eva mientras deslizaba sus dedos sobre la suave carcasa metálica de Madr. Se detuvo en una pequeña placa en la parte trasera del robot—. De vez en cuando, en las clases de natación, le entraba humedad en la batería. Sólo hace falta que se la seque y volverá a estar bien.

Eva frunció el ceño mientras intentaba meter las uñas en la junta del panel cerrado.

—¡Vamos! —masculló.

—¿Cuál es el problema? —Rovender miraba cómo Eva hurgaba en la tapa cerrada de la batería.

—No consigo abrirla. ¡Está atascada!

—Tiene que haber una manera más sencilla de...

—¡No! —Eva se puso a golpear la tapa—. ¡Ábrete! ¡Vamos! ¡Ábrete! —la fuerza de los puñetazos de Eva desbloqueó el cierre interno y la tapa se abrió. Del interior empezó a brotar agua.

La batería no estaba.

—¿Qué? ¿Dónde estará? —Eva se recostó, estupefacta.

—¿Qué pasa? ¿Le han robado su espíritu? —preguntó Rovender.

—No lo entiendo. ¿Por qué le falta la batería? —dijo Eva mirando a Madr. Un costado del robot curvilíneo, que yacía inmóvil sobre el suelo, estaba surcado por marcas amarillentas de quemaduras. Todos sus brazos mecánicos estaban replegados contra el cuerpo, como si fuera una araña muerta.

—¡Espera! —Eva se puso a rebuscar en su bolsa y finalmente sacó la batería que había encontrado en el campamento de Besteel. Encajó la batería abollada en su sitio y se inclinó hacia atrás esperando ver cómo regresaba el brillo familiar a los ojos del robot... pero permanecieron negros.

—¡Oh, no! ¿Por qué no funciona? —Eva se tragó el pánico que sentía.

Rovender apoyó una mano sobre su hombro.

—Sé que no quieres hacerlo, pero debes marcharte pronto, Eva Nueve. Besteel regresará aquí.

—¡Espera! A lo mejor esta batería no funciona. Hay más en el depósito de provisiones. ¡Vuelvo enseguida! —Eva salió del gimnasio, atravesó la estación central y entró en el depósito de provisiones. Saltó por encima de los estantes volcados y se puso a buscar entre las montañas de pastillas para potabilizar el agua y holobombillas rotas. Jadeando, Eva preguntó:

—Santuario, ¿dónde están las baterías?

—Hola, Cadmus cero uno. ¿Necesitas que te ayude a encontrar algo? —la voz llena de interferencias del Santuario crepitó por el intercomunicador.

—¿Quién? ¡Oh! —Eva recordó que el Santuario la tomaba por otra persona—. ¿En qué estante están las baterías para Madr?

—Las baterías Centurión T6D9 se encuentran en la fila cinco, estante superior —respondió el Santuario—. Sin embargo, se han agotado los suministros. Habrá que proceder a la adquisición de nuevas baterías a través de los Santuarios hermanos.

Eva oyó un silbido detrás de ella. La puerta que llevaba a su escondrijo secreto se abrió hacia la oscuridad.

—Eva Nueve —retumbó la voz de Rovender por toda la estación central. Eva salió corriendo del depósito de provisiones y lo encontró empujando el cuerpo rígido de Madr sobre su rueda a través de los escombros, dejando un rastro húmedo tras de sí—. La luz ha empezado a parpadear otra vez —dijo. Eva vio que una lucecita roja en el cráneo de Madr emitía pulsaciones rítmicamente.

—Santuario, hemos encontrado a Madr pero no responde —le dijo Eva a la vivienda—. Por favor, aconséjanos qué debemos hacer.

—Lleven a Multimecanismo de Auxilio en Dispositivo Robótico cero seis a la sala del generador

—respondió el Santuario—. El acceso se realiza a través de la sala de control.

Eva y Rovender guiaron al robot hasta la sala de control, donde se abrió una puerta oculta junto al hueco de las escaleras. Eva le hizo a su compañero un gesto afirmativo con la cabeza, y juntos empujaron a Madr a otra sala en la que Eva jamás había estado.

Las luces del techo parpadeaban sobre el espacio de color blanco puro y revelaban una pared con armarios de cristal que contenían numerosas placas de Petri y tubos de ensayo. En una esquina, un compacto congelador cilíndrico exhalaba una niebla glacial, mientras que una serie de cubos y depósitos de cristal impecablemente limpios dominaban la pared opuesta. Eva sintió que un hormigueo le recorría la espalda y se estremeció.

—Claramente Besteel no encontró esta sala —dijo Rovender mientras examinaba una fila de tarros de boca ancha llenos de un líquido rojizo.

—¿Ésta es la sala del generador? Más bien parece un laboratorio —dijo Eva.

—Accediendo a los bancos de datos de Multimecanismo de Auxilio en Dispositivo Robótico cero seis. Por favor, espera —anunció el Santuario.

Eva dirigió la mirada hacia Madr. La luz de la cabeza del robot, cubierta de cenizas, parpadeaba rápidamente. Los ojos de Eva recorrieron el cuerpo chamuscado de Madr y se detuvieron en un grupo de calcomanías Beeboo desgastadas, justo encima de la cubierta protectora de la rueda. Eva recordaba haberlas pegado cuando estaba dando sus primeros pasos. Algunas calcomanías todavía funcionaban, y bailaban y sonreían animadamente.

—Desenrosca la cabeza de Madr en el sentido contrario a las agujas del reloj —le indicó el Santuario a Eva—. Una vez que lo hayas hecho, colócala aquí —mientras lo decía, de entre las juntas de las blancas baldosas del suelo surgió una enorme estructura robótica con forma de cangrejo, que tenía en el centro una toma de corriente vacía. Eva y Rovender colocaron suavemente a Madr sobre el suelo, con la cara hacia arriba.

—Se la quitas tú, ¿sí? —susurró Rovender.

—Bueno —Eva sabía que Madr podía desarmarse; la había visto hacerlo una vez durante una limpieza de rutina, pero no había querido mirar, ya que le recordaba que no era más que una máquina encargada de su cuidado.

La luz roja de la frente de Madr dejó de parpadear y emitió un tenue pitido electrónico. Eva observó cómo se desbloqueaban las abrazaderas que sujetaban la cabeza y el cuello en su sitio.

"En el sentido contrario a las agujas del reloj, en el sentido contrario a las agujas del reloj", se repitió Eva. Se limpió el sudor de las palmas de las manos frotándoselas contra la túnica y agarró la cabeza. Intentó girarla, pero no se movió.

—No funciona —el frío gélido de los nervios atenazó el estómago de Eva. "¿También voy a reprobar este ejercicio?"

—Retira cuidadosamente la cabeza de Madr en el sentido contrario a las agujas del reloj y colócala aquí —repitió el Santuario.

—Quizás deberías intentar girarla hacia el otro lado. A lo mejor funciona —le dijo Rovender delicadamente.

Eva espiró la frialdad que se había apoderado de ella. Concentrada al máximo, giró en el otro sentido la cabeza de Madr, que se movió suavemente y se desprendió del torso. Eva se puso de pie, tambaleándose por el gran peso de la cabeza del robot, y se dirigió hacia la enorme estructura de cangrejo mecanizada. Colocó la cabeza sobre la toma de corriente del centro y la encajó.

—¡Oeeah! —dijo con un silbido Rovender, de pie al lado de Eva—. ¿Tú también te tienes que quitar la cabeza para recargar tu espíritu?

—¡Rovi! ¡Mi cabeza no se desarma! —soltó una risita y lo empujó juguetonamente.

—¡Mira! —dijo Rovender señalando.

Un cálido resplandor ambarino regresó a los ojos de Madr.

—¡Eva Nueve! —dijo el robot—. ¡Mi niña, estás viva!

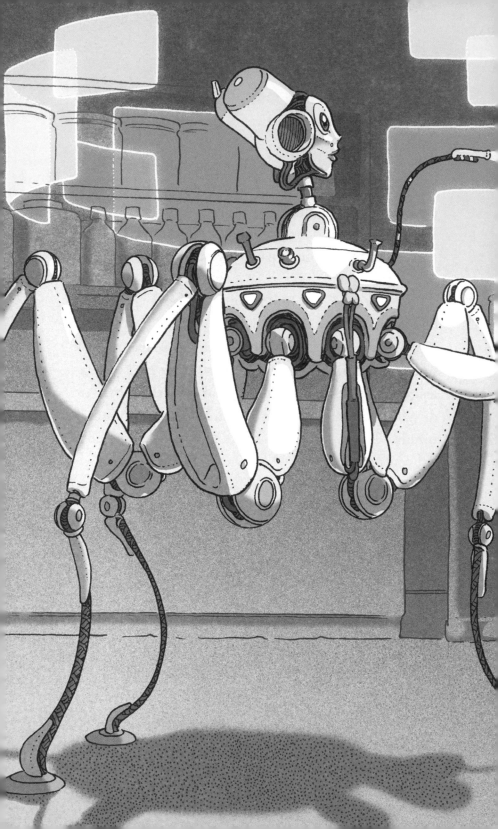

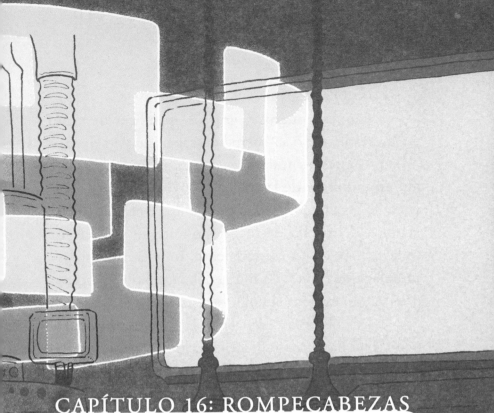

CAPÍTULO 16: ROMPECABEZAS

—**Me alegro** de que lograras escapar con vida —dijo Madr. De su cabeza salían numerosos electrodos como serpientes que le daban el aspecto de una Medusa, con cables en vez de cabellos. Todos ellos estaban conectados a un puerto de la computadora central del Santuario.

Eva se había sentado en uno de los cubos de cristal vacíos, con los pies descalzos levantados y la cabeza apoyada en el chaleco, que había enrollado como una bola para usarlo como almohada. Dejó de beber un momento de un recipiente con un líquido teñido de azul.

—¿Qué te pasó? —le preguntó.

Con sus nuevos y gruesos apéndices de cangrejo, Madr sujetó su cuerpo descabezado y lo elevó.

—Pues bien, después de que te fueras, conseguí escabullirme de la cocina a través del caos —un enchufe gigante descendió del techo, se enganchó en la toma del cuello de su cuerpo antiguo y lo elevó todavía más—. En ese momento, toda la casa estaba inundada de humo. La mitad del Santuario se incendió cuando explotó el holoproyector.

Eva observó cómo un manojo de cables serpenteaban hacia abajo desde el techo de la sala, seguidos por lámparas direccionales, que se extendían hacia fuera colocadas sobre brazos mecanizados.

—El intruso me agarró en la neblina y forcejeé con él, pero me caí sobre los escombros —prosiguió Madr mientras acoplaba las numerosas sondas a su cuerpo—. Cuando me enderecé, me di cuenta de que la tapa de la batería se me había abierto y que la batería se había caído. Con la escasa energía de reserva que me quedaba intenté llegar hasta esta sala. Sin embargo, al entrar vi que estaba en llamas.

—O sea que te zambulliste en la piscina del gimnasio para apagar el fuego —concluyó Eva. De unos paneles ocultos surgieron unos brazos acoplados a la pared que empezaron a reparar el cuerpo de Madr.

—Sinceramente, Eva, nuestros extintores no estaban diseñados para un asedio así —dijo Madr con los ojos clavados en su cuerpo descabezado, que se sacudió y cobró vida de nuevo—. Tuve que sofocar las llamas antes de poder entrar aquí, y antes de que mis mecanismos internos resultaran dañados.

—¿Y? —Eva sacó un puñado de gránulos nutritivos de su bolsa y se puso a comer.

—Ahora la computadora está ejecutando un diagnóstico de mi estado —dijo Madr. La rodeaba un deslumbrante despliegue de holodiagramas y holo-menús proyectados a una velocidad de vértigo. Toda la pantalla parpadeaba, y Eva se dio cuenta de que la computadora principal del Santuario se había visto afectada en cierta medida por la incursión de Besteel.

—Háblame sobre el desconocido que te ha acompañado hasta aquí —dijo Madr mientras leía las estadísticas.

—Oh, ¿Rovi? —dijo Eva—. Su nombre es Rovender Kitt, y es genial. Me ayudó a escapar de...

—¿Eva Nueve? —la cabeza de Rovender asomó por la entrada—. ¿Es esto lo que necesitabas? —le traía un par de botas de deporte nuevas y calcetines.

—¡Sí! Muchas gracias por hacer esto por mí —le dijo. Eva cogió el calzado y lo colocó cerca de los calcetines sucios que había desechado—. No quería entrar en mi dormitorio y ver lo destrozado que está.

—No queda mucho que ver —observó Rovender señalando las botas—. Sólo encontré una gris y una blanca.

—No pasa nada —dijo Eva—. Se ensuciarán tanto que acabarán haciendo juego. Mientras no vaya descalza otra vez…

—Bien —dijo Rovender. Lanzó una mirada al cuerpo suspendido de Madr y se volvió hacia la puerta—. Voy a asegurarme de que Besteel no está. Si la zona está despejada, deberíamos ponernos en marcha.

—¿Deberíamos? ¿Nosotros? —preguntó Eva sonriendo.

—Sí —respondió Rovender inexpresivamente—. Debo ponerme en camino y ustedes también. ¿Entiendes?

Eva asintió con la cabeza. Vio cómo Madr observaba a Rovender saliendo de la sala. Eva también se dio cuenta de que el Santuario estaba llevando a cabo una Identicaptura, en un intento de identificar a su desgarbado compañero. Madr volvió los ojos de nuevo hacia Eva y le preguntó:

—¿Cómo consigues entender el idioma de este desconocido, Eva?

—Ya te he dicho que no es un desconocido, es un amigo —dijo Eva mientras rebuscaba en su bolsa—. Y entiendo lo que dice porque me ha dado esto —sujetó en alto el transcodificador vocal.

—Interesante —Madr alargó uno de sus numerosos brazos—. ¿Puedo?

—Claro —dijo Eva, y le entregó el transcodificador—. Pero ten cuidado. Vamos a necesitarlo.

—Por supuesto. Ah, y otra cosa —Madr habló con su voz de película antigua—. ¿Te importaría lavarte las manos? Están sucísimas.

—¿Lo dices en serio? —Eva se bajó de un salto del cubo vacío—. ¿Me estás pidiendo que me lave las manos, después de todo por lo que he pasado? —se dirigió pisando con fuerza hacia un pequeño lavamanos. El agua goteó sobre sus dedos cubiertos de mugre.

Madr sujetó el transcodificador mientras la computadora del Santuario lo escaneaba con un láser rojo.

—No te pongas dramática, Eva. Sé que has sufrido algunos reveses durante tus ejercicios en la superficie, pero te has desenvuelto muy bien. Además, te he entrenado para situaciones mucho peores. Y no es que vaya a haber serpientes venenosas esperándote en todos los claros… —Madr examinó el transcodificador y lo acercó a sus ojos—. Sólo te estaba preparando para los peligros con los que puedes encontrarte.

—¿Peligros? —Eva se sacudió las manos para secárselas—. Madr, ¿tienes idea de lo espeluznante que es el exterior?

—Claro que sí. Soy yo quien prepara tus ejercicios con ayuda del Santuario —respondió Madr como si nada. Se volvió hacia la puerta—. Ah, hola, señor Kitt.

Rovender estaba de pie en la entrada, sujetando una botella medio vacía.

—La zona está despejada, que yo sepa —informó—. Por el momento Besteel no está aquí, pero probablemente sobrevolará la zona dentro de uno o dos días. Y no nos conviene estar aquí cuando lo haga.

—¿Qué está diciendo? —preguntó Madr volviéndose hacia él.

—Deben marcharse ya, Eva Nueve —dijo Rovender ignorando a Madr—. Tienen que alejarse todo lo que puedan de Besteel.

—No entiendo —Eva frunció el ceño—. ¿Por qué crees que volverá a buscarme?

—Como ya te he dicho, no lo sé —Rovender le echó un trago a su bebida—. Pero es evidente que se está haciendo con todas las presas que puede capturar.

—¿Te importaría decirme qué está pasando, Eva? —el tono de voz de Madr era cada vez más agudo—. ¿Qué está diciendo?

Eva recuperó el transcodificador y lo guardó en su bolsa, junto con la comida y la bebida.

—Dice que es hora de que nos vayamos. ¿Estás lista?

—¿Por qué tenemos que irnos con tanta prisa? —Madr le hablaba a Eva, pero todavía miraba a Rovender.

—Porque Besteel, el intruso, el monstruo que destruyó el Santuario, va a volver —respondió Eva, y se puso a desenrollar los calcetines—. Y por alguna razón descabellada, intenta cazarme.

—¿Besteel? —repitió Madr mientras flotaban todavía más holodiagramas y holotablas alrededor de su cabeza—. Entonces respóndeme a esto: ¿por qué no hay ningún registro de un tal "Besteel" en la computadora central? ¿O ni siquiera de un animal como el señor Kitt?

—Exactamente: bienvenida a mi mundo —gruñó Eva entre dientes.

—¡Ya basta, Eva! —la regañó Madr. Con su cuerpo de cangrejo, el robot se acercó a Rovender—. No es que esté acusando al señor Kitt de estar compinchado con el intruso que nos atacó. Sin embargo, cuando mi sistema informático omnisciente no puede identificar a este desconocido, o sus dispositivos, bueno… entonces me preocupa la seguridad y el bienestar de mi niña.

—¡No soy una niña! —dijo Eva bruscamente—. Yo…

—¿Qué es lo que ha molestado tanto a tu madre robot? —interrumpió Rovender.

—No te puede identificar con la computadora omnisciente del Santuario —respondió Eva—. Por eso, no sabe si puede confiar en ti.

—La conclusión es evidente, Eva Nueve —resopló Rovender, y tomó otro trago de su botella—. Tu "computadora omnisciente" sabe muy poco —salió de la habitación y subió las escaleras.

—¿Qué ha dicho? —Madr tenía los ojos clavados en la entrada vacía, donde había estado Rovender.

Eva se sentó en el borde del cubo y se puso los calcetines limpios.

—Dice que la computadora sabe muy poco. Y yo creo que Rovender tiene razón.

—Tonterías —dijo Madr con altanería—. La extensa biblioteca de este sistema es de lo más moderno. Incluye todos los organismos que...

—¡Madr! ¡Tenemos que irnos! —exclamó Eva—. ¡Ya has visto lo que puede hacer Besteel, o sea que vuelve a ensamblarte y vámonos! —se puso sus botas de deporte.

—Distancia recorrida: cero kilómetros —anunciaron las botas.

Eva se agachó y activó el cuentakilómetros del tacón. Levantó la vista y miró a Madr.

—¡Vamos! —dijo—. ¡Debemos apresurarnos!

—Madr cero seis no puede abandonar las instalaciones —anunció el Santuario.

Eva se quedó paralizada mirando los altavoces del intercomunicador.

—Lo siento, Eva, no puedo ir allá arriba. No he sido diseñada para ese tipo de cosas —añadió Madr, y extendió una mano hacia la muchacha—. Mi lugar está aquí, en el Santuario.

—¿Qué? —dijo Eva, mientras cogía su chaleco—. ¡He vuelto por ti! Vas a venir conmigo.

—No puedo... Ojalá pudiera. Madr se acercó a ella—. Ahora lo que necesito...

—¡No! —Eva dio un paso hacia atrás, señalando el cuerpo suspendido del robot—. ¡Tienes que venir! ¡Te necesito!

—Te pido disculpas de nuevo, tesoro, pero mi programación me lo prohíbe. Lo haría si pudiera... pero no puedo —Madr bajó la mirada.

Eva agarró su bolsa mientras el chaleco se le ajustaba a la perfección alrededor del cuerpo.

—No puedo creer que digas eso —soltó Eva—. No puedo creer que esté pasando esto.

—Santuario —dijo el robot en voz alta—, aquí Madr cero seis. ¿Has acabado de evaluar los daños en la vivienda?

—El Santuario cinco siete tres está dañado en un 84.53 por ciento, el 76.8 por ciento del cual es irreparable. Se ha realizado una transmisión de emergencia para el rescate inmediato —informó a través del intercomunicador. Incluso con las interferencias, Eva odiaba lo tranquilo que sonaba el Santuario al hablar sobre lo destrozado que estaba su hogar.

—Basándote en la ausencia de transmisiones de respuesta de los Santuarios hermanos, ¿qué sugieres? —preguntó Madr sin dejar de mirar los hologramas de gráficas y mapas que flotaban frente a ella.

—Permanezcan treinta días en el Santuario. Si no se produce el rescate, comiencen el proceso de cierre y envíen a la protegida al asentamiento más cercano, el complejo subterráneo HRP cinco uno.

—¿Que nos quedemos? —gritó Eva. Se colocó las correas de la bolsa en la espalda del chaleco—. Eso es ridículo, Madr. No lo haré. No lo harás. Rovi y yo te sacaremos de aquí.

Madr estaba callada. Inmóvil.

Eva se hizo un recogido en el pelo y enrolló fuertemente a su alrededor una de sus trenzas.

—Vamos, te ayudaré a subir las escaleras e iremos juntos al Santuario no sé cuántos, ¿de acuerdo?

—Eva, escúchame. ¡Escúchame! —dijo Madr.

Eva se detuvo y miró a Madr a los ojos, buscando un indicio de sentimientos verdaderos en la silicona y los circuitos. Pestañeó para contener las lágrimas que le quemaban los ojos. Madr sólo era un robot, pero desde el día en que nació la había cuidado. Adiestrado. Protegido.

—Eva —Madr habló con voz queda—. No puedo acompañarte porque se supone que no debo hacerlo. Mi programación me lo prohíbe. En realidad, mi función consiste en vivir aquí para enseñarte a sobrevivir y prosperar en la superficie. Cuando estés lista y seas mayor de edad, ya no me necesitarás. Así funciona el programa.

—Pero no estoy lista —Eva se sorbió los mocos—. Te necesito.

—Sí estás lista, tesoro. Fíjate: saliste antes de tiempo y sobreviviste —Madr le retiró con una caricia el flequillo de la frente—. Haz lo que te diga el Santuario y no te pasará nada. Ojalá pudiera salir contigo, pero éste es mi lugar.

—¿Aquí? ¿En este caos? —Eva se secó los ojos con la manga. Otra vez el Santuario, su Santuario, no colaboraba.

Era desconcertante.

Eva sacó el Omnipod y se lo entregó a Madr.

—¿Por qué me lo das? —preguntó Madr, a la vez que cogía el dispositivo—. Seguro que lo necesitas allí adonde vayas.

—Omnipod —ordenó Eva—, por favor abre la Identicaptura y muéstrale a Madr, y al Santuario, las formas de vida que pueblan la superficie.

Una serie de hologramas parpadearon ante los ojos resplandecientes del robot. Pájaros con múltiples alas. Árboles errantes. Devorapájaros llorones. Osos de agua gigantes. Acechadunas. El cazador dórceo.

Eva se dirigió a Madr y al Santuario:

—Por favor, identifiquen estos organismos y aconséjenme cómo debo interactuar con ellos.

Se produjo un silencio prolongado. Finalmente habló el Santuario:

—Todos los organismos indicados están clasificados como inidentificables por la ausencia de datos. En este punto es imposible deducir la interacción. Procede con precaución.

—¿Sigues creyendo que estoy lista? —preguntó Eva mientras recuperaba su Omnipod.

—Pues... No sé... —respondió Madr. Por primera vez en su vida, Eva notó que la voz del robot titubeaba.

—Entonces tienes que acompañarme. El Santuario no es seguro, y la superficie tampoco es segura. Todavía no estoy lista para vivir yo sola allí arriba —Eva clavó los ojos directamente en Madr y dijo—: Santuario, aquí C P cero uno. Basándote en la información más reciente, por favor analiza si Madr cero seis debe acompañar a Eva Nueve al asentamiento más cercano.

—Analizando. Por favor, espera —dijo el Santuario.

—¿ C P cero uno? —preguntó Madr, pero Eva la mandó callar.

—Cadmus cero uno —anunció el Santuario—, Multimecanismo de Auxilio en Dispositivo Robótico cero seis queda dispensado de sus deberes en el Santuario. Lo más adecuado es que acompañe a Eva Nueve al complejo subterráneo HRP cincuenta y uno —cuando el Santuario acabó de hablar, el cuerpo reparado de Madr descendió hasta el suelo. Todo el equipo de mantenimiento se retiró a sus compartimentos ocultos, dentro de la pared.

El cuerpo antiguo de Madr se dirigió rodando hasta su cuerpo provisional. Cuando la estructura de cangrejo empezó a hundirse en los paneles del suelo, el cuerpo original del robot agarró la cabeza y la colocó de nuevo sobre el torso. Madr ya estaba entera otra vez.

—¡Sí! —Eva abrazó a Madr con todas sus fuerzas. Rovender entró de nuevo en la habitación y la muchacha le sonrió, a lo que él respondió asintiendo con la cabeza.

—¿Puedo… puedo irme? —Madr sonaba sinceramente asombrada.

—¡Puedes irte! ¡Vas a venir con nosotros! —gritó Eva abrazándola todavía más fuerte.

—Gracias, Eva —dijo Madr—. Sin embargo, no deja de sorprenderme que no haya ningún registro de organismos como estos en nuestra extensa biblioteca de datos.

—Es raro, ¿verdad? —Eva echó un vistazo a los hologramas que flotaban en la habitación—. Supongo que todavía hay mucho que aprender sobre todos los habitantes de la Tierra.

—¿Taerra? —dijo Rovender, pronunciando mal la palabra. Una expresión confusa se apoderó de su rostro barbudo—. ¿Se trata de un lugar?

—Sí, claro —respondió Eva—. Es aquí, donde nos encontramos. Este planeta es la Tierra.

La criatura larguirucha se puso a reír a carcajadas.

—Ahora lo entiendo todo —dijo.

—¿Qué es tan gracioso? —preguntó Eva—.

La sonrisa de Rovender desapareció.

—No te encuentras en ese planeta que llamas "Tierra", Eva Nueve. Estás en un planeta llamado Orbona.

—¿**En** el planeta Orbona? ¿Qué? —exclamó Eva.

—¿Orbona? —repitió Madr—. No existe ningún planeta con ese nombre en la Vía Láctea. Aunque todavía quedan muchos planetas por identificar, señor Kitt, debe de estar equivocado.

—¡Shhh! Espera. Madr, calla un momento —dijo Eva mientras cerraba los ojos. Algo impreciso y distante se introdujo flotando en sus pensamientos.

—¿Qué? —preguntó Madr, alarmada—. ¿Qué sucede, Eva?

—¿Qué te pasa? —dijo Rovender arrodillándose junto a ella.

—Creo que es Otto —respondió Eva con los ojos todavía cerrados—. Pero está tan lejos que casi no puedo oírlo.

—Concéntrate —dijo Rovender con voz suave—. Ábrete a su llamada.

—¿Qué es Otto? —preguntó Madr—. ¿Puede decirme alguien qué está pasando aquí?

"Cazador. Tú. Casa".

Eva abrió los ojos como platos.

—¡Es Besteel! ¡Está aquí!

—¡Maldición! —Rovender levantó una oreja en dirección a las escaleras.

Incluso Eva oyó cómo se apagaba el zumbido del motor del planeador.

—No podemos salir por la entrada principal.

—¿Cómo escapaste la otra vez? —preguntó Rovender.

—Volvamos al conducto de ventilación de la cocina —dijo Madr agarrando a Eva por la mano. El robot los guió fuera de la sala del generador—. ¡Vamos!

Mientras atravesaban como flechas la sala de control del robot, Eva miró hacia arriba y vio cómo una sombra oscurecía la parte superior de las escaleras.

—¡Vamos, vamos, vamos! —Rovender saltaba detrás de Eva y Madr, empujándolas hacia la estación central—. ¡Tenemos que apresurarnos!

—¡Espera! —gritó Eva, deteniéndose frente a la entrada abrasada de la cocina—. Por aquí no podemos. Madr no puede subir por el conducto.

—Eva, tesoro —dijo Madr—, no te preocupes. Yo…

—Sí me preocupo —gritó Eva—. ¡Hemos vuelto por ti, y vas a venir con nosotros!

—Sea cual sea el camino que elijamos, debemos hacerlo rápido —Rovender habló con tono impaciente, mientras miraba por encima del hombro hacia la sala de control. De pronto, unas garras gris oscuro sujetaron la puerta medio abierta de la sala. Con una fuerza descomunal, hicieron palanca hasta abrirla, dejando a la vista el rostro de depredador de Besteel.

—Ruzender Keet —siseó con un marcado acento—, ¡tienes algo que me pertenece, y lo *quierro ahorra!*

—¡Por aquí! —Eva jaló a Madr hacia el depósito de provisiones—. ¡Al siguiente Santuario!

—Espera, ¿necesitas más provisiones antes de que nos vayamos? —preguntó Madr mientras la arrastraba a través del laberinto de estantes derribados y suministros desperdigados. Rovender las seguía ayudado de su bastón, cojeando.

Eva se giró y vio que Besteel recorría a saltos la estación central.

—¡Rovi! ¡Pulsa el botón rojo! —gritó Eva, de pie junto a la puerta del pasillo secreto. Rovender golpeó el teclado manual con el extremo del bastón al pasar a su lado. Las puertas deterioradas rechinaron al intentar cerrarse, pero no lo consiguieron del todo. De nuevo Besteel deslizó sus garras por el hueco que quedaba entre las dos hojas y comenzó a separarlas empujando.

—¡Vamos! —Eva hizo pasar a Madr por la trampilla del fondo mientras Rovender se acercaba cojeando. Detrás de él, el inmenso brazo de Besteel tanteó el panel de control de las puertas medio abiertas. Entonces retiró el brazo y lo sustituyó por la boca bulbosa de su rifle. El inconfundible zumbido del arma cargándose vibró en los oídos de Eva.

—¡Vámonos! —dijo Eva, y empujó a Rovender hacia el pasillo secreto.

—Santuario, por favor bloquea la trampilla del pasillo que lleva al Santuario hermano —ordenó Madr. Sus ojos ambarinos brillaban en el oscuro pasillo. La puerta se deslizó hasta cerrarse tras ellos y se bloqueó. Detrás, Eva oía el zumbido del rifle de Besteel, que cada vez aumentaba más de intensidad.

—¡Corran, corran, corran! —Rovender las empujó hacia el interior del pasillo.

Besteel disparó su rifle. La intensa onda sonora sacudió la pared del fondo del depósito de provisiones. Sobre Eva cayeron polvo y escombros, acompañados de un rechinido grave y prolongado.

—¿Qué es eso? —miró hacia arriba, desde su posición acurrucada en la oscuridad.

—Son las estructuras de soporte —dijo la voz de Madr, que resonó en el pasillo—. Han sufrido daños.

—¡Muévanse! —gritó Rovender.

Se produjo un ruido desgarrador cuando el techo cedió sobre el trío. Rovender y Eva se lanzaron hacia delante y derribaron a Madr. A sus espaldas, un aluvión de rocas y escombros se desplomó sobre el pasillo y bloqueó el paso.

—¿Estás bien? —preguntó Madr.

Carraspeando, Eva se incorporó y se sentó.

—Sí, estoy bien, gracias —respondió. Eva intentó limpiar el polvo y la suciedad de su ropa, pero lo único que consiguió fue esparcirlos más—. ¿Qué tal te encuentras tú? —podía ver que uno de los brazos extendidos de Madr se había doblado en un ángulo extraño.

—Intenté sujetarme con el brazo tres para no caer —dijo Madr levantando las varillas metálicas dobladas que habían sido su antebrazo—. Aunque ha sufrido daños permanentes, creo que todo lo demás lo tengo intacto —guardó los cables que quedaban del brazo dañado dentro de su torso.

Detrás de ellas se oyó una tos.

—¡Rovi! —gritó Eva, y se arrodilló junto a su compañero—. ¿Te encuentras bien?

Con un quejido, Rovender salió a rastras de debajo de los escombros.

—Me pondré bien, Eva Nueve. Mi agradecimiento —dijo mientras se desplomaba contra la pared—. Ese maldito rifle suyo causa más estragos que un grall macho enfurecido en el nido de cristal de un bayrie —desdeñosamente, encendió su farolillo y sacó una botella—. ¿Dónde estamos?

Eva miró a Madr.

—Buena pregunta. Dinos, Madr, ¿dónde estamos?

—Por lo visto ya lo sabes, Eva. ¿Por qué no se lo dices al señor Kitt? —respondió el robot, sin dejar de examinar su miembro herido.

Eva sacó el Omnipod y proyectó el holograma del plano completo del Santuario.

—Nos encontramos en un pasillo de conexión que nos llevará al Santuario vecino —dijo—. Un Santuario al que, por alguna razón, jamás se me permitió ir.

Madr clavó los ojos en la muchacha.

—Correcto, Eva. Por supuesto, fue una decisión que tomamos nuestro Santuario y yo. Una decisión tomada como precaución de seguridad, que tú evidentemente desobedeciste.

—Ah, ¿sí? —Eva estaba que echaba chispas—. Pues no creo que...

—Eva Nueve, Madre Robot —dijo Rovender mientras se interponía entre las dos—, dejemos este asunto de lado y dirijámonos al Santuario vecino. Si tenemos suerte, allí podremos pasar la noche y refugiarnos de Besteel.

Echó a andar con sus numerosas posesiones tintineando en la mochila a cada paso. Madr miró a Eva un rato, pestañeando ruidosamente. Rodaba detrás de Rovender, con su antebrazo doblado colgando. Eva iba tras ella, caminando lentamente a medida que avanzaban por el oscuro pasillo.

—Aceleración detectada en la frecuencia cardiaca, Eva Nueve —anunció su túnica—. Por favor…

Eva silenció la túnica antes de que acabara el informe. Sus manos húmedas se aferraban con fuerza al Omnipod mientras avanzaba por el pasillo. El trío pronto llegaría al final, al lugar donde se encontraba el escondrijo secreto de Eva. No había ningún otro sitio al que ir. Era el único camino de salida.

—¿Madr? —dijo Eva en un murmullo, sin levantar los ojos del resplandor del Omnipod.

—Sí, tesoro —respondió el robot, que rodaba detrás de Rovender.

—Eh… Hay algo que deberías saber. Algo que debería haberte contado.

—¿Y qué es? —preguntó Madr.

—Tenías razón. He estado escabulléndome del Santuario para venir aquí.

Sin una palabra, Madr ralentizó para adaptarse al ritmo desganado de Eva. Se estaban acercando a la mitad del pasillo.

—Y… bueno… —dijo Eva tragando saliva—. He estado trayendo cosas aquí, mis cosas viejas, las que me dijiste que tirara.

—Ya lo sé —susurró Madr.

—¿Ya… ya lo sabes? —Eva levantó la mirada y dejó de caminar.

—No pasa nada, Eva —dijo Madr, volviéndose hacia ella—. Necesitabas tu espacio. Incluso viviendo en un Santuario tan grande y solitario, necesitabas un lugar en el que sintieras que estabas sola de verdad. Soledad.

Eva miró hacia el suelo, intentando procesarlo.

—Pero si lo sabías, ¿por qué no me dejaste ir a buscar a los niños del otro Santuario?

Madr rodeó a Eva con un brazo. Podía sentir la calidez del cuerpo del robot penetrando a través de su ropa. Madr habló con voz dulce.

—Eva, nuestro Santuario me dijo que los Santuarios de los alrededores no estaban operativos, y que había un noventa y ocho por ciento de probabilidades de que no estuvieran ocupados. Sin embargo, si entramos y hay personas viviendo, seré la primera en pedirte disculpas y reconocer lo equivocada que estaba al mantenerlo cerrado, ¿de acuerdo?

Eva asintió con la cabeza y no dijo nada más. Siguieron caminando hacia el final del pasillo.

—¡Oeeah! ¡Y tanto que has estado trayendo cosas aquí, Eva Nueve! —exclamó Rovender mientras iluminaba con su farolillo los objetos acumulados alrededor de la puerta—. ¡Vaya colección!

Madr se le adelantó para acercarse a los controles dañados de la puerta. Levantó la placa del control manual y se conectó a sí misma algunos de los cables de la puerta. Las luces rojas y verdes del panel de control empezaron a parpadear.

—¿Estás lista? —preguntó, volviéndose hacia Eva.

—¿Hay algo que te quieras llevar? —Rovender se agachó para examinar el altar de posesiones. Eva se arrodilló junto a él y cogió su muñeca Beeboo de peluche.

—Te la regalé cuando cumpliste tres años —dijo Madr pensativa—. ¿Te acuerdas?

—Claro —dijo Eva acariciando la muñeca mugrienta, que le guiñaba un ojo y le sonreía. En ese momento, su temblorosa cabeza se cayó rodando y soltando relleno amarillo. Rovender reprimió un grito.

Sin decir una sola palabra, Eva devolvió la muñeca Beeboo a su lugar especial. Cogió con delicadeza la cabeza y la colocó de nuevo encima de su cuerpo.

—Cuida de todos, ¿sí? —le dijo.

Cuando los ojos de Eva recorrían por última vez su colección, se detuvo en un objeto en particular, el único que no le había dado Madr. Cogió su WondLa de entre su tesoro.

—¿Qué es eso? —Madr alargó el cuello para verlo mejor.

—No es nada —respondió Eva, mostrándole la imagen deteriorada—. Sólo es algo que encontré… algo que espero volver a encontrar —Eva lo guardó en la bolsa y respiró hondo—. Bueno, estoy lista.

—Bueno —repitió Rovender.

—Bueno —dijo Madr.

Eva echó a andar dejando atrás su colección y atravesó la puerta hacia el Santuario vecino.

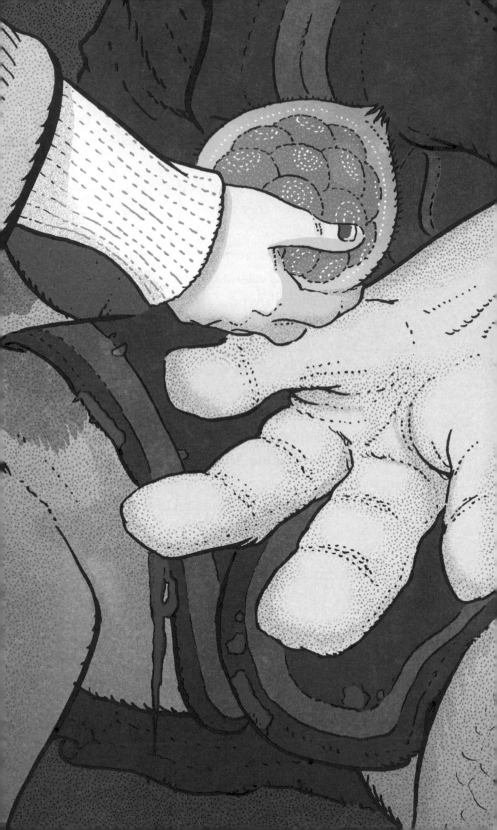

CAPÍTULO 18: SUSTENTO

Lo primero en lo que se fijó Eva fue el olor. Era el desagradable olor a tierra de cultivo húmeda. Lo reconoció por los numerosos ejercicios prácticos de horticultura que había realizado en el invernadero. Sin embargo, en esta ocasión, Eva no se encontraba en el invernadero del Santuario, sino en la estación central.

Las raíces de los árboles de la superficie se habían abierto paso hacia abajo, agrietando el tejado de chapa de acero del Santuario como si fuera una cáscara de huevo. A través de las puertas abiertas del dormitorio, Eva se fijó en que el techo se había derrumbado parcialmente, y se veía el cielo nocturno. Unos extraños hongos y líquenes recubrían las paredes que en una ocasión habían alojado holo-proyectores y calefactores geotérmicos.

Madr volvió hacia Eva sus tenues ojos ambarinos en la oscuridad del Santuario.

—Lo siento, Eva. Ojalá me hubiera equivocado sobre este lugar —le dijo.

—No pasa nada —Eva se sorbió los mocos—. Perdóname por no haberte creído.

—No te preocupes —Madr abrazó a Eva con fuerza—. Seguiremos buscando.

—La entrada principal se ha desplomado —observó Rovender, señalando los restos de la sala de control—. No podemos salir por ahí.

—Vayamos al Santuario siguiente —dijo Madr mientras escaneaba con un láser la puerta del antiguo depósito de provisiones—. O podemos pasar aquí la noche. ¿Qué tal te encuentras, Eva?

—Quiero ver el otro Santuario —dijo Eva apesadumbrada—. Pero creo que es buena idea que hagamos un alto. Estoy cansada.

—Muy bien —dijo Madr.

—Debemos reposar, Eva. Has tenido un día agotador —coincidió Rovender—. No obstante, deberíamos retirarnos a una sala más escondida. Vamos a echar un vistazo a las otras habitaciones.

Eva se lo tradujo a Madr y el trío se separó para explorar el Santuario lleno de maleza.

A la puerta del gimnasio, Eva fue recibida por una mata de setas de color verde jade que sobresalían hacia ella. Podía oír cómo inhalaban y exhalaban cuando sus sombreretes se expandían y se contraían. Su respiración estaba acompasada con un goteo que resonaba en el interior del gimnasio abandonado.

—¿Estás bien? —preguntó Madr acercándose a Eva.

—Sí —respondió Eva, moviendo el Omnipod alrededor de la habitación para alumbrarla con su luz—. Simplemente me pregunto si encontraré a algún humano aquí.

La mirada de Madr recorrió las acumulaciones de setas que crecían descontroladamente cubriendo casi por completo las paredes del gimnasio y el equipo corroído.

—El tiempo lo dirá —susurró el robot—. Sin embargo, debo admitir que me cuesta creer que no estemos en la Tierra, aunque el Omnipod lo clasifique todo como inidentificable.

—Ya lo sé. Yo tampoco me creo que esto sea otro planeta —dijo Eva mientras miraba el agua que goteaba del techo sobre el estanque que en su día fue una piscina. Su superficie se reflejaba con el suave resplandor del Omnipod en anillos verdes ondulados. Al fondo se alzaban unos macizos de altos juncos coronados por esferas.

—Pues créetelo —Rovender se les unió—. Buen trabajo, Eva Nueve. Has encontrado el lugar en el que acamparemos esta noche.

—¿Ah, sí? —dijo mientras observaba las setas que crecían por todo el suelo de baldosas.

—Sí —Rovender se quitó la mochila deslizándola y la apoyó cerca de la piscina. Se inclinó sobre el borde y se puso a sorber el agua.

—¿Vas a beber eso? —Eva contemplaba cómo Rovender se salpicaba la cara.

—Claro —respondió, y sacó una botella vacía de la mochila que arrastró por la superficie de la piscina—. Siempre y cuando beba el agua que acaba de caer aquí, justo bajo la superficie. ¿Ves? —sujetó en alto la botella, llena de un líquido bastante transparente.

—Pero ¿qué es eso? —Eva señaló las partículas oscuras que se arremolinaban en la botella.

—Ya se depositarán en el fondo, Eva Nueve —dijo Rovender con una risita—. No te inquietes. Esta agua es buena.

—Quizás él puede beber eso, Eva, pero tú no —dijo Madr, atravesando con su láser rojo la botella.

—Madr dice que no puedo beberla —el tono de Eva era de disculpa.

—Bah —Rovender sacudió la cabeza y se sentó junto a la piscina. Eva se dejó caer a su lado y observó cómo sumergía su pie vendado en el agua.

—Eva, me gustaría estudiar más a fondo los detalles de los organismos que grabaste con la Identicaptura, si no te importa —dijo Madr.

—Claro, no hay problema —Eva se soltó el Omnipod de la muñeca y se lo entregó a Madr.

—Si necesitas rehidratarte, bebe más EnergiZumo, tesoro —dijo Madr mientras agarraba el dispositivo.

—De acuerdo —Eva sacó la botella de plástico de su bolsa.

—Eva Nueve, ¿me puedes coger los frutos que crecen ahí arriba? —preguntó Rovender señalando los altos juncos que se alzaban al fondo de la piscina.

—¿Los de allí? —Eva se puso de pie de un salto y se dirigió hacia ellos.

—Sí, sí —dijo Rovender mientras desenganchaba un saco de dormir de su mochila—. Esos.

Eva recogió una brazada de los frutos esféricos transparentes que crecían en la punta de los robustos tallos, y sólo se le cayó uno al regresar al campamento.

—Mi agradecimiento —susurró Rovender—. Además parecen maduros —se había sentado en su saco de dormir y estaba ahuecando otro saco que había extendido para Eva. Ella se sentó y dejó caer la fruta en el regazo de su amigo.

—Se llama vox —dijo él, mientras cogía un fruto y le quitaba la cáscara—. No se encuentra con facilidad, pero es muy sabroso. Tengo que acordarme de este sitio —el interior del fruto estaba lleno de bayas de color verde brillante, que la criatura comenzó a devorar con fruición. Rovender le acercó a Eva la otra mitad.

—No sé, Rovi... —dijo ella estudiando las bayas—. Podría ponerme enferma...

—Sí. Podrías ponerte enferma —repitió Madr, con la mirada todavía fija en el Omnipod.

—¿Tengo pinta de estar enfermo? —preguntó Rovender con la boca llena.

Eva abrió la tapa de su recipiente para beber y echó un trago.

—Sólo por curiosidad —dijo Rovender mientras pelaba otro fruto—, ¿qué es eso que bebes?

—¿El EnergiJugo? —respondió Eva—. Pues eso, ya sabes... es como jugo.

—Es una solución acuosa enriquecida con vitaminas y con el PH equilibrado —dijo Madr.

—Con sabor a chicle —añadió Eva después de traducírselo a Rovender—. ¡Y mira! —dijo sacando la lengua teñida de azul.

El delgado compañero de Eva se echó hacia atrás, sin saber cómo reaccionar.

—Toma. ¿Quieres probarlo? —le pasó la botella a Rovender. Madr dejó de estudiar el Omnipod para observar cómo interactuaban.

Rovender olisqueó el contenido de la botella. Después, se tomó un trago, puso cara de disgusto y escupió el líquido por encima del hombro.

—¡Puaj! Sabe a sustancias químicas.

Eva oyó que Madr se reía entre dientes. Rovender fulminó con la mirada al robot.

—Si tienes sed, deberías beber esto —Rovender sorbió el agua que había recogido.

—Mmm… Sí, gracias de todos modos, pero no quiero vomitar —dijo Eva, y tomó otro trago de su bebida.

—Eva, por favor recuérdale al señor Kitt que su agua no está potabilizada —añadió Madr—. Probablemente esté plagada de todo tipo de bacterias. Podrías caer enferma si la bebes.

Rovender miró a Madr con los ojos entrecerrados.

—Esta agua se ha filtrado a través del suelo de Orbona, Eva Nueve. Sabe al cielo y a la tierra donde se ha originado. Esta tierra de la que ahora ustedes dos forman parte.

Eva caviló sobre sus palabras un instante mientras se toqueteaba una uña.

—Eva, tienes un equipo de hidratación —dijo Madr al devolverle el Omnipod. Por un momento, parecía como si hubiera entendido lo que había dicho Rovender—. Y he traído gran cantidad de pastillas potabilizadoras, por si necesitas beber agua natural. Sin embargo, no creo que llegue a ser necesario. Pronto encontraremos a los habitantes de las instalaciones subterráneas vecinas.

—¿Qué le pasa a tu madre robot? —dijo Rovender señalando a Madr con una cáscara de vox—. ¿Qué tipo de comida y bebida consume?

—Madr no come —respondió Eva—. Sólo es un robot.

—Aunque soy un bioordenador híbrido manufacturado y contengo lo que podrían considerarse "órganos vivos", no utilizo procesos metabólicos para obtener energía —añadió Madr—. En vez de eso, la obtengo a través de una batería centurión reemplazable.

Eva se lo tradujo a Rovender mientras se acababa su bebida.

—No bebe ni come y les dice a los demás qué deben comer y beber... ¡De lo más curioso! —dijo Rovender, y se quedó mirando a la muchacha y al robot.

Eva guardó de nuevo el recipiente vacío en la bolsa. Mientras lo hacía, su mirada recayó en el WondLa. Lo sacó y lo estudió bajo la luz parpadeante del farolillo. Le pareció extraño tener el WondLa consigo, lejos de su escondrijo secreto.

—¿Ésa es la cosa que cogiste de tu colección, Eva Nueve? —Rovender lanzó una cáscara a la piscina y se aproximó a ella para verlo mejor—. De todas las cosas que dejaste atrás, ¿por qué decidiste quedarte con esto?

—¿Esto? —contestó Eva, con los ojos clavados en la imagen deteriorada. La niña que mostraba era feliz. Sonreía. El robot a su lado también sonreía. Estaban acompañados por un adulto sin cabeza, y los tres caminaban juntos cogidos de la mano.

Eran uno solo. Eran una familia.

—Lo llamo mi WondLa —susurró Eva.

—¿Wond… La? —repitió Rovender.

—¿Por qué? —preguntó Madr.

—Si te fijas bien, son las únicas palabras que pueden leerse. Es lo único que tengo que no procede de nuestro Santuario. Pensaba que pertenecería a las personas que vivían aquí, pero supongo que estaba equivocada —Eva exhaló un suspiro largo y abatido.

—Correcto, Eva —dijo Madr—. Conservo un registro del inventario de estos Santuarios y no procede de aquí.

—Pero tiene que venir de algún sitio —respondió Eva—. Creo que algún humano lo dejó para mí.

—Pero no consta en nuestro inventario —dijo Madr observando el WondLa—. A lo mejor lo dejaron seres como Besteel o el señor Kitt.

Eva frotó el pulgar sobre la imagen de la niña.

—Parece muy antiguo. Muy sucio —añadió Madr—. ¿Estás segura de que quieres llevártelo?

—¿No lo entiendes, Madr? —dijo Eva ofendida—. Mira a la niña y a su padre. Mira al robot. ¿Ves lo felices que son? ¿Cuándo fue la última vez que tú y yo sonreímos así?

—En realidad, lo hicimos hace trescientos setenta y ocho días, cuando me ganaste una partida de hologammon —respondió Madr—. De todos modos, hay una buena razón por la que el WondLa no podía estar en nuestro hogar: está recubierto de moho y contaminado por bacterias.

Eva puso los ojos en blanco.

—¿Has visto alguna vez algo parecido? —le preguntó a Rovender mientras se lo pasaba.

—¿Algo parecido a esto? —Rovender se limpió las manos en su chaqueta harapienta antes de cogerlo—. No, Eva Nueve, nunca. Pero he visto objetos similares en el Museo Real de Solas —se lo devolvió a la muchacha.

—¿En el qué? —preguntó Eva más animada.

—El Museo Real. Está en la ciudad de Solas. —Rovender se acostó sobre su saco y apoyó la cabeza sobre su enorme mochila. Cerró los ojos—. La gobierna la Reina Ojo. Quizás allí encuentres a alguien con respuestas sobre tu pueblo.

—¿Puedes llevarnos allí? —preguntó Eva.

—¿Qué está diciendo? —dijo Madr.

—Dice que hay un museo con objetos como éste. —Eva sujetó en alto el WondLa—. Y va a llevarnos allí.

—¿Llevarla? Yo no he dicho eso, Eva Nueve. —Rovender abrió un ojo para mirar a la muchacha—. Lo que he dicho es que Besteel nos sigue la pista. Lo mejor sería que nos separáramos.

—Ya no necesitaremos los servicios del señor Kitt cuando lleguemos a la superficie —dijo Madr—. Con el Omnipod deberíamos poder localizar una ruta segura hasta el siguiente complejo subterráneo.

—Ya verás lo inútil que es ese artefacto cuando lleguemos al exterior —rezongó Eva.

—Eva, no nos...

—¡Ahora no, Madr! —le gritó Eva. Miró a Rovender, pero parecía dormido.

Madr suspiró.

—Creo que comprobaré la integridad estructural de este Santuario y haré guardia por si se presenta el intruso —dijo mientras salía del gimnasio—. Intenta descansar un poco, Eva. Mañana proseguiremos nuestra búsqueda.

Eva se tumbó sobre su saco de dormir y se puso a mirar el riachuelo cuya agua manaba de una grieta del techo. Oía al techo llorar (ploc, ploc, ploc) en la piscina verde junto a ella. Le recordó a Eva los hologramas de cavernas que había visto. Las cuevas oscuras siempre le habían parecido misteriosas y espeluznantes cuando las había explorado en la holosala, pero allí de algún modo se sentía segura. A salvo.

—¿Rovi? —preguntó en voz alta.

—¿Sí, Eva Nueve?

—¿De verdad crees que encontraremos otros humanos en la ciudad de Solas? —se puso de lado para mirarlo y apoyó la cabeza sobre una mano.

—No puedo asegurártelo, pero es una ciudad grande. Hay muchas especies diferentes viviendo allí.

—Madr nunca ha estado en la superficie, y el Omnipod no funciona bien del todo... —Eva tragó saliva—. ¿Podrías... podrías llevarnos allí? Después ya te dejamos en paz, te lo prometo.

La delgada criatura permaneció inmóvil con los ojos cerrados.

—Hay una villa pesquera, Lacus, a un par de días a pie de aquí si nos dirigimos hacia el este a través del Bosque Errante —dijo Rovender—. Yo las guiaré. Pero cuando lleguemos a Lacus, seguirán por su cuenta.

—¿Y cómo iremos hasta Solash desde allí? —preguntó Eva.

—Solas —la corrigió Rovender—. Pueden coger un ferry que cruza el Lago Concors, que las llevará directamente al puerto principal.

—Gracias, Rovi —Eva se tumbó sobre el saco de dormir—. Muchas gracias.

—Intenta descansar, Eva Nueve —Rovender cruzó sus largos brazos sobre su delgado pecho.

Eva se quitó el chaleco y lo utilizó como almohada. Cuando acabó de acomodarse observó a Madr, de pie en silencio a la entrada del gimnasio, con su piel de silicona brillando bajo la suave luz del farolillo.

Eva metió su deteriorado WondLa en el bolsillo interior de la túnica, cerca de su corazón palpitante, y cerró los ojos.

Eva se estremeció

cuando la luz de la mañana, ya avanzada, bailó sobre su cara. De nuevo se encontraba en la superficie, en las profundidades de un bosque, el Bosque Errante, como lo había llamado Rovender antes de ir a regar las plantas.

Comparada con el día anterior, la mañana había transcurrido sin incidentes. Normalmente Eva habría disfrutado de la tranquilidad, pero estaba nerviosa por la expectativa de encontrar otros residentes en los Santuarios vecinos.

Después de levantarse y tomar un desayuno rápido, el trío había abierto la trampilla que llevaba al siguiente Santuario. Para su consternación, Eva había descubierto que todavía estaba más descuidado que el anterior. Una sensación de asombro, mezclada con tristeza, se había apoderado de ella al recorrer la estructura familiar.

Estaba distribuida exactamente como su hogar, pero había desaparecido bajo gruesas alfombras de extraños hongos, líquenes y musgo. La entrada principal de este tercer Santuario, abierta de par en par, estaba recubierta de pequeñas plantas bulbosas. A cada paso que Eva daba mientras ayudaba a Madr a ascender hacia la superficie, las plantas silbaban y lanzaban esporas.

—¿Y bien? —preguntó Eva mirando a Madr. El robot estaba inmóvil, excepto por el pestañeo de sus ojos. La luz moteada que atravesaba las copas de los árboles reverberaba sobre ella. A su alrededor piaba, zumbaba, parloteaba y reía un concierto de voces del bosque. Un dulce aroma flotó por el aire y se mezcló con el olor familiar de la tierra de cultivo húmeda.

Eva vio que en la parte posterior de la cabeza de Madr parpadeaba una luz brillante, una luz que jamás había visto. Se acercó a ella y le agarró una de sus manos con yemas de silicona.

—Eva, no comprendo… —la voz de Madr, que parecía sumida en sus pensamientos, se apagó. Eva se preguntó cómo estarían procesando toda esta información nueva los códigos y los programas que permitían el funcionamiento del robot. Madr se giró cuando una pequeña hoja aterrizó sobre su torso metálico. La hoja avanzó a pequeños pasos, dio un salto y cayó sobre un tronco recubierto de musgo, donde parecía invisible.

—Es mucho más intenso, más vívido de lo que me esperaba —dijo Madr—. De hecho, mis sensores ópticos podrían estar sobrecargándose. Creo que hay un error en mi programación.

—¿Te encuentras bien? —en el rostro de Eva se reflejó su preocupación.

—Es extraño —prosiguió Madr—, pero el programa reproductor de emociones que suelo utilizar para interactuar contigo me envía señales contradictorias, de asombro y de miedo.

—¿Asombro y miedo? Qué raro —dijo Eva perpleja.

—Es lo que se llama estar "sobrecogido" —dijo Rovender, que había regresado. Le dio una palmadita a Madr en la espalda y dijo—: Bienvenida al mundo real, Madre Robot, un lugar hermoso y peligroso. Ahora ya puede empezar a vivir de verdad.

—¿Qué ha dicho? —preguntó Madr.

—Ha dicho que estás sobrecogida —respondió Eva— por la belleza de vivir en este lugar peligroso.

—Sobrecogida. Pues será eso —dijo Madr con voz queda.

Rovender se colocó su enorme mochila sobre los hombros, lo que hizo que todas sus posesiones tintinearan.

—Muy bien, Eva. Debemos seguir adelante si queremos llegar a Lacus mañana por la noche —agarró su bastón y se puso en marcha—. Bueno, prosigamos. Y manténganse alerta; como ya he dicho, este lugar puede ser muy peligroso.

—¿Qué ha dicho? —le preguntó el robot a Eva.

—Espera un momento, Madr —dijo Eva—. Rovi, ¿puedo preguntarte una cosa?

—Sí, Eva Nueve —el guía se detuvo y se volvió hacia ella.

—Si nos acecha algún peligro, ¿no nos convendría ser capaces de entendernos al hablar? —preguntó Eva en voz baja.

—¿Cómo? Si ya…

—Madr —susurró Eva—. Necesita ser capaz de entenderte, y yo ya me estoy cansando de traducírselo todo. ¿No tienes otro vocodificador de esos?

Rovender miró hacia el robot. Madr estaba orientando el Omnipod hacia la pequeña hoja andante para grabarla.

—No me quedan transcodificadores —respondió—. Te di a ti el último.

—Vaya… —dijo Eva, dejando escapar un suspiro de frustración.

—Espera —susurró Rovender—. Puede utilizar el tuyo, pero ambas deben estar junto al dispositivo. Deben mantenerse cerca la una de la otra, ¿entiendes?

—¿En serio? —Eva sonrió—. ¡Gracias!

—Y otra cosa, Eva —añadió Rovender—. Tiene que ingerir los transmisores para que funcione. Pulsa el botón plateado y haz que lo sujete junto a su boca.

Eva asintió con la cabeza. Recordaba lo mucho que había desconfiado del transcodificador cuando lo vio por primera vez. Se acercó a Madr mientras ésta estudiaba el holograma de la hoja andante en el Omnipod. Eva sacó el transcodificador del bolsillo.

—¿Qué has encontrado? —preguntó con voz inocente.

—He pensado que podría ser una especie de insecto —dijo Madr mientras se volvía hacia Eva—, quizás incluso del género... ¿Qué estás haciendo?

—Necesito que esta cosa, que es un transcodificador, funcione contigo.

—Eva, no sé si debería permitirlo. Podría poner en peligro mi programación —respondió Madr, mirando por encima del hombro de Eva hacia Rovender.

—Escucha —dijo Eva—, si nos enfrentamos a alguna de las criaturas que te mostré en el Omnipod, podríamos correr peligro. Tienes que poder entender exactamente lo que nos cuenta Rovender sobre este planeta.

Los párpados de Madr se abrieron y se cerraron con un clic.

—Tienes razón, Eva. ¿Qué debo hacer?

Eva pulsó el botón de la parte inferior del transcodificador. En ese instante, salió volando una nubecita de transmisores.

—Empieza a hablar —dijo Eva con una sonrisa.

Eva y Madr avanzaban en fila india tras su guía. Se pasaron el resto de la mañana siguiendo las tortuosas huellas de un animal a través de la tupida maleza. Eva y Rovender charlaban mientras Madr grababa infinidad de datos con el Omnipod. En un momento dado, asustaron a una bandada de pájaros que se lanzaron al vuelo, gorjeando ruidosamente.

—Ya había visto pájaros así. ¿Qué son? —preguntó Eva.

—Giraletas —respondió Rovender inexpresivamente—. Están por todas partes, y comen de todo. Dale de comer a una de ellas y pronto tendrás que alimentar a toda la bandada. Por eso son fáciles de cazar.

—Giraletas —repitió Madr al introducir los datos en el Omnipod.

Eva se quedó mirando a los pájaros mientras desaparecían en las sombras del bosque.

—¿Cazarlas para qué? ¿Para que sean tu mascota?

—No, Eva Nueve —dijo Rovender con una risita—, para comértelas. La verdad es que son muy sabrosas si se preparan bien.

—¿Se comen? —Eva recordó las giraletas que la habían saludado la primera mañana de su huida, posadas en un árbol errante junto a ella. Recordó los devorapájaros llorones que las habían cazado y engullido. Recordó cuando había estado capturada, como la pareja de giraletas, en el campamento de Besteel. Sintió un escalofrío al evocar a esa bestia cortando al oso de agua gigante y comiéndose sus órganos. El estómago se le revolvió.

Rovender se volvió hacia Eva sonriendo.

—Podríamos cazar algunas para cenarlas esta noche, ¿eh? Conozco una receta deliciosa.

El estómago de Eva se quedó helado cuando Rovender pronunció estas palabras.

—¿Serías capaz de hacer algo así? ¡Es lo que haría Besteel! —dijo Eva.

Rovender se paró, se dio la vuelta y agarró a Eva por el brazo.

—JAMÁS vuelvas a decir que soy como Besteel —bramó—. Ese animal es un monstruo que mata por deporte. Yo sólo tomo del bosque lo que necesito, cuando lo necesito para sobrevivir.

—Sí, pero…

—No lo entiendes, Eva Nueve —dijo Rovender conteniendo la voz—. Llegará un momento en que tú también tendrás que vivir de esta tierra. Esas bolitas que llevas contigo no durarán eternamente.

—Deberían durar más de un mes —saltó Madr—. Treinta y cuatro días, para ser exactos. Por favor, quítele las manos de encima, señor Kitt.

Eva miró primero a Madr y después a Rovender. La criatura delgaducha la soltó sin decir nada.

—Ese tiempo debería bastarnos para reunirnos con otros humanos en el próximo asentamiento —prosiguió Madr.

—Le diré una cosa, Madre Robot, algo que ya le dije a Eva: he viajado por todas estas tierras, y todavía no he visto nada que se parezca a ninguna de las dos. —Rovender se dio la vuelta y reemprendió el camino.

—Entonces quizás deberíamos seguir las coordenadas que el Santuario nos ha dado, en lugar de dirigirnos a esa ciudad que dice usted —respondió Madr.

Rovender se detuvo y sacudió la cabeza.

—Estaba mejor cuando no podía entenderla... —refunfuñó.

Eva se cubrió la boca con las manos para ahogar una risita.

—¿Qué pasa? —preguntó Madr.

Rovender se acercó a Madr.

—Muy bien. Muéstreme el lugar al que su máquina dice que tienen que ir.

Madr no despegó sus cinco ojos de Rovender.

—Por supuesto —dijo. En pocos segundos, flotó sobre el ojo central del Omnipod un gran mapa holográfico en relieve del terreno circundante—. Nos encontramos aproximadamente aquí —dijo Madr, señalando un punto boscoso a orillas de un ancho río—. Así pues, el complejo subterráneo humano más cercano se encuentra al otro lado de este río. Es una caminata de veintisiete días desde aquí si mantenemos un ritmo constante de ocho horas al día.

—¡Veintisiete días! —Eva estudió el mapa. El lugar parecía mucho más cercano al ver la ruta en miniatura—. Veintisiete días caminando es mucho tiempo, sobre todo con todos los bichos espeluznantes que intentan comernos.

—No nos pasará nada —Madr le devolvió el Omnipod a Eva—. Y si racionamos la comida en consecuencia y ponemos en práctica las habilidades de supervivencia que hemos ensayado, llegaremos sin ningún percance. ¿Qué le parece, señor Kitt?

—Pero ¿hay alguien allí? —Eva se quedó mirando el mapa holográfico.

—Les he enviado una señal de socorro y estoy esperando su respuesta —dijo Madr—. Sin embargo, sus comunicaciones podrían estar inutilizadas o ser defectuosas, como las nuestras.

—O quizás ya no existe —dijo Rovender.

—Señor Kitt, ¿va a llevarnos allí sí o no? —preguntó Madr. Eva clavó sus ojos un instante en los de Rovender, y después los dirigió hacia el suelo.

—Si es ahí adonde quieren ir, entonces me despido de las dos —gruñó Rovender. Sacó una de sus botellas y reemprendió la caminata. Por encima del hombro, gritó—: Ah, por cierto, Eva Nueve… Según su mapa, el campamento de Besteel tendría que haber estado debajo del agua, en medio de su río. Buena suerte en su viaje.

Eva estudió el holomapa. Vio un punto brillante que indicaba la situación de su Santuario, situado junto a un ancho río.

—Creo que tiene razón —dijo Eva señalando el mapa—. Lo único que vi ayer, además de mucho bosque, fue un lugar desierto y enorme lleno de rocas y grava. No vi ningún río ni nada de agua.

Madr estaba callada, calculando.

—Queremos encontrar a otros humanos, ¿verdad? —dijo Eva—. Si vamos a esta ciudad, seguro que alguien nos puede ayudar —se quedó mirando cómo Rovender desaparecía tras un árbol errante—. Dejemos que nos guíe él, Madr. Por favor…

—Está bien, de acuerdo, vayamos a Solas. Está más cerca que el siguiente complejo, y quizás allí nos podamos informar de la mejor manera de proceder —dijo Madr.

—Buena idea —Eva sonrió.

—Pero Eva… —Madr habló en voz baja—. No confío en el señor Kitt. No existe ningún registro del planeta Orbona en el Omnipod. Debemos mantenernos alerta, ¿entendido?

—Entendido. Pero por ahora ha sido de gran ayuda, ¿verdad? —dijo Eva.

—El tiempo lo dirá —Madr le dio una palmadita a Eva en el hombro—. Vamos, ¡en marcha!

Eva corrió hasta alcanzar a Rovender. Sobre su única rueda, Madr rodaba tras ella mientras se aventuraban en las profundidades del bosque.

Eva Nueve pronto se dio cuenta de que cuanto más se adentraban en el bosque, más peculiares eran las formas de vida.

—¡Extraordinario! —exclamó Madr al pasar junto a una altísima planta con forma de taza. El espécimen estaba recubierto de gruesos pelos ondulantes que recogían el polen y otras partículas voladoras que parecían nadar en el aire—. Me recuerda a los hologramas que he visto de organismos que viven bajo el mar.

Un insecto flotante grande y con un penacho se dejó caer desde la copa de un árbol hasta la planta-taza. Los cilios de la planta arrastraron al insecto hacia su boca circular y la taza se desmoronó sobre los filamentos, provocando un coro de chillidos en el proceso.

—Rovi, ¿qué es eso? —dijo Eva.

—Una especie de quimera —respondió mientras caminaba con dificultad a través de un arbusto—. No te acerques demasiado. Son muy temperamentales.

—¿Una quimera, como el monstruo? —preguntó Eva observando su holomaqueta.

—Una quimera también puede ser un híbrido, más o menos como yo —respondió Madr mientras miraba cómo se abría de nuevo la taza.

—Presenta rasgos del reino animal y vegetal —añadió el Omnipod.

El trío siguió avanzando a través del bosquecillo de quimeras y llegó poco después a un pequeño claro cubierto de musgo.

—Éste puede ser un buen lugar para acampar esta noche —anunció Rovender—. No he visto ningún árbol errante, por lo que estaremos seguros.

—Oye, ¿puedo hacer fuego? —preguntó Eva agitando el Omnipod.

—Buena idea, Eva —respondió Madr—. Mira a ver si encuentras algo de yesca. Yo determinaré la ubicación más adecuada, lejos de los árboles.

—Nada de fuego —dijo Rovender mientras se quitaba la mochila.

—¿Y por qué no? —preguntó Madr—. A Eva le vendría bien una experiencia práctica.

Rovender desenganchó sus sacos de dormir de la mochila.

—Para empezar, estamos cerca del corazón del Bosque Errante. Podría producirse una estampida de árboles errantes si detectan peligro.

Eva observó los árboles de gruesos troncos que bordeaban el claro. Los últimos rayos de la puesta de sol teñían sus copas con un vibrante tono dorado.

—Y además —prosiguió Rovender—, Besteel utiliza la detección de calor para cazar. Es como si lanzaran una señal luminosa hacia él. Nada de fuego.

El trío acampó bajo un pesado manto de nubes oscuras, pues la luna no se presentó esa noche. Rovender se ocupó de su tobillo y se acostó pronto. Madr patrulló el perímetro del campamento, registrando cada sonido nocturno que se producía en el bosque.

Eva consultó el cuentakilómetros de su bota al quitársela y vio que ponía catorce kilómetros y medio. Cuando la climatifibra calentó su cuerpo exhausto, cayó en un sueño profundo y apacible.

A la mañana siguiente, el trío reemprendió su caminata por el denso Bosque Errante. En silencio, Eva no se perdía detalle del paisaje y grababa a muchos de los habitantes del bosque con su Omnipod.

—¡Eva Nueve, ven aquí! Tienes que ver esto.

—Rovender salió corriendo de la sombra de los densos brotes bajo los que viajaban y llegó a un campo iluminado por el sol, lleno de helechos que le llegaban a la altura de la cintura. Al acercarse, Eva descubrió a su guía de pie frente a una aguja gruesa y nudosa que se elevaba por encima de él.

—Esta parte me recuerda al holograma de una piña —dijo Eva señalando el dibujo perfecto de nódulos en la base de la aguja.

—No, no, Eva. Es un poste indicador. Un augurio —dijo Rovender mientras caminaba a su alrededor y señalaba a muchos otros que se erguían cerca—. Si te cruzas con ellos, ten cuidado.

—¿Y qué indican? —Eva estiró el cuello para ver mejor la punta roma de la aguja.

—¿Quién ha puesto eso ahí? —preguntó Madr al unírseles, mientras inspeccionaba la imponente aguja. Eva pudo comprobar que el poste indicador medía más de cuatro veces la altura del robot.

—Nos encontramos en la frontera del corazón del bosque —susurró Rovender, agachándose junto a la base—. ¿Ves esto, Eva Nueve? Todos los ojos miran hacia el centro. Hacia el corazón.

Eva se inclinó para mirar lo que le señalaba Rovender. Lo que vio fueron unos brotes redondos, oscuros y brillantes en la punta de los nódulos.

—¿Eso son ojos? —los miró detenidamente.

—Fíate de mí —dijo Rovender. Se puso de pie y señaló en la dirección hacia la que parecían mirar los ojos, un tupido bosquecillo de enormes árboles entrelazados. Las copas eran tan densas que Eva no podía ver nada a través de su velo verdoso. Rovender habló en voz baja:

—En mi clan se dice que no puedes entrar a menos que seas puro de espíritu.

—Pero ¿quién pone esos postes indicadores? —preguntó Madr otra vez.

—El bosque —respondió Rovender—. Ahora prosigamos.

—Espera un momento —Eva frunció el entrecejo—. ¿Quieres decir que lo han hecho los árboles? ¿O quizás una criatura gigantesca?

—No, Eva, ni los árboles ni una criatura —respondió Rovender.

—Pues no tiene sentido. ¿Qué quieres decir con que el bosque los ha puesto ahí? —preguntó Eva.

Rovender atravesó el campo de helechos.

—Quiero decir exactamente lo que he dicho: el bosque ha puesto advertencias para que sepas que debes tener cuidado, o ser considerado, mientras viajas por él. ¿Entiendes?

—La verdad es que no —Eva se detuvo y observó los árboles que la rodeaban. En lo alto se desplazaban unas nubes espesas, oscurecidas por la lluvia—. Todavía estoy un poco confundida. ¿Cómo puede hacer algo un bosque? Quiero decir que un bosque no es más que un pedazo de tierra en el que crece un grupo de árboles.

—Correcto —dijo Madr.

—Quizás en tu planeta de origen, Eva Nueve… Pero no aquí —Rovender golpeó con su bastón un segundo poste indicador. En cuanto lo hizo, el poste que se encontraba junto a Eva también hizo ruido. Los innumerables nódulos oscuros parpadearon y los ojos se volvieron en dirección a la perturbación. Entonces se pusieron a mirar a su alrededor al mismo tiempo y se detuvieron en Eva un momento, antes de regresar a su posición original. Eva se quedó mirando el poste, pestañeando estupefacta, y luego se volvió hacia su guía en busca de una explicación. Rovender se reclinó sobre su bastón.

—Ya lo ves, estos bosques están vivos. Observan. Se mueven. Se alimentan. Tienen un corazón que late. Como tú. Como yo. Como todo.

—**E**ste es un buen lugar para descansar —anunció Rovender mientras se quitaba la mochila. El trío había salido del Bosque Errante y se encontraba junto a la orilla de un enorme lago seco. La arena de color marfil, endurecida sobre el suelo, se agrietaba formando un dibujo infinito que se extendía hacia el horizonte.

—Podemos seguir la linde del bosque —dijo Rovender, señalando lo que quedaba a sus espaldas—. Nos llevará en dirección norte hacia el Lago Concors, donde se localiza Lacus. Probablemente llegaremos cuando anochezca.

Los ojos de Eva siguieron la hilera de árboles hasta el horizonte, donde se desvanecían. A lo lejos pudo distinguir una pequeña bandada de giraletas volando en círculos. Bajo éstas, una inmensa figura de color óxido se desplazaba tranquilamente hacia ellos.

"Tú. A salvo".

—¡Es Otto! —gritó Eva, y echó a caminar hacia el oso de agua gigante—. Madr, ven a conocerlo. No lo vas a creer.

El behemot avanzaba hacia Eva arrastrando sus seis patas. Ella lo oía reír y cantar a medida que se aproximaba. Corrió hacia Otto y lo abrazó echándole los brazos en torno a su cara ancha y áspera. Una lengua grande y rugosa la lamió como saludo.

—¡Oh, Otto! ¡Qué contenta estoy de verte! —Eva sentía en su cuerpo la calidez que emanaba el behemot. "Gracias por avisarnos de que venía Besteel".

"Tú. A salvo. Bien".

Madr se les acercó rodando.

—¡Caramba! Es tan grande como un elefante.

—Según el Omnipod, es una especie de tardígrado, también llamado oso de agua —Eva escaló hasta su cabeza gigante—. Otto nos ayudó a Rovi y a mí a escapar. Y es quien me avisó cuando Besteel regresó al Santuario.

—¿En serio? —Madr lo examinó con la mirada—. ¿Y cómo es que tú lo entiendes y yo no? ¿El transcodificador no funciona con él?

—No, porque él me canta y yo recibo "impresiones" en la cabeza —Eva rascó a Otto detrás de una de sus pesadas y blandas orejas—. Es asombroso, ¿verdad?

—Impresiones telepáticas —dijo Madr mientras se acercaba todavía más a Otto y escudriñaba con el láser cada centímetro de su cuerpo acorazado—. Qué interesante...

El oso de agua gigante vio el láser y se abalanzó sobre él. Madr se echó automáticamente hacia atrás y dirigió el rayo de luz hacia el suelo arenoso. Otto se puso a perseguirlo como si fuera un juguete luminoso.

—¡Se piensa que es una luciérnaga! —dijo Eva con una risita—. ¡Sigue haciéndolo!

—Ya basta, Eva —Madr apagó el láser—. Deberías comer algo antes de que nos pongamos en marcha de nuevo.

Eva condujo a Otto hacia donde se encontraba Rovender, con Madr rodando a su lado. De repente, el robot le dio un golpecito al parche de la túnica de Eva.

—¿Por qué está desactivado el EscanCuerpo? ¿Cuándo fue la última vez que lo utilizaste? —preguntó Madr.

—No sé —respondió Eva, acariciando a Otto en un costado—. Me estaba incordiando con su "Por favor, hidrátate de inmediato" y "Por favor, orina de inmediato", o sea que lo apagué.

—¿Lo apagaste? —Madr parecía horrorizada—. Eva, debes dejarlo encendido. El programa está diseñado para mantenerte en plena forma. Para un momento y deja que lo reactive.

Eva se detuvo y soltó un sonoro suspiro mientras ponía los ojos en blanco.

—Por favor, que no es tan terrible —dijo Madr mientras activaba el parche del hombro.

Rovender las alcanzó cuando se encontraban a escasa distancia del campamento provisional. Saludó a Otto rascándolo bajo el mentón, entre las barbas.

La túnica de Eva informó con su alegre voz:

—La actividad cardiaca, pulmonar, cerebral y demás funciones se encuentran dentro de límites saludables. Sin embargo, el consumo de líquidos es bajo, Eva Nueve. Por favor, consume líquidos de inmediato. Gracias.

—Descansa un poco e hidrátate, ¿de acuerdo, tesoro? —dijo Madr.

—Bueno, bueno —dijo Eva, y se dejó caer junto a la mochila de Rovender. Abrió su bolsa y sacó su equipo de hidratación. De éste extrajo una pastilla de hidratación blanca y la colocó en un infusor redondo de malla metálica. El infusor tenía una fina cadena por la que Eva lo sujetó para hacerlo girar en el aire, como los hologramas que había visto de antiguos cazadores usando boleadoras. Cuando la pastilla del interior empezó a silbar, Eva se detuvo y cazó la bolita en el aire. Colgó el infusor dentro del recipiente para beber, como si fuera una bolsa de té, y de él empezó a gotear agua.

—Lo has hecho muy bien —dijo Madr—. Provocaste correctamente la reacción necesaria para extraer la humedad del aire, y no desperdiciaste ni una sola gota.

Eva la miró y sonrió. Había practicado una infinidad de veces cómo producir agua en el Santuario, pero ésta era la primera vez que lo hacía en la naturaleza. Se volvió a Rovender que, boquiabierto, miraba alternativamente a Eva y a la botella medio llena.

—¿Has sacado agua del aire? —preguntó—. Eva Nueve, me tienes impresionado.

—¿Ves? No habría podido hacerlo si hubiera acabado de eclosionar —dijo Eva con una sonrisa mientras buscaba en su bolsa una pastilla de EnergiJugo. La echó en el recipiente para beber, y el agua que contenía se tiñó de azul.

—Eva, ¿me dejas tu infusor de hidratación? —preguntó Madr—. Me adelantaré y recogeré más agua para ti mientras hacemos un descanso.

—Claro—Eva sacó el infusor vacío del recipiente y se lo entregó junto con el equipo de hidratación. El robot se fue rodando hacia la llanura abierta y empezó a llenar botellas. Otto la siguió, pues aparentemente sentía curiosidad por la cuidadora robotizada de Eva.

Rovender sacó unos cuantos vox de su mochila y empezó a pelarlos. Se acomodó junto a Eva y le ofreció un fruto.

—Pruébalo —le dijo—, a lo mejor te gusta.

Eva cogió el fruto y lo olisqueó. Despedía un aroma a cítrico. Orientó el Omnipod en su dirección.

—Procede a la Identicaptura, por favor —dijo.

Eva se quedó mirando a Rovender mientras éste comía y observaba el holograma de un vox girando sobre el dispositivo.

—Podría tratarse de una especie de clorófito comúnmente llamado "volvox" —dijo alegremente el Omnipod—. De ser así, se compone de una colonia de microorganismos. Dispongo de más información, incluida su importancia para el ciclo de vida, la ecología y los humanos. ¿Deseas que continúe?

—¡Vaya! Por una vez has identificado algo más o menos —dijo Eva—. ¿Es venenoso?

—Negativo —respondió el Omnipod.

—¿Y puede caminar? —preguntó.

—En este momento es imposible determinar si la planta que ha producido este fruto es lo suficientemente sensible para la locomoción voluntaria. Se requieren más datos.

Eva miró a Rovender.

—No se va a ir a ningún sitio —dijo él.

—Bueno, yo no lo tengo tan claro —respondió ella—. En mi planeta, las espinacas no caminan ni se comen a los pájaros —Eva peló la cáscara transparente y arrancó una de las bayas del interior. La olió, la chupó y, finalmente, mordisqueó un trozo. Sabía ácido y dulce al mismo tiempo, y a Eva le recordó el sabor de las grosellas. Se metió toda la baya en la boca y la saboreó.

Rovender sonreía mientras el jugo verde del fruto corría por su cuello barbudo. Se limpió la cara con el dorso de su manaza y preguntó:

—¿Y bien, Eva Nueve? ¿Te estás muriendo?

Eva soltó una risita y se comió todo el vox.

—Es diferente de la fruta que cultivábamos en el invernadero —dijo—, pero me gusta más que las pastillas nutritivas.

—¿A qué saben? —Rovender echó un trago del agua que había recogido en la piscina del Santuario.

—A... a nada —respondió Eva—. Creo que sólo son almidón.

—¿Entonces por qué las comes? ¿Dónde está el placer?

—Las como porque tengo que hacerlo —respondió Eva—. Igual que tú.

—Bah —Rovender se metió otra baya en la boca—. Claro, como porque tengo que hacerlo. Pero también como porque quiero hacerlo. Es uno de los pocos placeres de la vida.

Subidos sobre el ancho lomo de Otto, Eva y Rovender contemplaban los árboles en la linde del bosque que se arrastraban como una manada gigante. Desde arriba, Eva oía el crujido del polvo arenoso bajo la rueda de silicona dentada de Madr. En lugar de montar junto a Eva, el robot había preferido rodar al lado del enorme oso de agua, para escanear el terreno superficial y escuchar el aluvión de datos del Omnipod. La muchacha oía el dispositivo informando en su alegre tono: "Esta llanura es, en realidad, una salina formada a partir de un lago seco, y probablemente se extiende hasta la costa…"

Aunque se encontraba en un llano abierto, y a una distancia considerable de la linde del bosque, Eva se sentía a gusto al estar cerca de Otto. Evidentemente, también era reconfortante contar con Rovender y Madr a su lado. Mientras avanzaban, Eva se puso a hacer una trenza con algunas de las fibras que se habían soltado de su túnica y de la parte de arriba del calcetín.

—¿Qué estás haciendo? —Rovender se dedicaba a limpiarse la costra causada por el roce de la soga en el tobillo.

Eva lo miró de refilón.

—Una cosa. Ya lo verás.

Rovender levantó la vista hacia el horizonte, donde el débil sol empezaba a ponerse. Las nubes convergían sobre el enorme lago.

—Quizás llueva esta noche —dijo—. Huelo un cambio en el aire.

—¿En serio? —Eva siguió su mirada hacia las enormes nubes grises—. Me encantaría sentir la lluvia de verdad cayendo del cielo.

—¿Sentir… la lluvia? —Rovender la miró con incredulidad—. ¿Nunca la has sentido?

—No —dijo Eva negando con la cabeza—. Crecí bajo tierra. ¿Cómo iba a hacerlo?

—Puedes sacar agua del aire pero nunca has sentido la lluvia. Increíble.

Eva acabó de trenzar las fibras, cuyos extremos dejó deshilachados. Hizo una pausa, se puso a rebuscar en su bolsa y sacó un pequeño cortaúñas láser.

—Es raro, lo sé. Pero ¿no es una sensación parecida a la de bañarse?

—No. Pero creo que vas a sentir que te limpia en muchos sentidos —Rovender sacó un puñado de vainas y se puso a comer.

Eva se acercó el cortaúñas láser a la cabeza y, con un corte rápido, se trasquiló una de sus numerosas trencitas. Volvió a guardar el cortaúñas en el bolso y cogió la trenza.

—¿Qué estás haciendo? —preguntó Rovender.

Eva entrelazó el pelo con la trenza de fibras de su ropa.

—Te he dicho que ya lo verás —cambió de tema—. Dime, señor Kitt, ¿qué haremos una vez que lleguemos a Lacus?

Rovender escupió las cáscaras de las semillas por encima del hombro.

—Te enseñaré dónde conseguir una buena habitación y dónde coger el ferry en el que cruzarán el lago hasta Solas. Yo seguiré hacia el norte a lo largo de la costa; es una región que todavía tengo que explorar.

—¿Por qué no te quedas con nosotras? —Eva mantuvo los ojos fijos en su tarea—. Nos has ayudado muchísimo y, a pesar de que puedo sacar agua del aire, estaríamos completamente perdidas sin ti.

Rovender soltó una risita mientras paseaba la mirada por las nubes en la lejanía.

—No, Eva Nueve. Debo seguir adelante. Seguir buscando.

—¿Buscando? ¿Qué? —Eva interrumpió lo que estaba haciendo.

—Solaz.

—¿El lugar al que vamos? —preguntó.

—No, eso no —Rovender cerró los ojos. Su cara reflejaba dolor—. Cuando mi pareja falleció, no podía quedarme en mi aldea. No podía quedarme en ningún sitio —abrió sus ojos de color añil y parpadeó para alejar el recuerdo—. Por eso empaqué todas nuestras posesiones y me fui —le dio unas palmaditas a su mochila. Los numerosos objetos que colgaban de ella tintinearon al unísono. Rovender abrió un bolsillo y sacó una joya. A Eva le parecía un elaborado collar adornado con conchas. Rovender lo sujetó en sus callosas manos y lo contempló.

—Es precioso —dijo Eva.

—También lo era mi pareja —respondió Rovender, y guardó el collar en la mochila.

—O sea que te fuiste… pero ¿para ir adónde? —preguntó Eva.

—A cualquier sitio —Rovender clavó la mirada en el horizonte.

Otto se detuvo. Se balanceó sobre las patas y soltó un gruñido.

—¡Señor Kitt! —Madr levantó la vista del Omnipod y señaló atrás, por encima del Bosque Errante—. ¡Ahí arriba!

Sobre las copas de los árboles planeaba un pájaro gigantesco que emitía un zumbido sordo.

—¡Maldición! ¡Es Besteel! —con desdén, Rovender cogió su catalejo, que colgaba de la mochila, y miró a través de él—. Está peinando el bosque desde el planeador.

El oso de agua gigante dejó escapar otro bramido grave.

—¡Debemos ponernos a cubierto! —Rovender bajó el catalejo—. Le costará detectarnos si estamos en el bosque.

—¡Dirígete a los árboles, Otto! —dijo Eva en voz alta. "Y escóndete lo más rápido que puedas", le dijo pensando al animal. Otto dio la vuelta y se dirigió hacia la hilera de árboles, emitiendo un grito grave y rechinante que sonaba como ramas entrechocando.

—No lo conseguirá a tiempo —dijo Rovender mientras agarraba su mochila—. Tendremos que correr.

—¡Espera! Otto lo conseguirá —Eva no le quitaba el ojo de encima a Besteel. El cazador sobrevoló en círculos el bosque y después se dirigió hacia ellos.

—No sé qué tiene en mente Otto, pero dile que no salte, Eva —dijo Rovender—. Besteel nos descubrirá seguro.

—Señor Kitt, Eva, ¿qué es eso? —dijo Madr gritando por encima del ronroneo de su motor, mientras se dirigía a toda prisa hacia ellos.

Varios árboles errantes se separaron del bosque y salieron disparados por la llanura hacia Eva y sus compañeros.

—No tengo ni idea. Eva, ¿qué está pasando? —preguntó Rovender.

"Proteger. Ocultar. A salvo".

—No tengan miedo —dijo Eva—. Vienen a ayudarnos.

En poco tiempo, los enormes árboles habían rodeado al grupo de Eva. Bajo su cubierta verde y espesa, escoltaron a los viajeros de vuelta al bosque. El planeador de Besteel seguía zumbando mientras los sobrevolaba en círculos. Todos se estremecieron.

—¡Oeeah! —dijo Rovender en voz baja, mirando a través de las gruesas ramas—. Nunca había visto nada así.

—¿Qué pasa? —susurró Eva.

—¡Mira! —dijo Rovender señalando—. Está transportando algo grande en su red de carga.

Eva miró hacia el planeador que sobrevolaba el llano. De sus alas colgaban varios sacos y una pesada red se balanceaba justo por debajo.

—Me pregunto si se estará yendo del bosque. ¿Es posible que también se dirija a Lacus? —observó.

—No con ese cargamento —Rovender miró con el catalejo.

—Se está yendo —dijo Madr con su queda voz mientras estudiaba el radar del Omnipod—. Está cruzando el lecho del lago y se está alejando de nosotros.

Cuando Eva y Rovender miraron en dirección a Madr, vieron que Otto arrancaba con su corto pico un trozo de liquen de uno de los troncos y se lo comía.

—Y hay otra cosa que nunca había visto —Rovender señaló con la cabeza al gran oso de agua.

—¿Qué? ¿Que los árboles y Otto sean amigos? —Eva estaba desconcertada.

—Y que tú y Otto sean amigos. —Rovender señaló a la muchacha.

Eva frunció el ceño, confundida

—¿No lo ves, Eva Nueve? —Rovender indicó con un gesto la vegetación que los rodeaba—. El bosque está vivo. Ha protegido a uno de los suyos. A uno de espíritu puro.

Eva pestañeó cuando por fin lo entendió.

—¿A mí?

—Sí —Rovender sonrió—. Ahora pongámonos en marcha. Casi hemos llegado a Lacus.

Al anochecer,

había caído una niebla tan espesa sobre la tierra que Eva apenas podía ver el suelo. Desde su posición estratégica a lomos de Otto, se imaginó que la bruma que se extendía bajo ella era un mar oscuro y traicionero, y que su montura era un fiel navío, *El poderoso Otto*. Incluso entre las tinieblas todavía podía ver a Madr, ya que la tenue luz del Omnipod iluminaba la silueta del robot, que rodaba junto a ellos.

—Nos estamos acercando —dijo Rovender en voz baja—. ¿Huelen el lago?

Eva inspiró profundamente. El aire tenía un olor a mineral húmedo. Nunca había olido nada parecido, aunque le recordaba ligeramente a las plantas recién regadas del invernadero del Santuario.

—Mira ahí —Rovender señaló hacia delante—. ¿Lo ves?

Eva entrecerró los ojos en el crepúsculo y los enfocó en la dirección que le indicaba. A duras penas distinguió a lo lejos un minúsculo destello de luces. Las nubes tormentosas que se habían formado durante toda la tarde se cernían, grandes y cargadas de lluvia, sobre ellos. De vez en cuando un rayo serpenteaba en el cielo, pero jamás llegaba a alcanzar el lago.

—El Omnipod indica que existen numerosas formas de vida en la colonia a la que nos aproximamos —declaró Madr—. ¿Está seguro de que allí estaremos a salvo, señor Kitt?

—Sí —respondió Rovender—. He estado en esa aldea muchas veces. Sus habitantes, los halcyonus, son cordiales y dignos de confianza. Todos ellos viven exclusivamente del agua.

—¿Y allí tendrán noticias de otros humanos? —preguntó Madr.

—Quizás, Madre Robot —respondió Rovender—. A veces pasa por allí algún viajero, o sea que a lo mejor pueden informarles. Les presentaré a un amigo que podría ser de ayuda.

El olor del lago se hacía cada vez más intenso a medida que Eva y sus compañeros se acercaban a su orilla azotada por el viento. El chapoteo de las olas contra la costa producía un sonido que la muchacha ya había oído en simulaciones. Pero ahora que oía el agua de verdad acariciando la tierra, se moría de ganas de explorar.

Otto se detuvo bruscamente y Rovender se puso a recoger sus cosas.

—Ya hemos llegado —dijo, y se desmontó del behemot.

Eva agarró su bolsa, se deslizó por un costado y aterrizó en la playa pedregosa. El agua oscura hizo remolinos alrededor de sus botas con suela de goma. Los reclamos lejanos de las giraletas, transportados por la fría brisa del lago, resonaban en el cielo nocturno.

Eva contempló el gran lago. Su superficie rizada y oscura se extendía tan lejos que se fundía con la densa niebla del horizonte. Bajo el centelleo de un relámpago, vio lo que parecían unas torres colosales encaramadas a una isla baja. Madr se erguía inmóvil y silenciosa haciendo frente al lago y a su respiración ventosa, con una lucecita parpadeando en la parte posterior de su cabeza. Eva se le acercó.

—¿Lo puedes creer? Un lago de verdad —dijo Eva mientras agarraba una de las cálidas manos de Madr—. Es enorme. Nunca pensé que vería algo así.

Madr recitó:

Sobre las faustas aguas del oscuro mar azul,
nuestros pensamientos son infinitos
y nuestras almas libres.

Eva levantó la vista hacia ella cuando acabó. Madr le acarició la mejilla con sus dedos de silicona.

—El puente para cruzar a Lacus está ahí delante. ¿Estamos listos? —Rovender encendió el farolillo que colgaba de su mochila y se abrió paso a través de las olas chapoteantes hacia Eva y Madr—. Eva Nueve, debes decirle a Otto que siga su camino.

—¿Qué? —exclamó Eva, reacia—. ¡No!

Rovender se arrodilló y miró a Eva a los ojos.

—No puede venir al lugar al que nos dirigimos.

—Pero es mi amigo… igual que tú.

—Lo entiendo —dijo Rovender—. Sin embargo, en su manada encontrará protección contra enemigos como Besteel. Debe irse.

Eva asintió y se dirigió penosamente al extremo del lago, donde estaba Otto. Este alzó su enorme cabeza y soltó un alegre bramido al verla acercándose.

"Pequeña. Proteger".

Eva apoyó su frente contra la del behemot. "Ahora estoy a salvo, gracias a ti", le dijo pensando. "Debes irte y unirte a tu manada, donde tú también estarás a salvo".

"No. Otros. Aquí".

"Nos has ayudado a todos", respondió Eva conteniendo una marea de lágrimas cada vez mayor. "Te echaré de menos, pero debes encontrar a los tuyos. Eso mismo es lo que estoy haciendo yo".

"Pequeña. ¿A salvo?"

Eva paseó la mirada por el gran lago. Su superficie ondulante e impenetrable engullía el reflejo de las luces de la aldea. Después miró a Madr, que le estaba haciendo a Rovender más preguntas sobre Lacus. Rovender parecía inquieto, quizás incluso algo nervioso, cuando sacó de su mochila un manto marrón, gastado y raído.

"¿Estoy a salvo aquí?", le preguntó a Otto con el pensamiento.

"No sé".

"¿Entonces puedes quedarte un poquito más?", pensó Eva. "Escóndete. Si te necesito, te llamaré".

"Pequeña. Proteger".

"Yo también te protegeré".

Eva se sorbió los mocos ruidosamente al regresar junto a sus compañeros.

—Otto dice que descansará aquí esta noche. Se irá al amanecer —les transmitió cabizbaja.

—Bien. Otto ha sido de gran ayuda. Hazle saber, por favor, que siento un gran respeto por él —dijo Rovender mientras les entregaba a Eva y a Madr sendos mantos—. Cúbranse con esto.

—¿Por qué? —preguntó Madr mientras cogía uno.

—Como ya les he dicho, por aquí a veces pasan viajeros —respondió Rovender—, pero es mejor que permanezcan ocultas hasta que sepamos si Besteel también ha estado aquí —se arropó con los pliegues de su ancha capa y se cubrió la cabeza con una amplia capucha.

—De acuerdo —dijo Madr. Eva la ayudó a cubrirse con el áspero manto y luego hizo lo mismo.

Rovender señaló con su bastón hacia delante, a lo largo de la costa.

—Bueno. Iremos por ahí.

Eva y Madr siguieron a la delgada criatura por la arena hasta una amplia pasarela bamboleante que se extendía sobre la superficie del agua. Cuando empezaron a atravesarla, Eva se dio cuenta de que el pueblo no estaba en una isla, sino que se encontraba suspendido de algún modo sobre las profundidades del lago.

Bajo el cielo surcado de relámpagos, se dio la vuelta y vio a Otto entrando en el lago, deslizándose silenciosamente entre las olas cubiertas por la bruma. A lo lejos, se oía el estrépito de los truenos.

Eva se sentía nerviosa, sudorosa y aturdida al mismo tiempo. Continuaron cruzando la pasarela y, cuando habían recorrido un largo trecho sobre el agua, los cúmulos de niebla se disiparon, revelando toda la extensión de ese mar interior. Agarró con fuerza la mano de Madr y sintió que las climatifibras de su túnica se comprimían para protegerla del aire fresco y salobre.

Eva observó sobrecogida la torre con forma de tazón a la que se acercaban. Al inspeccionarla más de cerca, se percató de que la construcción estaba compuesta por pequeñas cabañas globulares encimadas unas sobre otras caprichosamente. El conjunto se sustentaba por medio de un enorme pilar, mucho más grueso a lo ancho que el Santuario, que sostenía a los habitantes en lo alto, por encima del agua. Numerosas pasarelas, como la que cruzaba ahora, salían de la torre y se conectaban con otras. Todos y cada uno de sus recovecos estaban plagados de giraletas posadas. Incluso en la penumbra, Eva veía gotas de guano reseco que caían por los lados de las cabañas.

Desde donde se encontraba, contó cinco torres, aunque la niebla era tan espesa que no estaba segura de si habría más.

Madr agarró a Eva para tenerla bien cerca mientras caminaban detrás de Rovender. Los truenos retumbaban en el cielo nocturno. Mientras intentaba no perderse detalle con los ojos abiertos de par en par, Eva Nueve metió la mano que le quedaba libre en el bolsillo del chaleco, donde encontró una forma plana familiar. Deslizó los dedos por el WondLa y pidió un deseo.

Fin de la
PARTE II

PARTE III

Unas conchas

tintineantes, colgadas de una enorme campana de viento, les dieron la bienvenida a Eva y a sus compañeros cuando atravesaron la entrada de Lacus. Un arco fabricado con maderos, remos y una mezcolanza de objetos rescatados del agua se erguía sólidamente sobre la pasarela suspendida. Innumerables farolillos esféricos, que emitían un resplandor dorado, titilaban al balancearse movidos por la gélida brisa del Lago Concors.

—Buscaremos un lugar para descansar esta noche —dijo Rovender volviéndose hacia Eva y Madr. Se detuvo y les colocó los mantos sobre la cabeza, formando una capucha—. Será mejor que pasen todo lo desapercibidas que puedan hasta que descubramos si Besteel también está aquí.

—Sinceramente, espero que no —dijo Madr—. Ese maleante ya ha causado bastantes estragos.

Rovender las guió por un ruinoso paseo entablado que rodeaba el perímetro del primer pilar colosal. A medida que caminaban alrededor de la estructura con forma de torre, se acercaban a unos lugareños de largos miembros que miraban hacia lo más profundo del mar. Se parecían a Rovender en la complexión general, aunque medían más y sus pies eran más delgados y largos, como los hologramas de cigüeñas y garzas que Eva había visto. Unas manchas brillantes decoraban sus cabezas con forma de cuña y rodeaban sus grandes ojos rojizos. Uno de ellos sujetaba un puñado de cuerdas finas. Eva las siguió con los ojos y descubrió que estaban atadas en torno a los cuellos de un grupo de giraletas. Sacó el Omnipod.

—No, no, no, Eva —Rovender empujó el dispositivo hacia abajo—. Vamos de incógnito, ¿recuerdas? Por ahora no lo saques.

Los lugareños se detuvieron y observaron al trío a medida que se aproximaba. Rovender los saludó con la cabeza al pasar.

—Rovi —susurró Eva—, se parecen un poco a ti.

—Sí. Son los halcyonus, una especie típica de Lacus. Ellos también proceden de mi lugar de origen.

—¿Y esas giraletas son sus mascotas? —Eva miró hacia atrás justo cuando los halcyonus desataban las cuerdas e introducían a los pájaros en jaulas tejidas con forma redonda.

—No, están pescando —Rovender las guió por el paseo que rodeaba en espiral el enorme pilar. Eva veía a otros pescadores abajo, junto a la orilla. Uno de ellos sujetaba un brillante farolillo justo encima del agua. Los demás atraían a las giraletas, que chapoteaban en la oscura superficie, jalando de sus correas.

Rovender señaló con el bastón la torre siguiente.

—Mi amigo vive en la siguiente colonia. Prosigamos —guió a Eva y a Madr hasta otra pasarela baja y bamboleante. Dejaron la primera torre atrás y caminaron hacia otra mucho más grande. Cuando los relámpagos serpentearon entre las nubes, Eva descubrió que la segunda torre estaba coronada por numerosas cabañas redondas, incluso más que la anterior.

Cerca de allí se encontraba un pescador solitario, de pie en el punto más bajo de la pasarela combada, a unos centímetros de la superficie del agua. De repente, una giraleta enorme se encaramó de un salto a la pasarela y graznó. Eva vio que había algo grande atrapado en el gaznate del ave, justo por encima del apretado nudo que le rodeaba el cuello. El pescador extendió la mano hacia la boca de la giraleta y sacó un pez marrón con patas largas y flacas, que lanzó a un cubo.

—Buenas tardes —dijo Rovender al pasar junto a él. El pescador miró hacia arriba, pestañeó al ver el extraño trío y saludó con la cabeza. Le dio de comer un pececillo a la giraleta y el pájaro regresó de un brinco al agua.

—Los halcyonus llevan más de un milenio usando este método para extraer los alimentos del agua —explicó Rovender—. Mantienen una relación excepcional con las giraletas.

Una música cadenciosa surgió desde lo más alto de la segunda torre y se mezcló con el melancólico estruendo de los truenos lejanos, envolviendo a Eva. La muchacha se dio cuenta de que la combinación de estos sonidos la tranquilizaba al cruzar la larga pasarela sobre las aguas. Casi parecía como si la estuvieran llamando. Como si le hicieran señas.

Entraron en la base de la torre a través de un alto arco con unas escaleras que la recorrían en espiral. Rovender señaló uno de los numerosos farolillos de colores que iluminaban el pasadizo.

—¡Oeeah! Miren, hay luces verdes. Eso significa que tienen habitaciones libres, en caso de que mi amigo no pueda acogernos. Vamos —Rovender siguió adelante.

Los viajeros ascendieron la abandonada escalera de caracol que recorría la torre por dentro y salieron a un patio circular. Allí se vieron rodeados por una proliferación de cabañas redondas construidas unas sobre otras de manera irregular. Había tantas chozas y casuchas encimadas hacia arriba que las viviendas formaban un tazón cónico que se elevaba hacia el cielo cambiante. Por el tenue resplandor que emanaba de las numerosas ventanas, Eva dedujo que las cabañas de abajo eran escaparates y que habían llegado al centro de un mercado al aire libre. Muchas de las tiendas estaban cerradas y sus coloridos letreros de tela ondulaban silenciosamente en la explanada abandonada.

—Qué viviendas tan sencillas —dijo Madr, observando la arquitectura—. Y, sin embargo, muestran una exquisita complejidad en la forma en que se entrelazan.

—¡Es alucinante! —la voz de Eva resonó en la plaza silenciosa, mientras recogía hologramas con su Omnipod—. ¿Podemos echar un vistazo?

—No hasta que descubramos qué ha pasado con Besteel. ¡Y guarda ese aparato infernal! —le gritó Rovender.

—¿Qué? —Eva dejó caer el Omnipod, de modo que quedó colgando de su muñeca—. No estoy haciendo nada malo.

—Ya lo sé —Rovender miró hacia el cielo oscuro como boca de lobo—. Pero Besteel podría detectar la carga eléctrica que emite tu dispositivo. Ahora manténganse cerca de mí. Casi hemos llegado.

Tras inspeccionar el área, condujo a Eva y a Madr hacia unas escaleras temblorosas que acababan en una entrada circular iluminada, en la segunda hilera de cabañas. Rovender parecía inquieto mientras ayudaba a Madr a subir los últimos peldaños. Agitó la mano delante de una luz azul integrada en la puerta y su color cambió a amarillo. Una voz desde el interior dijo: "Entra". Rovender abrió la gruesa puerta y los tres entraron.

Un olor a flores marchitas impregnaba el aire de la acogedora vivienda en penumbra. La antecámara estaba construida con una serie de arcos redondos de madera entretejidos para formar el techo y las paredes. El trío quedaba separado del resto de la casa por una cortina, detrás de la cual Eva oía voces charlando. Un halcyonus surgió de detrás de la fina cortina y sobre él cayó la luz de la entrada, lo que permitió a Eva estudiar los rasgos físicos de la criatura. Se cubría con los pliegues de una tela con dibujos brillantes que destacaba las manchas características de su piel. Eva también se percató de que el halcyonus tenía dos bocas: una en la parte superior de la cabeza justo debajo de los orificios nasales, que utilizaba para respirar, y otra más abajo, que pronto descubrió que le servía para hablar.

—¡Rovender Kitts! —dijo la hembra, pues eso es lo que dedujo Eva que era—. ¡Qué alegrías verte de nuevos!

—Hestia Haveport —Rovender se acercó a ella con la mano levantada. Se saludaron presionando las palmas extendidas—. Al volver a verte, mi cansado espíritu se siente reconfortado. Dime, ¿qué tal está tu familia?

—Todos están bien. Esperas —dijo Hestia—. ¡Zooze! ¡Zoozi! ¡Rovender está aquís!

Se oyó un grito procedente del interior de la casa, y una cría de halcyonus salió brincando de detrás de la cortina, sujetando una marioneta hecha a mano atada al extremo de una larga vara.

—¡Rovundccrz! —gritó mientras rodeaba con sus brazos la flaca pierna de Rovender.

—Mi pequeño Zoozi —Rovender le dio unas palmaditas a la cría en la cabeza—. ¿Cómo estás?

—¡Bien! —respondió Zoozi—. ¡Estamos jugando a las marionetas! ¿Quieres jugar?

—Por supuesto. Pero primero les presentaré a mis amigas. ¡Oh, vaya! Aquí está Maegden. Caramba, qué alta estás… ¡y qué guapa! —exclamó Rovender.

La colorida Maegden asomó la cabeza en la entrada. Eva advirtió que se trataba de una halcyonus de corta edad, pero mayor que Zoozi. La joven le sonrió a Rovender, pero no dijo nada y se limitó a estudiar a Eva y a Madr. Tras ella entró un macho de colores vivos y vestido de manera similar al pescador que habían visto.

—Fiscian —Rovender alzó la palma de la mano como saludo—. ¿Qué tal estás, amigo? ¿Siguen picando los peces?

—Rovender Kitts —respondió el pescador—. Siempres hay sonrisas en esta casa cuandos llegas. ¡Entras!

—Lo haré, lo haré —dijo Rovender—, pero primero debo presentarles a mis amigas.

—Sí, por favor —dijo Hestia, que estudiaba a Madr y a Eva con sus brillantes ojos naranja—. ¿Quiénes son tus compañeras camufladas? —preguntó. Aunque era más grande, la anfitriona tenía colores menos vistosos que Fiscian y que el pescador que Eva había visto.

—Antes de presentárselas —dijo Rovender en voz baja a la familia—, debo informarles que un dórceo va tras ellas para cazarlas.

—¿Quién es? —preguntó Hestia—. ¿Lo conocemos?

—Se llama Besteel. Dice que trabaja para la reina —respondió Rovender.

—¿Besteel? —repitió Fiscian—. Algunos afirman haber vistos un planeador dórceos recorriendo el lagos de lado a lado.

—Podría ser él perfectamente —dijo Rovender mirando a Eva y a Madr—. No sé muy bien qué está tramando; quizás quiere vender sus capturas.

—Un cazador dórceos —los párpados escarlata de Hestia se abrían y se cerraban mientras estudiaba a Eva—. ¿Por qué a ellas?

—No se parecen a nada que haya encontrado en ninguno de mis viajes —dijo Rovender. Miró la cicatriz que rodeaba su tobillo—. Tal vez por eso Besteel va tras ellas. Ese cazador es un espíritu temerario y peligroso. Si no desean que nos quedemos aquí, lo comprenderemos.

—Buenos, vamos a verlas y ya decidiremos —Hestia les hizo un gesto a Eva y a Madr para que se quitaran los mantos.

Rovender le quitó la capucha primero a Eva.

—Ella es Eva Nueve.

—¡Oooh! —exclamó Maegden. Su padre le dio un golpe con su huesudo codo.

Los ojos de Hestia se abrieron de par en par.

—¡Nuncas había visto nada parecidos! —ayudó a Eva a quitarse el manto—. Dime, Eva Nueves, ¿de dónde vienes?

—Mmm… —empezó a decir Eva.

—¡Yo también ayudos! —dijo Zoozi, quitándole el manto a Madr de un jalón. Toda la familia Haveport dejó escapar un grito ahogado.

—Y ella es la madre de Eva —explicó Rovender.

Hestia se quedó mirando a Madr y después volvió los ojos a Eva.

—¿Se metamorfosean cuando se convierten en adultos? —preguntó Hestia.

—No —respondió Rovender con una risita—. Ella se encarga de la educación de la muchacha.

—¿Nunca habían visto un robot? —preguntó Eva en un susurro.

—Los halcyonus y los cerúleos, mi clan, no creamos cosas así —respondió Rovender.

—¿Y tú de dóndes vienes? —le preguntó Hestia a Madr.

—Procedemos del Santuario subterráneo HRP cinco siete tres —respondió Madr con un intenso brillo en sus ojos ambarinos—. ¿Conoces o tienes noticias del paradero de otro complejo humano semejante?

Hestia parpadeó, claramente desconcertada, y miró a Rovender para que se lo tradujera.

—Están buscando a su clan. ¿Podrían acogernos por esta noche? —preguntó Rovender.

Zoozi se acercó corriendo a Madr y deslizó sus dedos regordetes sobre la carcasa metálica y brillante del robot.

—Es un juguete precioso, Mamus.

—¿Un juguete? —Madr parecía horrorizada.

—Tienes razón —dijo Rovender, dándole a Zoozi unas palmaditas en la cabeza—. Es un juguete grande que pertenece a esta jovencita. Pero la existencia del juguete y de la muchacha es un secreto que no debe saber nadie de la aldea.

—¿Por Besteel? —preguntó Hestia. Ella y Fiscian se miraron.

—Hemos escapado por los pelos de sus incansables persecuciones —reconoció Rovender—. Como ya he dicho, no queremos ponerlos en peligro ni a ti ni a tu familia. Por la mañana, cogerán un ferry a Solas.

Fuera, el cumulonimbo golpeaba su enorme tambor y hacía vibrar el cielo de la medianoche. Hestia agarró la mano de Eva y la observó con sus penetrantes ojos naranja.

—¿Puedo? —preguntó.

Madr iba a hablar, pero Rovender la detuvo.

—Mmm… Claro —respondió Eva. La halcyonus frotó la mano de la muchacha sobre la parte superior de su cabeza, cerca de las fosas nasales y la boca secundaria. Hestia cerró los ojos y aspiró profundamente para aprehender el olor de Eva.

La composición de Eva.

La electricidad de Eva.

—Tu espíritus es bueno, y eres amigas de Rovender. Puedes quedartes —anunció Hestia, sin soltar la mano de Eva—. Todos pueden quedarse.

—Nuestro agradecimiento —dijo Rovender mientras se quitaba la mochila.

Hestia condujo a Eva de la mano y les dijo a todos:

—Nuestro hogar es su hogar. Adelantes.

CAPÍTULO 23: TRENZA

Al atravesar la cortina de la entrada, Eva accedió a la sala de estar de la familia Haveport. A lo largo del perímetro del suelo circular, sólidamente entretejido, había anchos almohadones de colores y mantas con dibujos vistosos. Una ventana redonda cubierta con una cortina daba al tranquilo mercado central. Del centro de la habitación colgaban varios farolillos, como si fueran un gran racimo de fruta, que emitían una suave luz. Cuando Hestia frotó con la mano uno de los farolillos redondos de vidrio soplado, todo el racimo parpadeó y se puso a brillar intensamente.

Las luces iluminaron una pintura que cubría el techo. Parecían constelaciones inventadas con un planeta enorme y varias lunas, todo ello dibujado con mucho detalle. En el planeta, que Eva supuso sería Orbona, había un cohete gigantesco apoyado sobre un lado, con una fila de figuras que se disponían a entrar. El interior del cohete estaba atestado de figuras, y un ojo, con un iris horizontal, decoraba la parte delantera de la aeronave. Hipnotizada por el mural, Eva tropezó con una charola que reposaba sobre una mesita baja.

—Lo siento —dijo Eva mientras colocaba de nuevo en su sitio la charola decorada. Se dio cuenta entonces de que contenía un abundante bufet de canapés. Junto a lo que parecían brochetas de pez araña, se encontraba una hilera de brillantes verduras y frutas cortadas en rebanadas. Un círculo de salsas variadas rodeaba un elaborado cuenco con una pequeña llama, en el centro de la mesa.

—No te preocupes, Evas —dijo Hestia—. No pasa nadas. Podemos tomarlos antes de la cenas. ¿Han comidos?

—No, gracias —respondió Madr—. Nosotras…

—Ya han comido —completó la frase Rovender—. Pero ya sabes que, cuando tú cocinas, yo siempre tengo hambre.

—Por supuestos, pero primero brindemos en familias por nuestros invitados —dijo Hestia mientras se dirigía al fondo de la habitación. De la pared colgaba una bolsa decorada con cintas desvaídas que salían de cada lado.

La bolsa parecía estar llena de una especie de líquido. Varios tubos y varillas pendían de la bolsa, lo que recordó a Eva el holograma de una gaita. Hestia sacó tres vasitos acanalados de una cesta que se encontraba debajo. La anfitriona llenó los vasos con chorritos de líquido que salían de los diferentes tubos, al tiempo que vertía unos polvos contenidos en el extremo de las varillas.

—¿Qué está haciendo? —preguntó Eva.

—Entre los halcyonus es tradición ofrecer un trago del corazón de la casa: el barril de la familia —le explicó Rovender—. Del mismo modo que no hay dos casas iguales, no hay dos casas que hagan la misma bebida.

Sonriendo, Hestia le ofreció las bebidas al trío. Rovender se bebió la suya de un trago.

—Mi reconocimiento y mi agradecimiento —dijo asintiendo con la cabeza, mientras le devolvía el vaso.

—A ti —respondió Hestia, y miró a Eva.

La muchacha olisqueó el contenido del vaso. Un enigmático olorcillo de especias de otro mundo se arremolinó en torno a su rostro. Volvió los ojos a Madr, que estaba analizando su bebida con un láser.

—Parece una combinación de hierbas destiladas y especias —dijo Madr—. Los componentes básicos son parecidos al anís, la canela y, quizás, los granos de café. No pasará nada si añades una pastilla potabilizadora, Eva.

—No —susurró Rovender—. Bébetelo y nada más.

—¡Sí, bebe! —dijo Hestia sin dejar de sonreír. Ahora los demás miembros de la familia se habían inclinado hacia delante para ver mejor esta curiosa interacción.

—Los insultarás si alteras de algún modo la bebida —añadió Rovender en voz baja, mientras acercaba el vaso a la cara de Eva.

—Lo entiendo, señor Kitt. Sin embargo, yo… —empezó a decir Madr.

—¡Oh, Madr! —la interrumpió Eva—. Nos han invitado a su hogar, ¿recuerdas? —y se tomó la bebida de un trago. Las hierbas y las especias calientes se abrieron paso por su garganta e hicieron que le ardieran las tripas—. Mi gratitud y mi agradecimiento —dijo Eva, imitando el gesto de Rovender.

—A ti —dijo Hestia mientras recogía el vaso. Dirigió la mirada a Madr.

—¡Oh! —Eva cogió la bebida de Madr—. No te preocupes por ella, no bebe ni come. Es un robot.

—¿Qué es un robots? —preguntó Maegden.

Hestia estudió a Madr con la cabeza ladeada hacia un lado.

—¿Por qués no bebe?

—Simplemente no bebe. Funciona con batería —dijo Eva, y le acercó la bebida. Rovender la interceptó y se la tomó de un sorbo. Después se limpió la boca con el dorso de la mano.

—Eso es cierto. La madre es una máquina. Un aparato.

—Es un juguete, Mamus, ¿recuerdas? —preguntó Zoozi.

—Sí, eso es —respondió Rovender con una amplia sonrisa—. Y no se les da de comer a los juguetes, ¿verdad?

—Ah, claro —Hestia asintió para indicar que lo entendía. El resto de la familia hizo lo mismo.

—Vengan y siéntense —dijo Fiscian mientras repartía los almohadones por el suelo—. Háblennos sobre su viaje.

—Sí, ha pasado mucho tiempos desde la última vez que estuviste aquís, Rovenders —añadió Hestia mientras se sentaba. Maegden trajo más almohadones para que Eva y Madr descansaran sobre ellos.

Así pues, Eva y sus compañeros disfrutaron de la hospitalidad de Hestia y su familia. Todos escucharon atentamente a Rovender cuando contó la historia de la extraña criatura que había conocido, llamada Eva Nueve. Rovender describió cómo habían huido audazmente de Besteel, el despiadado cazador, y les contó su sorprendente amistad con Otto, el oso de agua gigante.

A continuación, Fiscian le enseñó a Eva una canción de pesca tradicional de los halcyonus. Después de introducir las palabras en el Omnipod, Eva cantó con los demás:

Oh, el viento soplaba tras nosotros
y a las rodillas nos llegaba el agua
cuando recogíamos las dádivas
del mar verde y generoso.

Siento los pies húmedos y fríos
pero camino sin malestar.
Pronto regresaré a mi hogar
donde me esperan los míos.

Madre cocina manjares deliciosos
y mis hijos me rodean con sus brazos.
No me agradezcas estos regalos,
son del mar verde y generoso.

¡Canta! ¡Canta! ¡Canta!
Por el mar verde y generoso.

—Te agradecemos lo que estás haciendo por nosotros, Hestia —dijo Rovender mientras caminaba
detrás de Eva cargando con su pesada mochila. Ella
y Madr seguían a la anfitriona, que los guiaba por
unas escaleras destartaladas, flanqueadas de equipos
de pesca, hacia el ático desocupado de la casa. Eva
oía a las giraletas que gorjeaban suavemente dentro
de sus cestas.

—Rovenders, ya sabes que siempres eres bienvenido en nuestra casa —anunció Hestia—. Y ustedes
también.

—Mi agradecimiento —dijo Rovender mientras sujetaba la puerta para que pasaran Eva y Madr.

—Gracias —dijo Eva, inclinando la cabeza
ante Hestia al entrar.

—Apreciamos enormemente su hospitalidad,
señora Haveport —añadió Madr, y le extendió una
mano abierta. Hestia estudió la mano con venas de
cables y le dio una palmadita rápida.

El ático era una versión reducida de la sala de
estar, aunque en él se acumulaban numerosas cestas
de pescar bajo una ventana baja. A pesar de que estaban vacías, las cestas desprendían un olor salado que
flotaba por toda la habitación. Hestia extendió un
brazo para encender los farolillos y corrió la cortina
de la ventana. Cogió tres almohadones, mucho más
grandes que los que había en la sala de estar, y los
colocó sobre el suelo entretejido.

—Al baño se entra por la puerta de abajos —dijo mientras extendía una sábana—. ¿A alguno de ustedes le apeteces comer o beber algo más? ¿Té de salmuera, quizás?

—No, gracias, Hestia. Ya has hecho suficiente. Ah, casi me olvidaba... —dijo Rovender mientras alcanzaba la mochila y sacaba el vox que le quedaba. Se lo dio a ella—. Le he traído a Zoozi su desayuno favorito.

—Mi reconocimiento y mi agradecimiento —respondió Hestia, cogiendo la fruta—. Zoozi se pondrá contentísimos.

Rovender le sonrió de oreja a oreja a Hestia, que ya se marchaba. La anfitriona se detuvo en el umbral y se volvió hacia Eva.

—No tienen que marcharse por la mañanas. Pueden quedarse todo el tiempos que quieran.

Los ojos de Eva se abrieron como platos. Se le ocurrió que podría visitar el mercado, conocer a los lugareños y aprender a pescar. Se imaginó a sí misma y a Madr viviendo con Hestia y su familia.

Hestia prosiguió con tono solemne.

—Sin embargos, deben saber que cuando un dórceo sigue una pista, es como una giraleta persiguiendos a un pez araña: por muy lejos que nade para ocultarse, siempre cazará a su presa —se despidió con la mano—. Que viajen tranquilas, Eva Nueves y Madre Robots —Hestia se marchó y cerró la puerta tras ella.

—Bueno, eso no ha sido muy tranquilizador —dijo Madr, rodando hasta la ventana para contemplar la plaza vacía—. ¿Cree que Besteel de verdad está aquí, señor Kitt?

—No, no lo creo —Rovender sacó una de sus botellas y se puso a acomodar los almohadones—. Los halcyonus son una comunidad muy unida. Si alguien lo hubiera visto, Hestia se habría enterado —mientras se quitaba la bolsa y el chaleco, Eva notó que la miraba—. Esta noche estaremos a salvo, siempre y cuando no nos movamos y pasemos desapercibidos.

—Y después, ¿qué? —preguntó Eva mientras se soltaba el Omnipod de la muñeca. Se quitó las botas y los calcetines y dejó caer el dispositivo dentro de una bota. Se desplomó sobre un almohadón blando con dibujos rojos. ¡Qué agradable era mover los dedos de los pies en el aire fresco!

—Mañana las acompañaré al muelle del ferry y me despediré de ustedes —Rovender colocó un almohadón bajo sus piernas y examinó la costra del tobillo.

—A pesar de nuestras diferencias, señor Kitt —dijo Madr mientras se acercaba al centro de la habitación, donde descansaban Rovender y Eva—, seré la primera en decir que no habríamos llegado tan lejos sin su ayuda. Y también quiero darle las gracias.

—¡Sí, Rovi, gracias! —Eva se lanzó sobre él, le echó los brazos al cuello y le dio un beso en la mejilla.

Rovender se quedó tieso, con expresión desconcertada—. ¡Ah! ¡Casi se me olvida! —dijo Eva mientras gateaba hasta sus pertenencias y sacaba una cosa—. Quería darte esto —desenrolló la trenza que había hecho.

Mezcladas con los mechones de cabello castaño claro de Eva podían verse algunas hebras de color marfil de su túnica, así como las climatifibras gruesas de sus calcetines. La trenza estaba adornada con cuentas de colores vistosos.

—Extiende la mano —le ordenó mientras apoyaba la trenza sobre el regazo.

Rovender dejó la botella y la observó. Eva agarró su mano grande y callosa, con la palma hacia arriba, y le colocó encima la trenza. Enrolló los dos extremos e hizo una lazada alrededor de la muñeca de Rovender.

—Aprendí a hacerla al ver uno de mis holoprogramas —dijo—. Es una pulsera especial, una pulsera de la amistad, y la he hecho para ti. Así nunca te olvidarás de nosotras. Y sabrás, allí donde te encuentres, allí donde vayas, que somos amigos. Siempre —cuando acabó de atar la pulsera, Eva se sorbió los mocos—. Ahí la tienes —dijo, admirando su obra—. ¿Es bonita, verdad? —los ojos verde pálido de Eva parecían vidriosos. Llorosos.

Rovender alzó la mano y se quedó mirando la pulsera que rodeaba su gruesa muñeca. Después miró a la muchacha y al robot, que lo contemplaban en silencio. Agarró su capa raída y su botella, se puso de pie y se dirigió hacia la puerta.

—Voy a peinar la aldea para asegurarme de que estás segura, Eva Nueve —dijo. Se envolvió la cabeza con la capa, abrió la puerta y miró hacia atrás por encima del hombro—. Descansen. Mañana tendrán un día agotador —dicho esto, Rovender Kitt se deslizó en la oscuridad.

A lo lejos retumbaba la tormenta, mientras la aldea de Lacus se sumía en el sueño.

La llamada de las giraletas sacó a Eva Nueve de su sueño profundo. A través de la cortina ondulante pudo ver cómo se filtraba en la habitación la luz de color lavanda que precedía al amanecer. Todavía envuelta en la manta, gateó hasta la ventana para observar cómo se despertaba la aldea.

Bajo sus ojos, un grupo de pescadores halcyonus preparaban sus aparejos para su salida matutina, mientras que otro situado en el centro del mercado al aire libre disponía en círculo unas esterillas. Eva quería vestirse y explorar antes de irse; no podía esperar a que amaneciera para verlo todo.

Madr estaba en modo de reposo, inmóvil en las sombras de la habitación, con los ojos cerrados. A su lado se encontraban la bolsa y el chaleco de Eva. La mochila de Rovender todavía estaba allí, pero no vio por ningún lado a la delgada criatura.

"Me encantaría hacerme con algunos hologramas de Lacus antes de irme", pensó Eva.

Todo lo silenciosamente que pudo, Eva se puso sus gruesos calcetines y cogió las botas.

—Distancia recorrida a pie: treinta y cuatro kilómetros —anunciaron las botas. Eva apagó el cuentakilómetros del tacón de la bota. El robot, siempre alerta, se despertó.

—Buenos días, tesoro. ¿Conseguiste descansar bien? —preguntó Madr.

—Buenos días, Madr. Sí, dormí muy bien —respondió Eva mientras se ponía una de sus botas, que se contrajo en torno a su pie para ceñirse a él—. ¿Dónde está Rovi?

Madr se acercó rodando a la ventana y echó un vistazo fuera.

—El señor Kitt salió pronto por la mañana para reservar nuestro ferry a Solas. Dijo que regresaría dentro de poco para despedirse de nosotras.

Eva metió el otro pie en la bota. Al hacerlo, notó que el Omnipod todavía estaba dentro. Lo sacó, lo deslizó en el bolsillo de la túnica, por debajo de la manta, y se puso la bota.

—¿Adónde vas? —le preguntó Madr a Eva volviéndose hacia ella—. El señor Kitt nos dijo claramente que nos quedáramos aquí.

"Madr no va a dejarme explorar nada. Tengo que inventarme una buena excusa".

—Ah, es que tengo que utilizar… mmm… el baño —Eva señaló el parche sobre el hombro de su túnica al cruzar la puerta—. Ya sabes, antes de que el EscanCuerpo me mate.

—Por supuesto. Te acompañaré. —Madr se acercó a ella.

—Estoy bien. En serio, no tienes que venir conmigo —dijo Eva.

Madr la miró fijamente, haciendo clic cada vez que pestañeaba.

—Besteel no está aquí, ¿recuerdas? —Eva se enrolló la manta alrededor del cuerpo y empujó la puerta para abrirla. El frío neblinoso de la mañana entró a raudales en la habitación—. Cuida de mis cosas —le dijo, señalando el chaleco y la bolsa—. Vuelvo enseguida, ¿de acuerdo?

—Muy bien. Pero no tardes —dijo Madr con un suspiro.

—No tardaré, no te preocupes. Vuelvo dentro de nada —Eva sonrió en cuanto la puerta se cerró.

"Tendré que ser rápida", pensó.

De pie en la pasarela al aire libre que daba acceso a su habitación, Eva observó cómo la luz matutina pintaba la aldea de Lacus con un barniz dorado. Los anillos que formaban las cabañas globulares entrelazadas de la aldea se elevaban hacia el cielo del amanecer, como un tazón gigante. A lo largo del diámetro de la estructura colgaban cables llenos de banderolas de colores, que ondeaban y se retorcían con la brisa del alba. Eva veía que Lacus cobraba vida a medida que los habitantes de la aldea iban saliendo de sus viviendas. Un escalofrío le recorrió la espalda cuando se dirigía a la cabaña contigua, donde se encontraba el baño. Eva abrió la puerta de un empujón y vio que dentro había dos halcyonus charlando.

—¡Hola! Me llamo Eva —dijo mientras alzaba la mano.

Uno de los halcyonus le susurró algo al otro y los dos salieron disparados del baño. Eva usó el sencillo baño y se fue. "Espero que los demás habitantes de la aldea se parezcan más a la familia de Hestia", pensó mientras sacaba el Omnipod de debajo de la manta.

Cuando estaba registrando hologramas de la aldea y sus habitantes desde la pasarela, llegó flotando hasta ella una música, la misma melodía cadenciosa de la noche anterior.

Se detuvo y cerró los ojos, hipnotizada por la maravillosa fuga.

"Cría humana". Eva oyó un susurro entrecortado en medio de la canción. Abrió los ojos y miró a su alrededor. Una bandada de giraletas revoloteó en la plaza por encima de ella, mientras los lugareños empezaban a abrir los puestos del mercado. Eva observó la muchedumbre que pululaba a su alrededor y vio a los pescadores dirigiéndose a las pasarelas inferiores, a un barrendero limpiando la calle y a un grupo de yoguis extendiendo sus esterillas, pero nadie le hablaba a ella.

"Cría humana", murmuró de nuevo la canción. "Eva Novena. Nueve Evas. La humana cría".

—¿Quién eres? —Eva buscó entre la multitud de ventanas de la plaza, intentando localizar de dónde procedían la música y los susurros. En lo alto, una bandada de giraletas volaba en círculos graznando, como si indicaran una pequeña choza enclavada entre dos casuchas más grandes en la hilera superior de la aldea. En cuanto sus ojos detectaron el entramado de escaleras que llevaban hasta ella, Eva echó a caminar hacia ese lugar remoto. Se detuvo un momento ante la puerta de su habitación, pero la misteriosa melodía le bailaba en los oídos. Hechizada, guardó el Omnipod en el bolsillo y se dirigió hacia la choza.

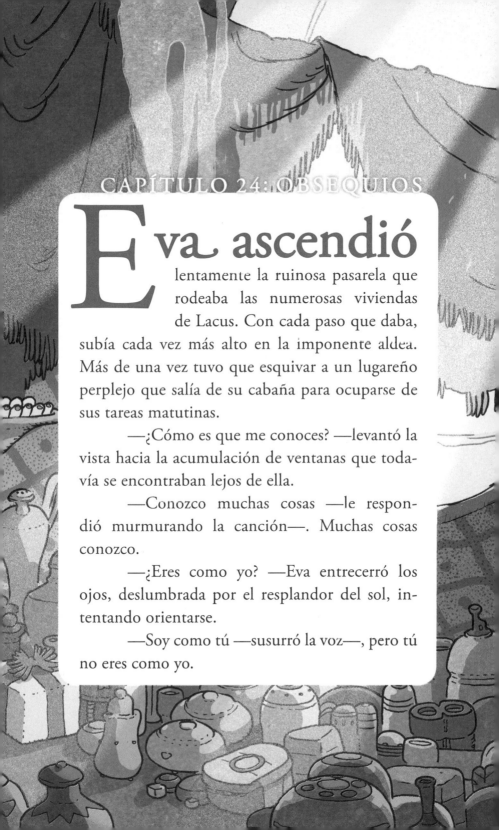

Eva ascendió

lentamente la ruinosa pasarela que rodeaba las numerosas viviendas de Lacus. Con cada paso que daba, subía cada vez más alto en la imponente aldea. Más de una vez tuvo que esquivar a un lugareño perplejo que salía de su cabaña para ocuparse de sus tareas matutinas.

—¿Cómo es que me conoces? —levantó la vista hacia la acumulación de ventanas que todavía se encontraban lejos de ella.

—Conozco muchas cosas —le respondió murmurando la canción—. Muchas cosas conozco.

—¿Eres como yo? —Eva entrecerró los ojos, deslumbrada por el resplandor del sol, intentando orientarse.

—Soy como tú —susurró la voz—, pero tú no eres como yo.

Al llegar a la hilera superior de casas, Eva se detuvo frente a una choza circular de gran tamaño. Una banderola de color naranja con estrellas y símbolos pintados, bailaba y se retorcía con el viento, y dejaba a la vista unas angostas escaleras junto a la vivienda. Eva subió las escaleras mientras la música la envolvía, atrayéndola y guiándola hacia delante. Atravesó una estrecha pasarela inestable que la llevó hasta la entrada de una casucha. La música procedía del interior. Eva pasó la mano por delante de una luz azul integrada en la puerta, como había visto hacer a Rovender, y la luz cambió a amarillo.

—Adentro. Ven —cantó la voz en silencio—. Ven adentro.

—Hola —dijo Eva al abrir la puerta y acceder a la oscura morada llena hasta los topes. Un olor intenso y confuso, a jabón quemándose y especias, le dio la bienvenida. Del techo pendían montones de cortinas que formaban un dibujo radial, como los hologramas que había visto de telarañas. Al contemplar el laberinto de cortinajes, Eva tropezó con algo pequeño que la asustó tanto que casi se cayó.

El suelo estaba cubierto de objetos variadísimos: cajas, jarrones, recipientes y botes ocupaban cada centímetro del espacio que había para caminar.

—Obsequios recibidos —entonó la voz ronca—. Recibidos obsequios. Cuidado con dónde te aventuras, Eva Novena.

Eva se adentró con cuidado entre el cúmulo de obsequios, intentando no estropear nada. Entre la colección esparcida por el suelo se encontraba el objeto que producía la música. Un jarrón iluminado titilaba sincronizadamente con esa melodía de otro mundo que emitía a través de una larga bocina retorcida. Detrás, unas pesadas cortinas adornadas con borlas separaban la entrada del resto de la choza.

—No tengas miedo —dijo el susurro desde detrás de la cortina—. Miedo no tengas. Y entra.

Eva tragó saliva, extendió la mano y separó la cortina. La otra parte de la pequeña vivienda también estaba a oscuras, salvo por el tenue rayo de luz que atravesaba un gran ventanal. Apenas lograba disipar el frío matutino que todavía estaba atrapado dentro. El olor entremezclado de flores, especias y aceites era mucho más intenso, y Eva sintió náuseas. La abundancia de obsequios ocultaba el suelo que rechinaba. El entramado de las paredes redondeadas estaba decorado con un dibujo sencillo que llegaba hasta el techo. Al igual que a la entrada, unas banderolas oscuras indicaban el camino hacia los recovecos tenebrosos de la choza, donde Eva localizó la procedencia de la voz.

Sentada en la penumbra, lejos de la luz del sol, se encontraba una criatura redonda, gorda y pálida. Era mucho más grande que Eva, y tenía numerosos brazos rechonchos. Estaba sentada, en perfecto equilibrio, en un taburete de una sola pata.

Se miraron en silencio, mientras la criatura rechoncha se abanicaba perezosamente. A su lado, colgaba de las sombras del techo un tentáculo acabado en tres tenazas que depositaba huevos transparentes en un cuenco. La criatura extendió uno de sus brazos achaparrados y cogió un huevo, se lo pasó a otra de sus múltiples manos y se lo metió en su enorme boca. Antes de que se lo comiera, Eva vio que había algo pequeño retorciéndose bajo la cáscara transparente. En ese momento sintió arcadas.

—Huevos de lombriz gad —dijo el ser, aunque su boca no se movió—. De lombriz gad huevos. Siempre pone veintitrés, ya sabes. Mientras siga comiéndomelos, seguirá poniendo. Tres y veinte. Veintitrés.

Eva miró hacia arriba. La interminable lombriz ahusada colgaba alrededor de toda la casa, sujeta a las cuerdas de las que pendían las cortinas. Los ojos de Eva siguieron un momento el cuerpo serpenteante, pero los anillos de la lombriz llevaron su mirada de vuelta a la misteriosa criatura rechoncha, que observaba a Eva a través de dos rendijas centelleantes muy separadas en su ancha cabeza.

—Soy Arius. Arius soy: la que ve.

—Tú… Tú no eres humana —Eva guardó las distancias—. Creía que…

—Creías que sólo un humano, un ser como tú, te tendería la mano —Arius tarareó la música—. Tender la mano no es algo exclusivamente humano.

—Ya lo sé —Eva se sentía abatida—. Lo siento. Es que dijiste que eras como yo, por eso pensé que… ya sabes…

—Como tú soy —Arius ingirió otro huevo con sus fauces desdentadas—. Pero tú no eres como yo.

Eva frunció el ceño

—Tengo hermanos. Hermanos que conozco. Sin embargo, me escondo de ellos —cantó Arius—. Tú tienes hermanos. Hermanos que no conoces. Hermanos de los que te esconden.

—¿Hermanos? —Eva se sentía emocionada y confundida al mismo tiempo—. ¿Chicos o chicas? ¿Cómo lo sabes?

—Como ya he dicho, veo muchas cosas —respondió Arius mientras tomaba otro huevo de lombriz gad—. Muchas cosas veo y, aun así, muchas cosas haces. Todavía debes hacer muchas cosas.

Eva se sumió en el silencio, intentando entender la extraña forma de hablar de Arius. ¿Lo estaba soñando? ¿Era real? Eva se sentía mareada.

—¿Tal vez quieres saber más? —Arius se pasó un huevo de una mano a otra—. ¿Conocer a otros como tú, tal vez?

—¿Sabes si hay otros humanos por aquí? —Eva se arrebujó bien en la manta.

—Suelo pedir un obsequio —Arius señaló la multitud de baratijas que se acumulaban en el suelo—. Un obsequio especial para responder a tu pregunta.

—No… no sé si tengo algo para darte —Eva se balanceó sobre las piernas. Pensaba en el Omnipod, que tenía en el bolsillo. Madr se pondría furiosa si Eva le daba el dispositivo.

—No te preocupes. Tú eres un regalo en ti misma, Eva Novena —ronroneó Arius—. Por eso te he hecho acudir aquí. Y aquí estás: un obsequio.

—Creo que no entiendo —Eva dio un paso atrás y miró las ofrendas que se acumulaban en torno a Arius. "¿Abrirá alguna vez estos regalos?" Su mente voló hasta la colección de animales capturados por Besteel—. ¿No puedo irme y regresar después con algo para ti?

—No hay nada que puedas traer a cambio —observó Arius—. Has traído lo que quiero.

—Creo que debería irme —dijo Eva, arrastrando los pies hacia la cortina que separaba la habitación de la entrada. El jarrón musical seguía tocando su enigmática canción.

—Debes saber que veo el tiempo. El tiempo es para mí como una cuerda —Arius miró a Eva a través de sus ojos pequeños como rendijas—. Una cuerda en la que el pasado se desenmaraña tras nosotros. Una cuerda en la que el futuro se entrelaza para formar el presente.

—¿Y eso me convierte en un obsequio? —Eva estaba de pie junto a la entrada, lista para echar a correr.

—Tú, como yo, eres una fibra de esta cuerda —Arius se comió otro huevo—. Esta cuerda está fabricada con fibras tomadas de mí, de ti, de todo. Y tú, ser humano, puedes influir en su trama. Quiero ver qué podría pasar. Para conseguirlo, te necesito. Me necesitas.

—¿Puedes decirme dónde están los demás humanos? ¿O dónde puedo encontrarlos? —Eva dio un paso adelante en la habitación.

—Acércate y verás —Arius le hizo un gesto con uno de sus brazos rollizos—. Veré si te acercas.

Cautelosamente, Eva caminó entre el tesoro de ofrendas, bajo la pálida luz del sol. Sentía el sudor que le goteaba por el cuello, bajo la áspera manta en la que estaba envuelta, pero no se la quitó.

—Aún más cerca —dijo Arius mientras agitaba el abanico—. Más cerca aún.

Eva la estudió. La criatura no tenía piernas propiamente dichas, sólo unos tentáculos regordetes e inútiles que colgaban flácidos bajo sus rollos de grasa.

"No podría alcanzarme si echara a correr", pensó Eva.

Eva siguió adelante, paso a paso, hasta que se encontró de pie justo frente a Arius. Su piel marfileña presentaba la textura de un champiñón. Eva vio que, en cada uno de sus numerosos brazos, tenía grabados unos extraños jeroglíficos. En su aliento pudo oler el dulzor fermentado de los huevos.

Rápida como un rayo, Arius extendió una de sus manos, agarró a Eva por la muñeca y la sujetó con fuerza.

—¡Suéltame!

—gritó Eva—. ¡Por favor, Arius, por favor!

La voluminosa criatura cerró sus ojillos y salmodió:

El primitivo enjambre ha regresado
para reclamar una tierra irreclamable.
Una ninfa, nacida de la tierra, forjada a máquina,
abrirá un camino entre el odio, el miedo, la guerra.
El corazón será tu aliado,
y el banquete llegará a su fin.

Eva dejó de forcejear, hechizada por la entonación de Arius:

Desde el oeste se precipita una poderosa máquina.
Las estrellas traerán un sueño, mientras otro sueño morirá.
En las arenas del tiempo, la ninfa encontrará la respuesta
a la pregunta que ha atormentado a tu alma,
pero la respuesta no bastará…
y, puesta en marcha, surgirá una ecuación,
una poderosa ecuación con muchas, muchas soluciones.

Los ojos de Eva se movían descontrolados y su cuerpo estaba paralizado cuando Arius, sujetándola firmemente, concluyó:

Te perseguirán hasta los confines de la tierra,
pero los confines te revelarán lo que buscas.
No obstante, antes te recibirá en la corte
el soberano de una gran ciudad.
El pasado se enfrentará al futuro…
pero ninguno admitirá que se reflejan a sí mismos.
Un hermano te indicará el camino.
Adelante, cría humana, y aviva tu ingenio,
pues hasta los más viles tienen una familia que los ama.

Arius aflojó la presión aplastante con que agarraba a Eva y la muchacha se cayó hacia atrás, entre la montaña de ofrendas. Se incorporó con dificultad y se escabulló entre los objetos hacia la entrada, donde sonaba la extraña música cadenciosa. Abrió la puerta de un empujón y salió disparada hacia la inestable pasarela de la choza de Arius.

Bajó corriendo las escaleras y regresó a la pasarela principal que discurría alrededor de la hilera superior de cabañas.

Cuando recuperó el aliento, Eva se frotó la muñeca izquierda, por donde la había sujetado la adivina.

Se percató de que, sobre su piel, en un moretón rojizo, se estaba formando una marca. Era un círculo perfecto con otro más pequeño en su interior, idéntico a una de las marcas que Arius tenía en uno de sus brazos.

—Pero ¿qué...? —Eva se retiró el flequillo y estudió la marca bajo la luz del sol. Por encima de su respiración entrecortada, oyó algo en las alturas.

Un sonido familiar.

El zumbido de un planeador.

Besteel apareció flotando dentro de la torre circular y se sostuvo en el aire a unos cuantos metros de Eva.

—Aceleración detectada en la frecuencia cardiaca, Eva Nueve —la alegre voz de su túnica quedó amortiguada por la manta—. Por favor, comienza la relajación meditativa para reducir la frecuencia cardiaca. Gracias.

—Ya erra horra de que Besteel consiguierra su escurridiza recompensa —el cazador bajó de un salto del planeador y cayó justo frente a Eva. La agarró con sus numerosas garras.

—¡Suéltame! —Eva intentó desembarazarse de él. Se dio cuenta de que Besteel sólo la sujetaba de la manta y la dejó caer. Se zafó de él y corrió tan rápido como le permitieron las piernas.

—¡Maldición! —rugió Besteel mientras lanzaba al suelo la manta y saltaba al planeador. Eva vio cómo la manta descendía ondeando varios pisos y aterrizaba hecha un bulto sobre uno de los numerosos cables que sujetaban las banderolas de la plaza.

Eva escapó a todo correr de Besteel bajando por los ruinosos caminos, ahora repletos de halcyonus, e intentó localizar la casa de Hestia entre la multitud de cabañas. Mientras pasaba como una flecha junto a una banderola ondeante, oyó el zumbido inconfundible del arma de Besteel cargándose.

Resonó entonces un estruendo grave, y justo tras ella la pasarela saltó en pedazos como consecuencia de la onda expansiva. Los transeúntes salieron disparados en todas direcciones. En el caos, Eva se deslizó dentro de una de las viviendas cercanas y cerró la puerta de golpe.

En el vestíbulo de la casa se presentó una familia de halcyonus, con cara atónita, ante una Eva presa del pánico.

—Por favor —suplicó jadeante—, necesito esconderme. ¿Pueden ayudarme?

Los habitantes de la casa se pusieron a gritar y a berrear mientras la echaban fuera por la puerta principal. Besteel avistó a Eva y acercó el planeador, con el rifle a punto. Eva se lanzó a la carrera por la pasarela circular, intentando poner algo de distancia entre su cuerpo y el arma del cazador. De nuevo oyó la vibración sonora. La pasarela que se extendía frente a ella reventó hecha astillas y un montón de cestas de pescar se derrumbaron hasta la hilera inferior.

Eva se dio la vuelta y echó a correr hacia el lugar del que venía. Había recorrido varios metros cuando otro tramo de la pasarela saltó en pedazos por obra del rifle sónico de Besteel. La muchacha se encontraba atrapada en ambos sentidos.

Como una bala, Eva se giró y corrió hacia el agujero. Con todas sus fuerzas, dio un salto para cruzarlo y aterrizó de lleno sobre el estómago al otro lado. Los tablones deteriorados de debajo empezaron a desprenderse cuando Eva se agarró a los fragmentos intactos de la pasarela. Con las piernas colgando en el aire, se aferró desesperadamente clavando las uñas en la madera. Por encima del hombro vio a Besteel sobre el planeador, revoloteando cada vez más cerca de ella, con el rifle apuntándole directamente a la cabeza. Se aventuró a mirar hacia abajo y vio las innumerables banderolas y banderines agitándose en el aire, junto a su manta, movidos por la brisa de la mañana.

—No te muevas, pequeeeña —le susurró Besteel—. Besteel te cogerrá.

Eva tragó saliva. Notaba que las manos le resbalaban de los tablones. El cazador se acercaba tanto que casi podía tocarla.

—Muy bien. Quieeeta.

Eva soltó la pasarela y cayó sobre una vivienda de la pasarela inferior. Aterrizó violentamente sobre el costado derecho y soltó un chillido cuando una cuchillada de dolor le atravesó el brazo y el hombro. Cuando al fin consiguió levantarse apoyándose en la mano izquierda, pronto se encontró de nuevo bajo la sombra del planeador de Besteel, que se lanzó sobre ella.

A toda prisa pegó un salto y se arrojó fuera de la pasarela, al centro de un patio abierto. Cayó en picada varios pisos a través de banderolas y banderines, agitando los brazos en el aire.

Mientras se precipitaba entre los estandartes, su mano se agarró a algo y lo acercó a su cuerpo. Eva se había aferrado a una banderola, pero la fuerza de la inercia jalaba de su cuerpo hacia abajo, lo que avivó el dolor en su brazo derecho. A duras penas logró trepar hasta el cable transversal que sujetaba las banderolas y los banderines, más grandes que unas sábanas. Besteel todavía tardaría en localizarla mientras descendía con su aeronave a través de los estandartes ondeantes, con el rifle cargado y listo para ser disparado.

Eva miró hacia arriba y calculó que se encontraba a unos nueve metros del lugar en el que estaba anclado el cable, en la base de una pasarela. Superando el dolor punzante del brazo, empezó a balancearse palmo a palmo hacia el enganche del cable. Besteel la descubrió y se aproximó.

—¡Ayuda! ¡Ayuda! —gritó Eva. Vio que los transeúntes de la pasarela echaban a correr con las manos extendidas hacia el cable del que colgaba.

Eva ignoró el dolor del hombro y se balanceó todavía más rápido. Entonces oyó un rechinido agudo cuando el anclaje cedió bajo su peso. El cable completo —banderas, Eva y todo lo demás— se desplomó sobre el centro del mercado.

La muchacha se sujetó fuerte y cayó encima de la carretilla de un vendedor, desparramando cestas de pescado fresco por todo el suelo. En pocos segundos, descendieron sobre los destrozos bandadas de giraletas, que se pusieron a engullir la comida gratuita que les ofrecía la carretilla despedazada. Los aldeanos salieron con escobas y palos para espantar a los pájaros. Besteel se bajó de un salto de su planeador, inmóvil en el aire, y localizó a Eva entre el tumulto.

Desorientada, Eva se quedó de pie sobre sus piernas temblorosas, intentando centrarse. Cuando superó el mareo, se dio cuenta de que no estaba lejos de la casa de Hestia. Corrió hacia la cabaña. Por fin la ayudarían.

Madr estaba allí.

Rovender estaba allí.

La familia de Hestia estaba allí.

Eva recordó lo que Besteel le había hecho a su hogar.

Cambió de dirección y salió disparada hacia un callejón estrecho. De repente, se propagó una onda sonora y la pared que se encontraba junto a Eva explotó, convertida en trozos de arcilla y madera. Esquivando los escombros, siguió corriendo por el callejón serpenteante. En cuanto oyó unos gruñidos y bufidos detrás de ella, Eva se dio cuenta de que Besteel no cabía.

El callejón desembocaba en un paseo entablado, que rodeaba el inmenso pilar que sustentaba la ciudad. Durante menos de un segundo, Eva miró por encima del hombro para ubicar a Besteel, pero no vio rastro de él.

En ese momento, saltó desde la pasarela superior y aterrizó justo frente a ella.

—¡Te agarré! —dijo Besteel con sorna mientras apuntaba el rifle zumbador hacia Eva. Ésta cayó hacia atrás en la pasarela, cubriéndose el rostro con las manos. Un grupo de furiosos pescadores agarraron a Besteel desde atrás, lo que le hizo perder la puntería y disparar al aire, arrancando un fragmento del pilar por encima de él. Sin perder un segundo, Eva se levantó y se precipitó hacia la pasarela más cercana.

El cazador se deshizo de los agresores que tenía a la espalda y cargó contra ella. Eva se abrió paso hasta la pasarela siguiente, que enlazaba por encima del agua con otra torre de viviendas. Se lanzó en esa dirección haciendo caso omiso del escozor que sentía en las piernas por el agotamiento.

Vio que había otro puente sobre ella, y otro más por debajo, lleno de pescadores madrugadores. En ese instante, saltó desde su pasarela hasta la de abajo, espantando a una bandada de giraletas, que alzó el vuelo graznando, y echó a correr más rápido que nunca.

Miró hacia arriba y se dio cuenta de que Besteel había tomado el puente que se encontraba encima de ella y que estaba ganando terreno. No había manera de que la muchacha lo dejara atrás.

Con la atención centrada en su perseguidor, Eva chocó con un pescador y ambos se cayeron en el puente. El pescador se puso a gritarle indignado.

Jadeando afanosamente, Eva se levantó con gran dificultad.

—¡Por favor! ¡Por favor, ayúdame!

Tras ellos resonó un gran estrépito. Eva se giró y vio a Besteel levantándose entre unos tablones rotos: había saltado más de veinte metros hasta el puente en el que se encontraba ella. Cuando empujó a un lado al furioso pescador halcyonus, Eva oyó el zumbido que emitía el rifle de Besteel al cargarse.

—Erres mía, pequeeeña corredorra —apuntó el arma hacia ella.

Eva se quedó de pie frente al imponente cazador, temblorosa.

—¿Por qué me persigues? ¿Qué quieres? —gritó.

—Erres una recompensa por la que vale la pena correr —dijo Besteel. La punta del rifle estaba a unos centímetros del pecho de Eva.

—¡No soy una recompensa! ¡Nunca me cogerás! —le escupió al depredador en la cara.

Asombrado por tal ferocidad, Besteel pestañeó para limpiarse la saliva de los ojos. Sólo tardó un segundo, pero era lo que necesitaba Eva: se lanzó desde la pasarela y se zambulló en las gélidas aguas verdes.

Cuando la superficie esmeralda del lago la engulló, el cerebro de Eva recordó la advertencia de Hestia sobre las giraletas que cazan y los peces araña que nadan pero que jamás pueden ocultarse.

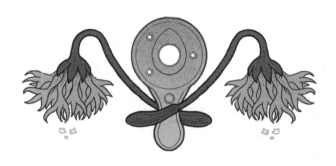

Un behemot. Otto se impulsó con las extremidades hacia la superficie. Remando como una enorme tortuga llena de patas, se colocó suavemente bajo el cuerpo de Eva y la transportó hacia la luz del sol.

"Respira. Pequeña. Aire".

Eva yacía inmóvil sobre el amplio lomo acorazado del oso de agua, que flotaba bajo la pasarela.

No se enteró de cuando los pescadores del puente lanzaron cuerdas para rescatarla.

No se enteró de cuando Rovender saltó al agua y nadó hacia ella.

No se enteró de cuando Madr gritó, a un volumen mucho más alto de lo que se esperaría de un robot, para que salvaran a su hija.

Y no se enteró de cuando el robusto brazo de Besteel la agarró mientras sobrevolaba a Otto con su planeador y se la llevó lejos, muy lejos.

Eva pestañeó y una luz blanca le quemó las retinas.

"¿He vuelto a casa, al Santuario?", pensó.

La asaltó un olor a sustancias químicas y ácidos.

"No, parece que no".

Mareada, Eva se incorporó. Desde el codo derecho se propagó un piquete de dolor. Se frotó el hombro.

"Creo que sólo está magullado. Ya lo miraré después". Comprobó que el Omnipod estaba sano y salvo en su bolsillo.

Eva se frotó los ojos con la base de la mano y estudió el entorno. Mirara adonde mirara, todo parecía borroso y distorsionado, como un holograma justo antes de que se fundiera una holobombilla. Se puso de pie sobre sus piernas temblorosas. La muchacha pensó que era como si observara a través de un vaso la habitación intensamente iluminada en la que se encontraba, ya que los objetos parecían inclinados. Estaba de pie sobre una plataforma circular blanca; otra plataforma exactamente del mismo tamaño y forma se encontraba encima de ella, como si fuera una especie de recipiente gigantesco del que no pudiera salir.

"¿Dónde estoy?" Revivió en su cerebro un torrente de recuerdos... Lacus... Arius... Besteel... Correr... Saltar...

—¿Me habré muerto al caer? —susurró para sus adentros.

"No", pensó. "Si estuvieras muerta, no sentirías el dolor del brazo".

—Pero tengo muchísimo frío. ¿No te quedas frío cuando te mueres? —Eva frotó el dobladillo de la túnica. Las climatifibras funcionaban, pero sin la capa añadida del chaleco, parecía como si estuviera en un congelador. Le dio un golpecito al parche del hombro para activar el EscanCuerpo.

La túnica informó con su tono jovial:

—La actividad cardiaca, pulmonar, cerebral y demás funciones se encuentran dentro de límites saludables. Sin embargo, tu consumo de líquidos es bajo, Eva Nueve. Por favor, consume líquidos de inmediato. Gracias.

—Por supuesto —respondió—. ¿Cuál es la temperatura?

—La temperatura exterior es de diez grados Celsius; la temperatura corporal es de treinta y siete. Gracias.

"Bueno, no estoy muerta. Es hora de que salga de aquí".

Eva se acercó al borde de la plataforma. Levantó las manos frente a ella y tocó la pared. Parecía un cristal esmerilado recubierto de un vaho transparente, como una condensación aceitosa.

—Pero ¿qué...? —Eva olisqueó los residuos húmedos que le cubrían la mano. De ahí procedía el olor a sustancias químicas. A pesar de su aspecto transparente, eran más densos que el agua.

"¿Dónde estoy metida?", se preguntó.

Eva restregó la mano sobre la pared empañada que la retenía. Por unos instantes pudo ver qué había más allá, antes de que el líquido se extendiera de nuevo para recubrir la zona que ella había limpiado. Efectivamente, estaba encerrada en una celda cilíndrica, en una sala redonda en la que había otras celdas idénticas dispuestas en círculo. Con más curiosidad que miedo se paseó por sus confines, limpiando sistemáticamente la humedad que cubría el cristal. Eva descubrió que se encontraba entre otras dos celdas. Una de ellas contenía una pequeña criatura saltarina que no dejaba de brincar contra la pared impenetrable. En la otra, la muchacha reconoció la forma y el color de un joven oso de agua a través del turbio revestimiento líquido.

"Hola, pequeño. ¿Me oyes?", le dijo con el pensamiento. "No tengas miedo".

El oso de agua no contestó.

Se produjo un movimiento en el centro de la sala. Eva oyó voces apagadas. Limpió el vaho y vio que había dos figuras hablando.

Un ser gordinflón, más bajo que Eva, caminaba balanceándose sobre cuatro piernas cortas y agitando en el aire sus cuatro brazos rechonchos, mientras hablaba con tono nasal a través de una afilada probóscide.

—Venga, venga. Tiene que ver los nuevos especímenes, Zin; los hemos recibido a lo largo de esta semana. Son espectaculares.

Levitando detrás del ser chaparro se encontraba el tal Zin. Se parecía físicamente a Arius, aunque era más pequeño y estaba engalanado con un atuendo más ornamentado. Al igual que Arius, tenía una boca enorme que no movía al hablar.

—Ponme al corriente, por favor. ¿Ha suministrado copias o duplicados?

—Veamos… —el enano rebuscó en una de las múltiples bolsitas de su cinturón y sacó un pequeño dispositivo portátil. Con un dedo regordete, pulsó una tecla de un control remoto.

Un pitido agudo y penetrante atravesó el cráneo de Eva. Apretó los dientes y se tapó los oídos con las manos para protegerse del ruido ensordecedor. Con los ojos entrecerrados, vio cómo el líquido de la pared de cristal se evaporaba, dejando a la vista la sala y sus ocupantes. De repente se silenció aquel estruendo desgarrador.

Tras una punzada de dolor, Eva descubrió que la sala, amplia e intensamente iluminada, carecía por completo de color. Los paneles blancos del suelo reflejaban el resplandor procedente del techo enrejado. Eva tenía la impresión de que la cubierta abovedada era una lámpara gigantesca. El ser que sujetaba el dispositivo también estaba vestido de blanco, con un overol ajustado fabricado con un material que a Eva le hacía pensar en un guante de látex. Tenía la cabeza cubierta con unas gafas protectoras con capucha, llenas de lentes gruesas.

—Parece que sólo tenemos un duplicado —dijo mientras caminaba balanceándose hacia la celda que contenía al joven oso de agua—. Es una cría. La trajo ayer junto con otros. La acepté porque creía que quedaría de maravilla con los adultos. ¿Quiere que la conservemos?

Con uno de sus múltiples brazos, Zin sacó un bloc de notas de uno de los pliegues de su chaqueta ricamente decorada. Se lo pasó de una mano a otra.

—Sí, podemos añadirlo a la colección. ¿Cuál es entonces el total de esta semana?

El enano del overol blanco se quedó quieto donde estaba y se puso a contar los cautivos de las celdas.

—Trece… No, hoy ha traído uno más. Catorce en total —contestó.

—O sea que trece especímenes únicos en total, ¿correcto? —Zin tomó nota en su bloc.

—Sí —respondió el otro a la vez que sacaba otro control remoto de sus numerosas bolsitas. La celda que contenía el oso de agua flotó hasta el centro de la sala.

—Muy bien —dijo Zin registrándolo—. La cantidad total es, entonces, setecientos cuarenta y nueve hasta la fecha. Todavía le queda mucho por cazar.

—Bueno, dijo que podría haber capturado más, pero algunos se escaparon —el ser rechoncho guardó el pequeño control remoto y lo sustituyó por otro. Una fina varilla se elevó en la parte inferior de la celda que contenía al oso de agua. La cría comenzó a bramar y a dar vueltas impaciente.

—Su Majestad está satisfecha con lo que ha capturado por ahora; sin embargo, si espera conseguir el perdón para su deplorable hermano, más le vale impedir que sus presas "se escapen" —Zin guardó el bloc en la chaqueta y flotó hasta la celda del oso de agua, en el centro de la sala.

Eva se recostó un segundo.

"Pero… ¿de quién hablan?", pensó. De repente cayó en la cuenta.

—Me ha cazado… Besteel —susurró. Una repugnante espiral de miedo se abrió paso hasta su estómago.

—¿Preparo al pequeño igual que al adulto? —preguntó el ser raquítico sin soltar sus controles remotos. Zin echó sus numerosos brazos detrás de la espalda y se sostuvo en el aire cerca del recipiente de cristal donde se encontraba el oso de agua. Eva veía el reflejo distorsionado del animal observando a Zin.

—No, procedamos a una revelación anatómica —respondió Zin sin mover la boca—. No obstante, si el cazador entrega más especímenes como éste, rechácelos.

—Lo que usted diga, Conservador —el ser regordete pulsó una tecla del control remoto. De la varilla de la celda empezó a manar una fina niebla. El animal quedó inmovilizado al instante. Eva lanzó un grito ahogado.

—Paralización finalizada. Todavía está vivo, por si desea examinarlo —el acompañante de Zin pulsó otras teclas. Entonces surgieron del techo de la celda unas poderosas pinzas que colocaron al oso de agua petrificado en una pose activa, como si lo hubieran cazado en medio de un salto con su cola especializada.

—Es muy amable de su parte. Sin embargo, estoy convencido de que he adquirido unos conocimientos exhaustivos sobre estos organismos autóctonos primitivos —dijo Zin alegremente.

—Muy bien —dijo el chaparro mientras conectaba una manguera blanca a la base de la celda y la encendía. El receptáculo se llenó de un líquido transparente viscoso. Eva no veía lo que estaba pasando porque Zin se había puesto en medio—. ¡Listo! —dijo cantarinamente. Sonó un borboteo y la celda se vació—. Perfecto. Esta cría quedará espléndida al lado de los adultos.

—Efectivamente —añadió Zin mientras se frotaba varios pares de manos regordetas.

—Permítame que lo disponga en un expositor antes de proseguir con los demás —el enano de blanco acercó un pedestal redondo con ayuda de otro control remoto. Pulsó otras teclas y la pared de cristal de la celda del oso de agua se desvaneció. El espécimen se montó sobre su base definitiva—. Aquí lo tiene, Conservador Zin. Listo para el museo de Su Majestad —anunció con orgullo.

Eva se quedó mirando de hito en hito al oso de agua que flotaba lentamente en círculos sobre su base, paralizado en medio de un salto. La coraza, la piel y gran parte de la musculatura habían desaparecido, dejando a la vista todos los detalles de los órganos, los vasos sanguíneos y los nervios. A Eva le recordó los hologramas que había captado con su Omnipod, sólo que esta maqueta no era de luz. Era real. Unos segundos antes, el oso de agua estaba vivo… y ahora…

Eva cerró los ojos y, entre arcadas, intentó controlar sus tripas.

—Un trabajo impresionante, Taxidermista —dijo Zin dando vueltas alrededor del oso de agua expuesto—. Fíjese: se ven claramente el estómago cardial y el estómago pilórico… Y aquí el ganglio, que se extiende a lo largo de todo el cuerpo, por la sección ventral. Fascinante. Me recuerda los lorípedos que examinamos en Ceres.

—Así es —respondió el rechoncho taxidermista—. Espero que a la reina le gusten las nuevas adquisiciones.

"La reina", pensó Eva. "Rovi habló de una reina".

Zin empujó el espécimen hacia una amplia puerta circular cuyas diversas hojas se replegaron como un abanico.

—Su Majestad disfruta con todas sus exquisitas obras, señor, igual que yo.

—Oh, antes de que me olvide —observó el taxidermista mientras acompañaba a Zin a la puerta—. Besteel trajo hoy un espécimen al que quería que le echara un vistazo.

El corazón de Eva dejó de latir.

—¿Ah, sí? —Zin volvió a entrar en la sala.

—Sí. Por aquí —el taxidermista le indicó el camino hasta la celda de Eva. La muchacha se echó hacia atrás todo lo que pudo y se acurrucó al fondo.

Desde allí veía los dispares rostros que escudriñaban su receptáculo.

—Dice que este ejemplar único fue muy difícil de cazar. Está relacionado con las reliquias que usted ha recuperado del páramo —dijo el taxidermista, señalando con un grueso pulgar hacia Eva.

—¿En serio? —Zin se paseó alrededor de la celda—. Ahora que lo menciona, los adornos recuerdan en cierto modo a los objetos que hemos desenterrado de un yacimiento remoto, y su aspecto físico excepcional lo diferencia de los demás especímenes vivos capturados hasta la fecha.

—Tiene toda la razón —afirmó el taxidermista, asintiendo con la cabeza—. Si es cierto que está relacionado con sus otros estudios, a Besteel le gustaría saber si la reina estaría dispuesta a renegociar su promesa.

—No puedo contestar a eso directamente, pero le haré llegar la consulta a Su Majestad —respondió Zin mientras analizaba a una temblorosa Eva—. Le ruego posponga la preparación de este ejemplar hasta que tenga noticias de los deseos de la Reina Ojo. Su Majestad podría preferir mantenerlo en observación… En verdad es muy interesante —Zin se dirigió flotando hacia la puerta, seguido por el rechoncho taxidermista.

—Bien. Volveré enseguida. Necesito más expositores —pulsó una tecla del control remoto y de nuevo se oyó el pitido. Las celdas volvieron a nublarse por efecto de la condensación.

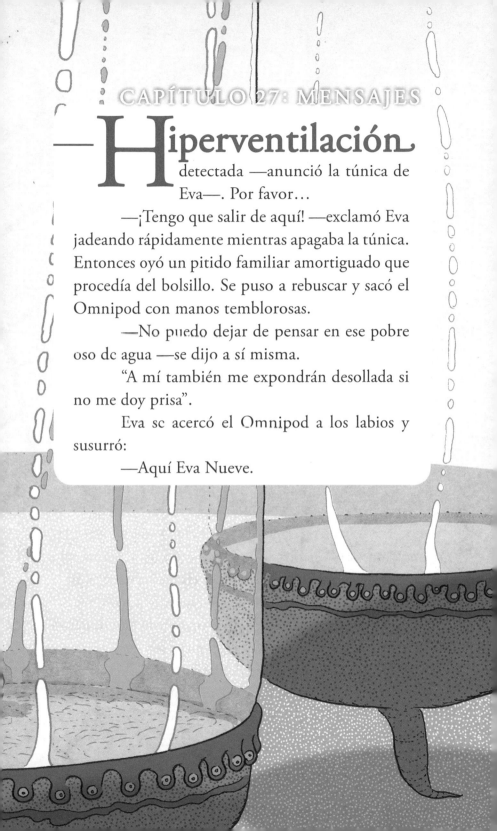

Hiperventilación

detectada —anunció la túnica de Eva—. Por favor…

—¡Tengo que salir de aquí! —exclamó Eva jadeando rápidamente mientras apagaba la túnica. Entonces oyó un pitido familiar amortiguado que procedía del bolsillo. Se puso a rebuscar y sacó el Omnipod con manos temblorosas.

—No puedo dejar de pensar en ese pobre oso de agua —se dijo a sí misma.

"A mí también me expondrán desollada si no me doy prisa".

Eva se acercó el Omnipod a los labios y susurró:

—Aquí Eva Nueve.

—Saludos, Eva Nueve —dijo el dispositivo también en un susurro—. Tienes varios mensajes nuevos de Multimecanismo de Auxilio en Dispositivo Robótico cero seis. Me han ordenado que los reproduzca únicamente si no estás acompañada. ¿Puedo proceder?

—Sí, por favor —respondió Eva.

—Primer mensaje enviado aproximadamente hace ocho horas y veintitrés minutos —prosiguió el Omnipod.

Eva sintió una ligera calidez reconfortante en su gélida celda cuando el rostro de Madr se proyectó sobre el dispositivo.

—Eva, si recibes este mensaje, ponte en contacto conmigo en cuanto puedas. Necesito saber que estás bien —dijo la voz de Madr mezclada con interferencias. Eva no estaba segura de si las interferencias se debían a que el Omnipod se había mojado cuando se zambulló en el lago o a que la señal tenía problemas para penetrar en el lugar donde estaba recluida.

—Siguiente mensaje, por favor —dijo. Recorrió rápidamente la habitación con la mirada, temerosa de que el taxidermista regresara, pero todo estaba en calma.

—Eva —dijo el holograma de Madr—, estoy intentando entender el lenguaje que hablan aquí, pero sin tu transcodificador vocal es todo un reto. Fiscian nos ha enseñado un mapa del lago y, basándome en la trayectoria de la ruta de Besteel, creo que podría haberte llevado a Solas. De hecho, recuerdo que el señor Kitt le dijo a la señora Haveport que Besteel afirmaba trabajar para la reina, por lo que podrías estar retenida en algún lugar del recinto real. Intenta mantenerte alerta y tranquila, y no olvides tus habilidades de supervivencia. Pronto estaremos allí. Ponte en contacto conmigo inmediatamente para que pueda localizar tu señal.

—Siguiente mensaje —susurró Eva, meciendo el Omnipod en ambas manos.

—Hola, Eva. Por favor, ponte en contacto conmigo —dijo Madr—. Estoy muy preocupada. Por favor, por favor. Necesito saber qué te ha pasado.

—Fin de los mensajes —concluyó el Omnipod.

El último mensaje carecía por completo de la tranquilidad característica del robot.

—¿Podemos ponernos en contacto con Madr, por favor? —preguntó.

—Intentando la conexión por voz con Multimecanismo de Auxilio en Dispositivo Robótico cero seis… —las lucecitas del Omnipod empezaron a bailar alrededor de su ojo central.

Eva inspeccionó la sala mientras se mordía una uña.

—Vamos… Vamos…

— ¡Eva! —la cabeza de Madr flotó sobre el dispositivo—. Eva, ¿eres tú?

—¡Sí! ¡Sí! ¡Soy yo! —Eva se secó las lágrimas con la manga—. Estoy bien. Besteel no está aquí. Me ha metido en una celda. Estoy atrapada en un lugar rarísimo donde preparan a los pobres animales cazados para exponerlos para la reina. Es horrible.

No obtuvo respuesta durante un tiempo, hasta que apareció una vívida imagen circular de la cabeza de Rovender, como si el Omnipod estuviera mirando a través de los ojos de Madr.

—Hola, Eva Nueve. Me alegra comprobar que estás viva —dijo.

—¡Oh, Rovi! —gritó Eva—. ¡Tienen que sacarme de aquí!

—Presta atención, Eva —Rovender habló con voz firme—. Otto nos está transportando a través del lago hacia Solas. Te encontraremos. Pero probablemente tardaremos como mínimo una hora.

Eva tragó saliva.

—Creo… creo que dentro de una hora ya no estaré aquí —sus pensamientos volaron de nuevo al oso de agua desollado—. Tienen que ayudarme. ¿Qué hago?

—Busca en tu celda —respondió Rovender—. ¿No tienes modo de escapar?

—No sé. Me parece que no —Eva apoyó el Omnipod en el suelo, se puso de pie y comenzó a golpear la pared de la celda con los puños—. ¡No consigo romperlo! —frustrada, se dejó caer de nuevo al fondo del receptáculo—. ¿Por qué no dejan que me vaya? ¡No tienen derecho a retenerme!

—No sé por qué te han apresado, Eva —Rovender parecía desconcertado—. Pero si no te ha servido de nada pedir que te liberen, tendrás que probar con otro método. Piensa. ¿Ves alguna pista que pueda ayudarte a escapar?

Eva se inclinó hacia la pared de cristal y limpió la condensación espesa y aceitosa. Recorrió completa la sala blanca con su Omnipod.

—No sé, creo que no. ¡Por favor, dense prisa! —no recibió respuesta. Eva centró su atención en el Omnipod—. Eh, chicos, ¿siguen ahí?

—¡Maldición! ¡Mira! ¡Está justo ahí! —Eva vio que Rovender señalaba por encima del hombro de Madr. Los ojos del robot se volvieron hacia un planeador que descendía en picada del cielo.

—¡Besteel! ¡NO! —gritó Eva mientras contemplaba horrorizada el holograma. Las imágenes que presenciaba Madr mostraron algunas interferencias cuando el cazador saltó desde el planeador hasta el lomo de Otto y empujó a Rovender al lago. Apuntando su rifle cargado hacia Madr, dijo con un gruñido:

—Bien por Besteel. Bien por su hermaaano. ¡Dos en un día!

El holograma se desvaneció.

—Fin de la conexión —anunció el Omnipod.

—¡No! —gritó Eva—. ¡Intenta volver a conectarte! ¡Rápido!

—Intentando la reconexión por voz con Multimecanismo de Auxilio en Dispositivo Robótico cero seis… —las luces del dispositivo parpadearon.

Eva tragó saliva. Una sensación fría se deslizó desde su estómago a cada vena y arteria de su cuerpo.

—Lo siento, Eva Nueve. No recibo respuesta. ¿Quieres dejar un mensaje?

Eva cerró los ojos con fuerza y se encogió como una pelota.

"Madr me necesita. No es más que un robot. Un robot diseñado para vivir en un Santuario, y yo la convencí para que se fuera. Y ahora está… está…"

El pitido agudo comenzó a sonar de nuevo y la condensación de la pared de su celda desapareció. El taxidermista entró de nuevo en el laboratorio, empujando un montón de expositores flotantes.

—Muy bien, ¿quién es el siguiente? —dijo a la vez que pulsaba una tecla del control remoto. Una celda del fondo flotó hasta el centro de la sala. En su interior había un rostro familiar que miraba a su alrededor mientras emitía sus cadenciosos chasquidos.

Un acechadunas cautivo llenaba casi todo el interior de la cámara cilíndrica. Eva apoyó la cara contra la pared de su celda para estudiar al monstruoso crustáceo iluminado por la luz blanca. Su caparazón de vistosos colores albergaba un par de formidables garras llenas de picos.

"Se parece al holograma de una mantis religiosa", pensó Eva. "Una mantis religiosa descomunal".

Probablemente el cautivo aún no era adulto, pues parecía mucho más pequeño que el gigante que

había visto la otra noche con Rovender; y, sin embargo, era más grande que ella. Eva activó la Identicaptura.

—¿Lista para posar para la reina, preciosidad? —dijo en un arrullo el taxidermista mientras pulsaba unas teclas. En la parte inferior de la celda del acechadunas se elevó una varilla.

De repente se oyó un chasquido en la celda de Eva.

El acechadunas le respondió con otro chasquido a un ritmo acelerado.

—¿Qué es eso? —el taxidermista se dio la vuelta y miró a Eva. La muchacha había apoyado el Omnipod contra la pared de cristal de su celda y reproducía a todo volumen el reclamo del acechadunas adulto que había grabado.

De repente, resonó un gran estrépito procedente de la celda del cautivo. Había reventado el cristal con las garras. El rechoncho taxidermista echó a correr hacia atrás y tropezó con la manguera que bombeaba el líquido para disolver la piel. Aterrizó de espaldas y todos sus controles remotos se desperdigaron por el suelo de baldosas. El cautivo liberado se abalanzó chasqueando y restallando sobre el enano, encogido del miedo. Los ojos del acechadunas, semejantes a dos cuencos, se movían en círculos mientras inspeccionaban el entorno ajeno. Eva agitó el Omnipod en el aire y el monstruo lleno de patas salió disparado hacia su celda. El taxidermista abrió la puerta y salió a rastras del laboratorio. La puerta deslizante se cerró tras él.

—¡Vamos! —gritó Eva, y se echó hacia atrás en su celda. El acechadunas rodeó la cámara mientras tanteaba la pared de cristal con sus numerosas antenas. Eva reprodujo otra vez el reclamo grabado.

—¡Ven a cogerme!

El monstruo se irguió sobre las patas traseras y levantó sus poderosas pinzas. En un abrir y cerrar de ojos, la pared de cristal de la celda reventó en pedazos y el techo se derrumbó. Eva se cayó hacia atrás por la fuerza del estallido y aterrizó bruscamente fuera de la celda, sin aliento. En cuestión de segundos, el acechadunas se le acercó, chasqueando y parloteando confusamente con el Omnipod. Eva se encogió y se tapó la cara con las manos. En ese mismo instante, el acechadunas le dio un zarpazo al Omnipod, que salió despedido de la mano de Eva y se deslizó a través del suelo pulido del laboratorio hasta el otro extremo, donde siguió reproduciendo el reclamo. El acechadunas fue detrás de él. Eva soltó un grito desgarrador. Dos dedos de su mano derecha se habían doblado hacia atrás, y sangraba abundantemente de un corte profundo provocado por el golpe del acechadunas. Intentó olvidar el dolor punzante y concentrarse. Con la mano izquierda, se dio un golpecito en el parche del hombro.

—Tienes una hemorragia en la mano derecha, Eva Nueve —informó la túnica—. ¿Cuál es la naturaleza de tu herida?

—Me… —Eva yacía en el suelo con la mano ardiéndole de dolor—. Me he hecho muchísimo daño en la mano. Creo que me he roto los dedos.

—EscanCuerpo: situación de emergencia activada. Sincroniza el Omnipod utilizando la IMA.

Con los ojos llenos de lágrimas, Eva miró hacia el otro extremo del laboratorio y vio al acechadunas dándole empujoncitos al Omnipod.

—Creo que no va a ser posible —gimió.

—Extiende de inmediato el puño de la manga derecha de la túnica sobre el desgarre —ordenó la túnica.

Haciendo una mueca de dolor, Eva jaló el puño y lo colocó sobre la mano. El profundo corte tiñó la manga de escarlata.

—Aplicando adhesivo procoagulación en la zona del traumatismo, junto con pomada SanaRápido —anunció la túnica. Las climatifibras del puño segregaron un líquido turbio y la palma de la mano dejó de sangrar. Entonces el puño ensangrentado se descosió y se desprendió de la túnica para envolver firmemente la mano de Eva, actuando como una venda sobre el corte de la palma.

—Administrando analgésico —informó la túnica. Eva sintió un piquete en el hombro, justo por debajo del parche. Una oleada de placidez invadió su cuerpo y le adormeció la mano y el hombro. Espiró y se concentró de nuevo.

—Comenzando tratamiento contra la hinchazón en las falanges. Por favor, extiende lo que queda de manga sobre la herida y restringe los movimientos —le ordenó la túnica.

Eva obedeció y notó una sensación de frío cuando descendió la temperatura de las climatifibras que rodeaban sus dedos rotos.

—Deberá procederse a un tratamiento médico posterior en conjunción con el Omnipod. Gracias. —la túnica enmudeció.

Todavía mareada por la medicación, Eva se puso de pie con dificultad. Con la mano sana, recogió los controles remotos del taxidermista que estaban desperdigados por el suelo.

—No permitiré que muera ninguno de ustedes —dijo mientras pulsaba rápidamente las teclas de los controles. Las celdas comenzaron a flotar por la sala, chocando unas con otras; unas sondas surgieron del suelo; la manguera empezó a rociar disolvente en la celda vacía del acechadunas; las luces del techo se pusieron a parpadear. Finalmente pulsó una tecla que hizo que todas las paredes de las celdas ondularan como membranas líquidas, lo que permitió que los cautivos reptaran, saltaran y revolotearan libres. El acechadunas centró entonces su atención en los animales en libertad y se puso a perseguirlos por el laboratorio. En pleno fragor, Eva buscó a hurtadillas su Omnipod por todo el perímetro de la sala y lo recuperó antes de salir por la enorme puerta, que se cerró automáticamente tras ella.

Se encontró en un pasillo poco iluminado y de techo alto, al estilo de una catedral, que formaba gradualmente una curva. A lo largo del corredor había unas puertas circulares hundidas en las paredes y unos elaborados candelabros con forma de medusa para alumbrar el camino. Unos enormes pilares segmentados trazaban una nervadura en las paredes. Dichos pilares presentaban una textura tan natural que parecía como si en algún momento hubieran estado vivos. Eva se encontraba a escasas puertas del laboratorio cuando oyó unas voces tras la curva.

—¡Por aquí! ¡Apresúrese, Zin! —dijo el taxidermista mientras corría hacia ella. Su agitada voz resonaba en todo el pasillo—. Necesitamos capturar este espécimen de inmediato. No puede huir al museo.

Eva se deslizó entre las sombras de una puerta y aguantó la respiración. Era como escapar de Madr cuando jugaban al escondite.

Pasaron como una flecha a su lado sin verla.

—Era una criatura bípeda muy poco corriente. De alguna manera, llamó al acechadunas y lo obligó a obedecer —prosiguió el taxidermista.

—Fascinante —respondió Zin cuando se detuvieron a la entrada del laboratorio—. ¿Le importaría fumigar la sala antes de que accedamos? Esto debería dejarlos a todos paralizados.

Eva asomó la cabeza de su escondite, aun a riesgo de que la descubrieran.

—¡Se me cayeron todos los controles remotos, incluidos los que dirigen a los guardapilares de emergencia! —el taxidermista parecía desesperado.

—¿Los guardapilares? —Zin se acercó flotando a uno de los pilares junto a la entrada—. No cabe duda de que es un enfoque interesante para anular el peligro... —sacó un control remoto de la chaqueta, lo orientó hacia uno de los pilares y agitó una mano sobre las tres luces que se encendieron en el control.

Eva miró hacia arriba. En la parte superior del pilar se iluminaron tres rendijas, al mismo tiempo que sonaba un gruñido ronco procedente de su interior.

—Sígueme, por favor —le ordenó Zin mientras flotaba hacia la puerta del laboratorio.

Del pilar surgió una larga pierna cuadrangular, seguida de otras dos. Eva abrió los ojos muy sorprendida cuando un autómata de seis metros de alto emergió de la base del pilar. Bajo su extraña coraza parpadeaban sincronizadamente unas hileras de lucecitas desde sus tres piernas hasta sus tres ojos. De sus costados salían unos brazos segmentados que acababan en innumerables garras de todos los tamaños. Eva se hundió en la sombra que proyectaba el hueco de la puerta y observó al guardapilar. Éste se erguía en el elevado pasillo, frente a la puerta del laboratorio, y miraba a Zin.

—Tras esta puerta se encuentra un carnívoro salvaje que ha escapado —le explicó Zin mientras flotaba a su alrededor—. Necesito que entres y que lo inmovilices de inmediato. Utiliza todos los medios que hagan falta, ¿entendido?

El guardapilar respondió a Zin con un gruñido y abrió la puerta. Un cangrejo volador se escapó gorjeando del laboratorio y desapareció en el pasillo. En cuanto entró el guardapilar, la puerta se cerró a sus espaldas.

—Es un poco exagerado, ¿no cree? —preguntó el taxidermista al oír el estruendo que se producía al otro lado de la puerta—. Se supone que sólo debemos utilizarlos si nos atacan. Quizás deberíamos haber llamado a unos guardias reales para que se encargaran del asunto.

—Es posible, pero si ese enorme artrópodo subterráneo es tan mortífero como afirma Besteel, no debemos exponernos a que haya bajas. El guardapilar lo solucionará con eficiencia —dijo Zin alegremente.

Aprovechando que estaban concentrados en la batalla que se libraba en el laboratorio, Eva se escabulló por el pasillo.

CAPÍTULO 28: ARTEFACTOS

Eva Nueve descubrió que el pasillo curvo no era más que un enorme círculo que conducía a misteriosas salas. Con un suspiro de alivio, encontró la salida sin que nadie la descubriera. Cuando la puerta se replegó para abrirse, Eva accedió a la planta superior de una enorme sala abierta con varios niveles.

El techo de la Gran Sala era similar al que había visto en el laboratorio, sólo que mucho más hermoso. Una red de antiguas vigas se entretejía creando una celosía geométrica fascinante que sustentaba un techo abovedado transparente. En el exterior, Eva vio unos vistosos estandartes ondeando en la brisa vespertina, todos ellos adornados con un símbolo consistente en un solo ojo con un iris horizontal.

Por todas partes, transeúntes de todos los tamaños, formas y colores se comían con los ojos las hileras de expositores que se alineaban junto a las paredes con nervaduras. La arquitectura era tan orgánica, tan magnífica, tan mística que Eva olvidó por un momento el peligro que corría y dio un paseo intentando asimilar la grandeza del lugar.

Miró hacia abajo desde el balcón, en dirección al museo. En el centro de la sala estaban expuestos algunos árboles del Bosque Errante perfectamente conservados, con las ramas más altas a escasa distancia del lugar donde ella se encontraba. Suspendidas de las vigas del techo se encontraban diversas criaturas voladoras, paralizadas en pleno vuelo. Eva recorrió el pasillo de expositores mientras buscaba entre la multitud un rostro —cualquier rostro— que se pareciera al suyo. Todos los seres que le devolvieron la mirada tenían cuernos, colmillos, picos y hocicos.

Se abrió paso hasta la gran rampa, deteniéndose en cada uno de los otros tres niveles antes de llegar a la planta baja. Zigzagueando entre el congestionado tránsito de peatones, Eva siguió buscando a otros humanos entre la masa. Pasó junto a los imponentes guardapilares que se alzaban rígidamente, alineados en torno a la Gran Sala, como soportes gigantescos del edificio.

—Por favor, procede de inmediato al tratamiento de los dedos fracturados. Gracias —le recordó la túnica a Eva.

Cuando se acercaba al impresionante expositor de la vida vegetal de Orbona, Eva se deslizó entre los troncos y se ocultó en la espesura. Se dejó caer tras un ejemplar de árbol errante y se aseguró de que los transeúntes no podían verla. Con la mano sana activó el Omnipod.

—Aquí Eva Nueve. Activa la Inspección Médica de Análisis, por favor —susurró—. Es una emergencia.

—IMA activada. ¿Cuál es la naturaleza de tu emergencia?

—Me he roto los dedos de la mano derecha —reconoció Eva con dolor. Recordó entonces las advertencias de Rovender sobre los acechadunas.

—Por favor, coloca el Omnipod sobre la herida —respondió el dispositivo.

Eva sujetó el Omnipod sobre la mano. El ojo central se convirtió en un aparato de rayos X que le permitía analizar el interior de su cuerpo al moverlo por encima. De este modo, pudo ver que los finos huesos de la primera falange del anular y el meñique se habían partido por la mitad.

—El *digitus annularis manus* y el *digitus minimus manus* han sufrido fracturas sencillas en la región proximal. Accediendo a la utilitúnica HRP para proceder al entablillado. Por favor, espera —dijo el Omnipod.

Eva asomó la cabeza por detrás del árbol y constató que, en el ajetreo del Museo Real, nadie parecía prestar atención a la muchacha que se ocultaba en el expositor.

—Extrae la puntera de goma reforzada situada en el interior de la bota derecha —le ordenó el Omnipod mientras proyectaba un diagrama que le mostraba cómo retirar la estructura con forma de U alojada en la punta del calzado.

Eva apoyó en el suelo el Omnipod y se quitó de un jalón la bota derecha, intentando mover lo mínimo la mano herida. Extrajo la puntera con forma de U.

—Bueno —dijo—. La tengo.

—Coloca los dedos fracturados dentro de la puntera, como se indica —el Omnipod ilustró las instrucciones y Eva las siguió—. Retira el puño de la manga izquierda de la utilitúnica —indicó el dispositivo. Las climatifibras del puño izquierdo se descosieron y éste se desprendió—. Ahora envuélvelo con firmeza en torno a la puntera, como se indica.

Eva obedeció las instrucciones. Hizo una mueca de dolor y apretó los dientes cuando ajustaba el vendaje en torno a la puntera, que actuaba como una férula.

—Entablillado completo —concluyó el Omnipod—. Evita cualquier actividad que pueda agravar la herida y mantén el vendaje limpio y seco. Realiza una IMA cada veinticuatro horas para comprobar su estado. Gracias.

Eva se puso la bota y guardó el Omnipod en el bolsillo. Se escabulló fuera de su escondrijo y se mezcló con la multitud de visitantes del museo.

Cuando recorría la Gran Sala, descubrió que había una entrada en ambos extremos. Eva corrió hacia la entrada más cercana, la trasera, para lo que tuvo que pasar junto a una manada de osos de agua expuestos en actitud de pastar. Casi había llegado cuando divisó a Besteel.

Aprovechando que le daba la espalda, Eva se deslizó tras un enorme depósito lleno de peces araña y se puso a observarlo. El cazador volvió la cabeza mientras hablaba con un encargado del museo, y entonces Eva se dio cuenta de que no era Besteel, sino simplemente un dórceo cualquiera. Dejó escapar un suspiro de alivio y se dirigió en sentido opuesto, hacia la entrada principal, para ponerse a salvo.

A medida que se acercaba a la puerta, apretaba el paso. Sentía la calidez del sol vespertino atravesando los ventanales. Estaba a punto de atravesar la puerta cuando algo le llamó la atención.

Algo en uno de los expositores. Lo que atrajo su atención se encontraba en un pasillo a la izquierda. Eva se detuvo ante la puerta principal mientras la muchedumbre pasaba a su lado. Hipnotizada, caminó lentamente hacia el pasillo de ese expositor. Aunque a la entrada del pasillo colgaba un artefacto volador con motitas doradas, sus ojos se fijaron en la imagen iluminada de debajo que daba la bienvenida a los visitantes de la exposición.

Tras un espeso cristal estaba expuesto un mugriento chaleco amarillo, colocado por encima de unas largas mangas que recubrían unos emblemas desgastados. Debajo había un par de calcetines de lana sucios y arrugados y una solitaria bota de deporte. A su lado podía verse todo un despliegue de modelos de Omnipod anticuados y deslustrados. Por todas partes a su alrededor, flotaban unas burbujas de cristal sobre las que se proyectaban las leyendas explicativas. Eva no entendía los símbolos proyectados, pero recordó lo que le había dicho Rovender sobre su WondLa.

"He visto objetos similares en el Museo Real de Solas".

Accedió a la exposición y estudió los objetos ruinosos dispuestos en las vitrinas: una colección de cucharas corroídas, montones de tazones medio rotos, hojas de electropapel estropeado, una holobombilla resquebrajada y la inconfundible cabeza de un robot, desprovista de su cutis de silicona desde hacía mucho tiempo.

Eva se echó bruscamente hacia delante y apoyó la frente sobre el cristal del expositor.

"Bueno, esto es una prueba definitiva", pensó. "Madr y yo no estábamos solas en este planeta".

—Pero ahora parece que sí lo estamos —susurró Eva sin dejar de mirar los ojos inertes en la cabeza de robot. Tenía el cráneo destrozado y le faltaba la parte superior.

Eva sintió que la piel del cuello se le ponía de gallina cuando, sin moverse, vio la cara familiar del taxidermista reflejada en el cristal junto a ella. Se dio la vuelta ahogando un grito. La criatura rechoncha miró a la muchacha con aire despectivo y dijo con su voz nasal:

—De nada sirve que corras. No puedes escapar —detrás de él, flanqueándolo, había dos guardias reales cubiertos con un casco. Cada uno de ellos sujetaba un resplandeciente rifle sónico, bellamente decorado.

La rígida boca de un rifle empujó a Eva por la espalda y la hizo entrar a tropezones en el laboratorio del taxidermista.

—¡Ay, eso duele! —se quejó mientras forcejeaba con las apretadas ataduras de sus brazos.

—¡Ah, habla! —dijo el taxidermista emocionado—. Supongo que llevas encima un transcodificador de voz —les hizo un gesto con la cabeza a los guardias—. Regístrenla.

Un alto guardia cacheó a Eva y dejó los objetos que encontró sobre una mesa blanca: el transcodificador vocal, varios controles remotos robados, una SustiBarra medio comida y el Omnipod.

"Esto no pinta nada bien", pensó Eva.

—¡Fantástico! —el taxidermista examinó detenidamente el Omnipod a través de sus gruesas gafas dándole vueltas en sus pequeñas manos—. Guardias, gracias por su colaboración. Informen al Conservador Zin que hemos encontrado a la fugitiva. En breve la prepararé para la reina.

"Menos mal que me encuentro dentro del alcance del transcodificador y entiendo lo que dice".

Los guardias reales abandonaron la sala por la puerta que era como un abanico. Un cangrejo volador, todavía en libertad, se rio desde lo alto de una celda vacía.

"Buen trabajo. Esto está patas arriba", pensó Eva.

—La que has montado —dijo el taxidermista mientras pulsaba una tecla del control remoto. Una celda vacía flotó hasta el centro de la sala—. Nos llevará bastante tiempo limpiarlo todo —el taxidermista recuperó uno de los controles robados.

Eva miró a su alrededor y vio que había una mancha de color verde amarillento esparcido por todo el laboratorio, antes blanco y estéril. No había ni rastro del acechadunas.

"Tengo que salir de aquí".

—Ya veo por qué Besteel quería renegociar su cometido tras tu captura —dijo el taxidermista. Pulsó otra tecla y la pared de cristal de la celda se puso a ondular como una membrana acuosa—. Debe haberle costado mucho trabajo cazarte. Pero a Besteel le encantan las buenas cacerías, de eso no cabe duda.

Eva miró ferozmente a los numerosos ojos del taxidermista.

—Destruyó mi hogar. Casi me mata. No hay razón para que hagas esto. Deja que me vaya, por favor —dijo Eva.

—Para ser la habitante de una mugrienta madriguera, hablas mucho —el taxidermista soltó una risita y empujó a Eva dentro de la celda. La muchacha atravesó la membrana y cayó de bruces en el suelo. Intentó incorporarse rápidamente para saltar fuera, pero la pared membranosa se había solidificado, convirtiéndola en su prisionera. Entonces una fina varilla se elevó en el suelo de la celda.

—¡Por favor, no lo hagas! ¡Yo no te he hecho nada! —suplicó Eva con los ojos empañados por las lágrimas. Sentía el cuerpo entumecido por la medicación, pero a pesar de todo temblaba de miedo.

—Serás una adquisición fantástica para nuestra colección —el taxidermista acopló la manguera a la base de la celda de Eva y dirigió hacia ella el control remoto.

CAPÍTULO 29: MARCAS

—¿**Q**ué tenemos aquí? —Zin atravesó flotando las puertas en abanico del laboratorio. Tras él entraron varios guardias reales, seguidos por una criatura altísima ricamente vestida.

—Conservador Zin, Majestad —dijo el taxidermista al acercarse a la reina y besar uno de los colgantes que pendían de su adornado cuello.

Nervioso, echó una mirada al desordenado laboratorio, como si fuera uno de sus cautivos—. No esperaba su visita. Me siento… honrado.

La reina asintió y se adentró majestuosamente en la sala, dejando atrás a sus guardias.

Aunque todavía faltaba mucho para que la niebla mortífera la congelara, Eva aguardaba su destino paralizada por el miedo.

Un par de ojos tornasolados, ambos con un iris horizontal oscuro, observaban a la muchacha. El rostro nacarado y translúcido estaba decorado con unas marcas pintadas, semejantes a unas volutas. La cabeza angulosa estaba envuelta en un doble cuello de volantes y ornada con una corona de vistosos hongos y líquenes. Por encima de ella flotaba un gran transcodificador vocal, que seguía a la reina a cada movimiento que hacía.

—Ésta es la criatura que le he comentado, Majestad —dijo Zin, flotando a su lado—. Nos la entregó Besteel como parte del cometido que le ha sido impuesto. Creo que podría estar relacionada con los artefactos que desenterramos en aquel yacimiento remoto al sur —ambos miraron fijamente a Eva. Al lado de la imponente Reina Ojo, Zin parecía pequeño, como un pajarillo revoloteando a su alrededor.

—Si se me permite, me gustaría añadir —dijo el taxidermista tras carraspear— que este bicho se escapó momentáneamente. Lo capturaron en la Sala de los Artefactos, cerca de los objetos que ha mencionado usted, Conservador Zin.

Venciendo su nerviosismo, Eva se puso en pie ante la reina.

—¿Es usted… es usted la Reina Ozo?

—Se llama Ojo. O-jo —se burló de ella el taxidermista.

La Reina Ojo miró a Zin.

—Habla un dialecto extraño, Majestad —dijo Zin intrigado—. Hasta ahora no había oído nada parecido.

—¿Puede… ayudarme? —Eva intentó ignorar el frío que la agarrotaba. Los brazos, que le habían atado por delante, le temblaban hasta los hombros.

—¿No debería besar nuestra sagrada tierra antes de hablarle a Su Majestad? —preguntó el taxidermista, buscando la aprobación de Zin.

La boca de la reina se abrió lentamente, como los hologramas de peces respirando bajo el agua que Eva había visto. La voz que brotó era ronca y discontinua, como una olla con un guiso espeso a punto de desbordar.

—¿Qué eres? —le preguntó.

Eva echó una mirada rápida a Zin antes de responder:

—Soy… Soy Eva. Eva Nueve.

—Una Eva Nueve, Reina Ojo —repitió Zin—. Fascinante.

La reina dio una vuelta alrededor de la muchacha cautiva, estudiándola.

—¿Había más con ella? —preguntó.

—Besteel no mencionó nada —respondió el taxidermista, que caminaba detrás de la reina.

—Majestad —suplicó Eva—. No sé por qué estoy en su planeta. Me crié pacíficamente en mi hogar subterráneo, que destrozó su cazador, Besteel. Desde entonces intento encontrar a los míos —Eva se dirigió a los demás presentes en el laboratorio, que también miraban y escuchaban—. Rovi y Madr... ah, y Otto... y yo... hemos venido a Solas con la esperanza de encontrar alguna pista. Si dejan que me vaya, proseguiré mi búsqueda. Me iré de inmediato, lo prometo.

Eva vio que los ojos de la reina, perfilados de negro, cambiaban de color mientras la evaluaba. La Reina Ojo se volvió hacia la mesa donde habían colocado las escasas pertenencias de la muchacha.

—Es decir que... ¿hay otros como tú? ¿No estás sola?

Eva no estaba segura de cómo responder a la pregunta. Se movió intranquila.

—¿Como yo? —dijo mientras se echaba bruscamente hacia atrás en su celda—. No. No exactamente como yo.

—¿Entonces eres la única que existe? —la reina se volvió hacia ella.

—Pues… No lo sé —Eva sentía la garganta seca—. Espero que no.

La Reina Ojo estudió su reacción. Atravesando a la muchacha con su brillante mirada, la soberana ordenó:

—Traigan a Besteel, nuestro hábil cazador. Me gustaría hablar con él.

—Parece que, a efectos prácticos, la misión inútil que le encargó se ha convertido en una empresa muy productiva —reflexionó Zin.

—Sí, efectivamente —la reina posó sus ojos de nuevo en Eva y se dio la vuelta para marcharse—. Preparen a este fósil viviente, con todas sus reliquias, para exponerlo. Será una adquisición destacada en la colección de mi museo.

A Eva se le paró el corazón. Su cuerpo no dejaba de temblar mientras golpeaba el cristal.

—¡No! ¡No! ¡Por favor! ¡Dejen que me vaya! ¡Por favor, no lo hagan! ¡Por favor!

La Reina Ojo salió solemnemente de la sala, seguida por sus guardias reales. Zin se acercó flotando a la celda.

—Primero inmovilicemos al espécimen. Deseo examinarlo minuciosamente antes de prepararlo para su exposición.

—Como desee —accedió el taxidermista.

—¡No! ¡Por favor! —Eva sollozaba mientras golpeaba el cristal con las manos. Se dejó caer al fondo de la celda, junto a la varilla.

Pensó en la primera vez que había oído el canto de Otto…

… En Rovender dándole un vox…

… En Madr cantándole una nana mientras la bañaba cuando tenía tres años…

… En la imagen deteriorada de un robot dándole la mano a una niña con un adulto al lado, sonrientes. Felices. Adentrándose en un mundo radiante y maravilloso.

—¡Alto! —la aguda voz de Zin sonó alta y clara como la de un grillo.

Flotó hasta la pared de la celda y examinó el brazo izquierdo de Eva.

Su muñeca.

La marca de su muñeca.

Un círculo dentro de otro círculo.

—¿En qué lugar recibiste este jeroglífico? —preguntó Zin abriendo y cerrando sus ojillos.

Eva alejó el brazo de la pared de la celda.

—Alguien me lo concedió. Pero ¿por qué debería decírtelo?

Al enjugarse las lágrimas, Eva comprobó que Zin estaba nervioso. Se puso a trajinar por el laboratorio, hablando consigo mismo. El taxidermista también percibió este peculiar cambio en su comportamiento.

—¿Desea que prosiga, Conservador? —preguntó.

—¡No! —Zin revoloteó de nuevo hacia la celda—. No. Solicito un estudio en vivo de esta especie de Eva Nueve. Sí. Que la envíen de inmediato a mi estudio… No. Da igual. Suelte ahora mismo al espécimen y yo lo acompañaré personalmente a mi estudio.

—Disculpe, señor —dijo el taxidermista, apuntando con el control remoto hacia la celda—, pero la reina acaba de ordenar que…

—Sí, sí —lo interrumpió Zin—. Asumiré personalmente la responsabilidad e informaré a Su Majestad que he rectificado sus órdenes sobre el futuro de este ejemplar.

—Lo que usted diga —el taxidermista pulsó una tecla de otro control remoto. La varilla situada en la base de la celda de Eva se hundió en el suelo y las paredes se transformaron de nuevo en una membrana gelatinosa. Eva saltó fuera.

Con los ojos enrojecidos y la nariz moqueante, se volvió hacia Zin y preguntó:

—¿Y ahora qué?

Él recogió sus pertenencias, incluido el Omnipod.

—Ahora vas a acompañarme, Eva Nueve.

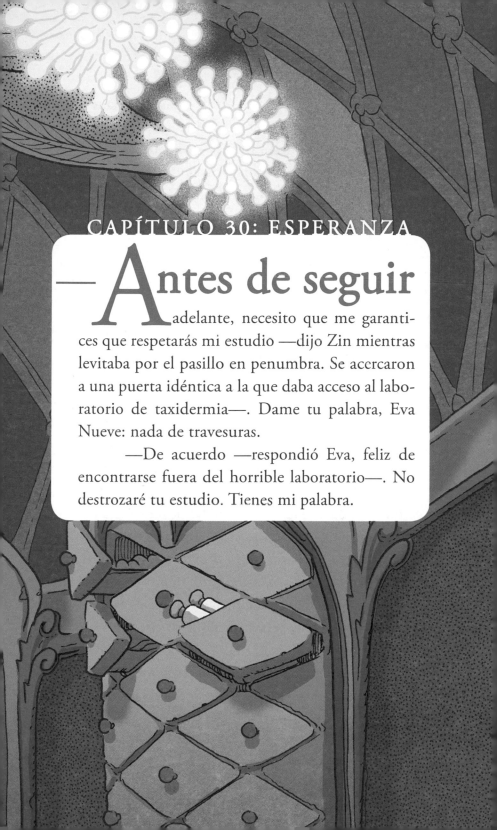

—**A**ntes de seguir adelante, necesito que me garantices que respetarás mi estudio —dijo Zin mientras levitaba por el pasillo en penumbra. Se acercaron a una puerta idéntica a la que daba acceso al laboratorio de taxidermia—. Dame tu palabra, Eva Nueve: nada de travesuras.

—De acuerdo —respondió Eva, feliz de encontrarse fuera del horrible laboratorio—. No destrozaré tu estudio. Tienes mi palabra.

—Muy bien —dijo Zin, y pasó la mano por delante de un ojo en el centro de la puerta, lo que hizo que ésta se abriera deslizándose—. Puedes entrar.

—Te contaré la historia del jeroglífico, pero antes de continuar… —Eva se detuvo en el umbral y miró a Zin de arriba abajo—. Dame tu palabra de que me ayudarás a salir de aquí.

—Emplearé todos los medios posibles para intentar liberarte —respondió Zin cruzando los brazos—. Tienes mi palabra.

Eva asintió y entró en el gran estudio de Zin. La habitación, dotada de una claraboya abovedada, estaba sumida en las sombras, pues el crepúsculo teñía el mundo exterior de azul oscuro. El espacio de trabajo estaba rodeado con unos apliques gigantescos semejantes a tulipanes, cuyos exteriores estaban recubiertos de innumerables cajones con forma de diamante. Una mesa circular, baja y amplia, dominaba el centro del estudio, llena de plantas, animales, artefactos y diversas herramientas, todo disecado. Justo encima, pendía del techo de celosía un impresionante candelabro que a Eva le recordó a una estrella de mar, con multitud de pies ambulacrales que emitían un suave resplandor.

—Por favor, permíteme que te las quite —dijo Zin, y cortó las ataduras de Eva—. Es *Morrenia laquem*, más comúnmente denominada "cuerdaprieta" —depositó las cuerdas que la habían mantenido atada sobre la mesa de trabajo—. Es una especie vegetal autóctona cuyos tallos se contraen naturalmente cuando los jalas. Una manera muy ingeniosa de protegerse contra los herbívoros.

Eva se frotó los antebrazos, donde había estado enrollada la cuerdaprieta.

—Ya, ya lo sé —rememoró la ocasión en que Besteel los había colgado a Rovender y a ella del pie.

—Bueno, a estas alturas ya deberías haberte dado cuenta de que no pretendo hacerte daño —Zin levitó frente a Eva, con los ojos clavados en su marca de la muñeca—. Aclárame ahora el misterio de este jeroglífico. Dime, ¿dónde lo conseguiste?

—Primero dime tú —dijo Eva señalando a la criatura flotante—: ¿por qué matas todo lo que cazas y lo pones en un expositor?

—¿Yo? —Zin se ofendió—. Yo no ejecuto a ningún ser vivo. Eso es responsabilidad del taxidermista. Mi función consiste en recabar conocimientos a través de la observación y el estudio. Sólo así podemos conocer a fondo un organismo.

—¿Cómo puedes conocer algo si lo matas? —Eva se alejó de él.

—Cierto, debe perecer, Eva Nueve. Pero es una representación, un exponente de su especie —los ojos de Zin refulgían mientras flotaba por el estudio, bajo el cielo oscuro y nublado del exterior. Prosiguió—: Existe una gran abundancia de conocimientos que pueden adquirirse simplemente arrancando las capas exteriores y examinando lo que se encuentra debajo. Ahora bien, podrías suponer que en el interior de todos los organismos vivos subyace una constante, un plano, por decirlo de algún modo, que es siempre parecido independientemente de la forma o el entorno en el que medra el organismo. Sin embargo, tu teorema sería erróneo. No existe ninguna constante, sólo variables, aunque todos los organismos luchan por alcanzar un objetivo común.

—¿Y qué objetivo es ése? —Eva contempló la colección de plantas y animales sobre la mesa de Zin.

—Entender eso, Eva Nueve, es entender uno de los misterios más grandes del universo: ¿por qué estamos aquí? —Zin flotó hasta ella, con una mirada de satisfacción vanidosa en su cara redonda.

—Pero ¿no podrías preguntar? ¿O hablar? —Eva abrió un cajón. Estaba lleno de transcodificadores. Cogió uno mientras se decía a sí misma—: Podemos conseguir tantas cosas si simplemente invitamos a los demás…

—Perdona, ¿qué has dicho? —Zin planeó hasta ella.

—Nada —se volvió hacia él—. Estoy segura de que el oso de agua que mataste podría haberte contado muchas cosas si se lo hubieras pedido.

—Qué tontería —dijo Zin mientras cerraba el cajón—. Esas criaturas se comunican a través de medios primitivos, probablemente para relacionarse con la manada, cuidar las crías y aparearse. He estudiado numerosas formas de vida similares en varios planetas parecidos.

—Estás equivocado. Hablan —replicó Eva apoyando la mano en la cadera—. Mi mascota es un oso de agua que se llama Otto y habla conmigo todo el tiempo.

—Eso es una auténtica estupidez —Zin cruzó sus numerosos brazos.

—Bueno, a ver qué me dices ahora —Eva echó a caminar alrededor de la enorme mesa—. Si me matas, jamás sabrás dónde o cómo conseguí esta marca, o quién me la hizo —arguyó.

Zin se dejó caer delante de ella y dijo en voz baja:

—Basta de juegos, Eva Nueve. Tengo que saber dónde se encuentra la criatura que imprimió sobre ti este jeroglífico.

—¿Por qué? —Eva cruzó los brazos.

—¿Que por qué? No tengo que satisfacer tus dudas. Simplemente…

—Dime por qué —lo interrumpió Eva—. Y dime de dónde sacaste el chaleco, los Omnipods y los demás objetos… Entonces te responderé.

—¿Cha… leco? ¿Omnipods? ¿Es así como se llaman los artefactos incluidos en la colección del museo? —preguntó Zin.

—Dime de dónde los sacaste —repitió Eva.

—No, habla tú primero —la animada voz de Zin había subido de tono. Eva no dijo nada—. Si no colaboras, Eva Nueve —la amenazó, agitando un re-choncho dedo ante ella—, me veré obligado a llevarte de vuelta al laboratorio del taxidermista.

Eva tragó saliva y disimuló un estremecimiento.

—Adelante. Hazlo —Zin flotaba a unos cen-tímetros de la cara de Eva. La muchacha vio que su piel marfileña estaba recubierta de una fina pelusilla blanca, como un melocotón, al contrario que la de Arius, que presentaba la textura de un champiñón.

Eva se mantuvo tranquila. Se mantuvo firme.

—¡Puf! Está bien —Zin pestañeó y se alejó de ella flotando hacia la puerta. Con un movimiento de la mano, bloqueó un mecanismo de la puerta. Mientras seguía de espaldas, Eva apagó el sistema de monitorización EscanCuerpo de la túnica y buscó el Omnipod. Lo localizó en la atestada mesa de tra-bajo de Zin, entre sus demás posesiones. Lentamente, avanzó hacia allí.

—¿Sabes el significado del símbolo que tienes grabado en la piel? —Zin apareció de repente junto a Eva.

Ella se encogió de hombros.

—Tiene varias interpretaciones —le explicó mientras flotaba a su lado—. Un círculo dentro de otro círculo. Significa "renacer" o "despertar", como una yema que se incuba bajo una cáscara de huevo.

Eva bajó la mirada hacia la marca.

—También puede interpretarse como "un mundo dentro de un mundo", o "un mundo oculto"

—Zin se detuvo frente a ella—. Es decir, si crees en las supersticiones. Si es así, sólo el tiempo te revelará su significado verdadero.

Eva observó a Zin cuando le cogió la mano. Deslizó sus deditos por encima de la marca y dijo con solemnidad:

—También es la marca de alguien que conozco. Has encontrado a mi hermana Arius. Una hermana con la que no he hablado en mucho tiempo.

Eva prestó atención.

—Verás, somos cuatro hermanos —dijo Zin suspirando—. Tengo un hermano y dos hermanas. Llegamos a este planeta hace muchos siglos, invitados personalmente por Su Majestad, el Rey Ojo, para que lo acompañáramos en su viaje a Orbona.

Eva cogió su SustiBarra de la mesa y la desenvolvió.

—¿Es el marido de la Reina Ojo? —preguntó.

—El padre —respondió Zin—. Me quedaría corto si te dijera que yo estaba emocionadísimo con viajar hasta aquí. Ansiaba el descubrimiento y la iluminación que conllevaba adentrarse en un territorio desconocido. Sin embargo, cuando llegamos y comenzamos la construcción de la ciudad, hubo… complicaciones.

Eva se sentó con las piernas cruzadas sobre la mesa, cerca de sus pertenencias. Le dio un mordisco a la barra de color avena.

—¿Complicaciones? —preguntó—. ¿De qué tipo?

La animada voz de Zin bajó de tono.

—Principalmente con mi hermana Darius, que aborrecía este lugar. Desde que aterrizamos aquí, no dejaban de perseguirla las visiones de su pasado violento y brutal, un pasado que ella intentó bloquear. Sin embargo, los oscuros recuerdos la bombardeaban de noche cuando dormía y de día cuando meditaba. Al final huyó en busca de refugio; un prado, un lago, una montaña, que sólo tuvieran un pasado pacífico... un lugar lleno de tranquilidad —Zin se dejó caer hacia el suelo, como una hoja desprendida de un árbol—. Se aisló de todos nosotros. No he vuelto a saber nada de ella.

—Pero yo no conocí a Daria —dijo Eva con el ceño fruncido.

—Darius —la corrigió Zin con dulzura—. No, conociste a Arius. Darius murió en circunstancias misteriosas hace algún tiempo.

—Oh, no —dijo Eva bajando la mano con la que agarraba la SustiBarra—. Lo siento.

—Mi hermano y mi otra hermana se sintieron disgustados, lógicamente —Zin revoloteó hacia la claraboya—. Querían encontrarla y abandonar Orbona de inmediato.

Eva observó a la criatura, que miraba el cielo nocturno.

—Pero no lo hicieron, ¿verdad? —preguntó.

—Le había prometido a la familia Ojo que me quedaría aquí como asesor. No podía desatender las responsabilidades que tenía hacia ellos, o hacia mí mismo —Zin paseó la mirada por el exterior, sin moverse—. Mi familia me abandonó e interrumpió la comunicación conmigo —había resentimiento en su voz—. Simplemente no entendían la presión a la que me enfrentaba.

—Pero son tus hermanos —dijo Eva enérgicamente—. ¿Sabes lo afortunado que eres por tener un hermano y una hermana?

—La fortuna no tiene nada que ver con esto, Eva Nueve —dijo Zin mientras se sorbía los mocos. Descendió hasta ella—. Pero, como me sugeriste con respecto al tardígrado, tengo que hablar con ellos, empezando por Arius.

—¿Por qué? —Eva se inclinó hacia delante, curiosa.

—Me intrigan las circunstancias que rodean la muerte de mi hermana. Aunque eso no viene al caso, en lo que se refiere a ti —era evidente que Zin estaba impacientándose—. Bueno, ahora dime tú, ¿dónde vive Arius?

—¿Vas a ir a verla? —preguntó Eva. Intentó imaginarse qué pensarían los halcyonus al ver a otro ser como Arius flotando en su aldea.

—No he abandonado este recinto protegido desde que nos instalamos aquí —respondió Zin—, pero siento que ha llegado el momento. Necesito ver a mi hermana.

—Me dijo mi futuro, ¿sabes? —dijo Eva mirando la marca de su piel.

—¿En serio? —Zin se rio entre dientes—. ¿Y recuerdas alguna de sus divagaciones?

Eva cerró los ojos y se concentró en las palabras que Arius había recitado.

—Dijo algo como que me recibirían en una corte —con los ojos cerrados, intentó recordar el resto de la buenaventura.

—Podría ser perfectamente Solas —Zin se frotó el mentón, pensativo—. No cabe duda de que te han "recibido" aquí.

Un relámpago atravesó el cerebro de Eva.

—¡Espera! Mencionó algo sobre un hermano que me indicaría el camino… ¡A lo mejor eres tú!

—Quizás —dijo Zin volviéndose hacia Eva—. ¿Qué camino buscas, Eva Nueve?

Eva pensó en el WondLa. Era un retal frágil e insignificante comparado con todos los objetos que contenía el Museo Real. Sin embargo, era su retal: ella lo había encontrado. Alguien lo había dejado para que lo encontrara ella.

—Quiero saber dónde están todos los humanos. Mi gente —Eva sintió una energía renovada—. Vi todos los objetos de la exposición. ¿De dónde proceden?

—Existe un lugar lejano, a bastante distancia de aquí. Me han dicho que hay que cruzar un desierto grande y peligroso para encontrar ese lugar maldito. Las escasas reliquias que tenemos fueron recuperadas con grandes esfuerzos. Muchos exploradores se aventuran en el páramo, pero pocos regresan. Sin embargo, quienes lo consiguen, describen los impresionantes restos de una civilización antigua enterrada bajo la arena —dijo Zin mientras inspeccionaba un tenedor corroído.

Otro relámpago iluminó a Eva.

"Arena".

—En las arenas del tiempo, la ninfa encontrará la respuesta a la pregunta que ha atormentado a tu alma —recitó.

Eva se quedó mirando a Zin un instante, mientras procesaba.

—Tengo que ir a esa ciudad antigua —dijo Eva tras aclarar sus ideas.

—Y, según Arius, yo debo ayudarte —replicó Zin.

—¡Allí encontraré a mi gente!

—Deberías tener más cuidado con tus suposiciones, Eva Nueve —Zin flotó hasta uno de los cajones superiores y lo abrió—. Me figuro que tu "gente", como tú dices, vivió allí en algún momento. No obstante, si nos basamos en los objetos que hemos desenterrado, seguramente fue en el pasado remoto.

—Pero quizás ahora vivan bajo tierra, como yo —Eva recogió el Omnipod y sus demás posesiones y se lo metió todo disimuladamente en los bolsillos.

—Está en ruinas, Eva. He visto cosas así en numerosas ocasiones. Las civilizaciones no pueden prosperar durante mucho tiempo antes de destruirse a sí mismas —dijo Zin mientras rebuscaba en el cajón.

—Pero tengo que ir —insistió Eva, y se bajó de un salto de la mesa—. Debo asegurarme.

Zin descendió planeando hasta ella. Sujetaba en una mano un cristal, toscamente tallado con la forma de un cubo, mientras con otra mano enroscaba a su alrededor unos hilos de colores, para sujetarlo. En cuanto acabó, ató los hilos con una larga lazada y formó un collar que le colgó a Eva del cuello.

—Esto te revelará a dónde deseas dirigirte. Basta con que lo alumbres con una luz —le explicó.

Eva agarró el cristal esmerilado y lo observó entrecerrando los ojos.

—Gracias, Zin —dijo alzando la vista hacia la criatura.

—De nada —él la miró con ojillos chispeantes.

—Tu hermana está en Lacus. Vive en una pequeña cabaña, situada en la hilera superior de la segunda torre desde la costa.

Zin asintió con la cabeza como agradecimiento.

—Espero que la encuentres, y espero que arreglen las cosas —dijo Eva, asintiendo a su vez. Pensó en Madr.

—Ten cuidado, Eva Nueve —Zin cruzó sus numerosos brazos—. La esperanza sólo es tu amiga cuando todo va bien.

Eva se acurrucó

bajo una gruesa manta dentro de uno de los enormes cajones del estudio de Zin. La rechoncha criatura se había marchado para informar a la Reina Ojo que tendría en "observación" a Eva con la esperanza de aumentar sus conocimientos sobre esta misteriosa especie.

En la habitación vacía y oscura, Eva intentó ponerse en contacto con Madr. No estaba segura de cómo reaccionaría Zin si la viera comunicándose con el robot, por lo que esperó a estar sola. Para gran alegría de Eva, tenía un mensaje de ella en el Omnipod.

—Eva, tesoro —dijo la cabeza de Madr flotando sobre el dispositivo—, por el momento estoy ilesa. Besteel me capturó cuando estaba en el agua, y dejó atrás al pobre señor Kitt y a Otto. Me llevó a un campamento en lo más profundo del bosque, donde el malvado animal me amarró a un árbol, junto a otras presas que había cazado —el mensaje del robot siguió adelante, aunque plagado de interferencias—. Me pareció que se comunicaba con alguien, aunque no fui capaz de descubrir con quién. No quería arriesgarme a ponerme en contacto contigo en el campamento, ya que temía que descubriera que estabas bien. Ahora, sin embargo, me encuentro en una red bajo su planeador, y deduzco por lo que he visto que nos dirigimos a Solas. No sé cuándo llegaremos, ni qué destino me aguarda. Quizás tú ya lo has descubierto. Pero espero, a pesar de todo, reunirme allí contigo. Sé fuerte, tesoro.

—Fin de los mensajes —concluyó el Omnipod.

—¿Puedes ponerte en contacto con Madr, por favor? —le susurró Eva al Omnipod.

—Intentando la conexión por voz con Multimecanismo de Auxilio en Dispositivo Robótico cero seis... —susurró a su vez el dispositivo.

Eva asomó la cabeza fuera de su cama improvisada. Todavía estaba sola.

—Lo lamento, Eva Nueve —dijo el Omnipod—. Estoy experimentando interferencias procedentes de la ubicación actual de Madr. Sugiero volver a intentarlo más tarde.

—Pero ¿está bien? —Eva se quedó mirando al brillante ojo central del dispositivo.

—Lo más probable es que sí —respondió—. Su última transmisión se realizó sobre mar abierto. Cuando envió el mensaje se estaba produciendo una actividad eléctrica considerable en la atmósfera. Seguramente está interfiriendo ahora con nuestro intento de conexión.

—De acuerdo —suspiró Eva, expulsando la tensión acumulada a lo largo del día. Se concentró entonces en su mano herida. Los dos dedos rotos palpitaban con un dolor sordo encima de los nudillos, pero estaban bien sujetos en la férula provisional. El vendaje que le cubría la palma de la mano se había endurecido por el adhesivo procoagulación y la sangre seca. Pronto tendría que retirar la venda y limpiar la herida.

"Madr me puede ayudar", pensó, "Será perfecto. Besteel trae aquí a Madr, convenzo a Zin para que la libere y nos dirigimos a la ciudad antigua, donde encontraré a otros humanos y viviremos felices y comeremos perdices".

Agotada, Eva se cubrió la cabeza con la manta y se sumió en un sueño profundo.

Los rayos de sol que se filtraban a través de la claraboya abovedada iluminaron el rostro de Eva Nueve. Bostezando, se desperezó y salió a gatas de su cajón-cama. Enseguida se dio cuenta de que el Omnipod estaba pitando para llamar su atención. Eva recorrió con la mirada la habitación, pero no vio a Zin por ningún lado.

—Aquí Eva Nueve —dijo—. Procede.

—Buenos días, Eva Nueve —respondió el dispositivo—. Esta noche he seguido la trayectoria de Madr cero seis para que tú pudieras descansar.

—¿Dónde está ahora? —Eva se puso sus botas de deporte.

—En este edificio, donde previamente estuviste cautiva —informó el Omnipod.

—¡El laboratorio de taxidermia! —Eva agarró la pesada manta, se la echó por encima de la cabeza, como si fuera una capucha, y salió del estudio de Zin.

El pasillo desierto que llevaba al laboratorio no era muy largo. A pesar de ello, Eva mantuvo la cabeza gacha y caminó sin vacilar por miedo a que la descubrieran. Cuando llegó allí, se puso a escuchar tras la puerta cerrada.

—No cabe duda de que alguien está hablando —susurró para sus adentros.

"Pero ¿quién?", pensó. "Si es Besteel, estoy perdida".

—¿Puedes detectar los sonidos de la habitación? —le dijo en un suspiro al Omnipod.

—Sí —respondió el Omnipod—. Basta con que apoyes el dispositivo sobre una superficie, como una pared, y que acerques el oído —un diagrama tridimensional animado ilustró las instrucciones.

—Ya entiendo —dijo Eva mientras recorría con la vista el pasillo vacío. Después, apoyó el dispositivo contra la puerta.

—No estaba seguro de cómo quería que procediera —decía el taxidermista—. Intenté con la eutanasia habitual, pero no funcionó. Y tampoco habla ninguna lengua universal, por lo que no tengo ni idea de qué dice.

—Mmm… —Zin también se encontraba en la sala—. Besteel se ha reunido con Su Majestad para informarle de las circunstancias exactas que rodean a estos dos ejemplares. Me sorprende que una especie antigua haya conseguido sobrevivir en condiciones tan catastróficas.

—Efectivamente —respondió el taxidermista—. ¿El otro ejemplar todavía está bajo su custodia? ¿No lo destrozó todo, como sucedió aquí?

—En absoluto —Zin parecía muy seguro de sí mismo—. Anoche hablamos sobre su sociedad primitiva, pero estaba cansado, probablemente porque le cuesta aclimatarse a este entorno. Espero obtener más información antes de prepararlo para la exposición.

Eva hizo una mueca.

—Preparemos los otros especímenes que nos han entregado —ordenó Zin.

—Como desee, Conservador —respondió el taxidermista—. ¿Y la máquina orgánica?

—Se trata de un hallazgo sorprendente —dijo Zin con auténtico fervor—. Una reliquia rudimentaria pero operativa, fabricada por manos extintas. Me muero de ganas de desmontarla para descubrir cómo funciona.

"¡Está hablando de Madr!"

—Ya es hora de que nos vayamos de aquí. Todos nosotros —dijo Eva. Metió la mano en el bolsillo de la túnica y sacó el control remoto del guardapilar, propiedad de Zin.

"Me alegro de que no me agarrara robándoselo cuando recuperé el Omnipod", pensó. Dirigió el control remoto hacia el guardapilar más cercano y agitó la mano sobre las tres luces. El gigante abrió los ojos y miró hacia abajo, en dirección a la muchacha, mientras saludaba con un gruñido.

—Sígueme —le ordenó— y haz lo que yo te diga —Eva abrió la gran puerta circular del laboratorio.

—¡Eva Nueve! —los ojillos de Zin se abrieron como platos por la sorpresa—. ¿Qué está pasando? —el guardapilar entró detrás de ella.

—¡Otra vez no! —gimoteó el taxidermista, y salió correteando. En el centro de la sala había una celda que contenía a un robot.

—¡Madr! —a Eva la tranquilizó comprobar que el robot no estaba herido. Buscó con los ojos al taxidermista, que se había escondido, y descubrió su cuerpo rechoncho detrás de una celda llena de insectos revoloteantes. Lo llamó y le dijo—: Suelta al robot, o el guardapilar lo destrozará todo.

—Eva Nueve —dijo Zin mientras se acercaba a ella—, ésta no es la mejor manera de proceder...

—¡Ahora! —gritó Eva. El taxidermista dirigió un control remoto hacia la celda de Madr y sus paredes se desvanecieron. El robot se acercó rodando hasta Eva.

—¡Anda, vámonos! —dijo Eva sin despegar los ojos de Zin, mientras salía de la sala caminando hacia atrás y se adentraba en el pasillo seguida por el guardapilar. La gran puerta se cerró tras ellos—. ¡Bloquéala! —le ordenó al guardapilar. El gigante hundió una de sus ganchudas manos en la puerta y la retorció de modo que no pudiera volver a abrirse.

Eva se giró hacia Madr.

—¿Estás bien?

—Sí, tesoro. ¿Y tú? —Madr la abrazó—. ¡Me alegra tanto volver a verte! —hizo una pausa y miró a Eva de arriba abajo —. ¡Oh, pequeña! ¿Qué te ha pasado en la mano?

—No te preocupes, Madr. Estoy bien —respondió Eva, un poco avergonzada—. Por lo menos esta vez me acordé de activar la IMA.

—**D**ebemos apresurarnos. ¡Sígueme! —dijo Eva mientras se precipitaba por el pasillo—. ¡Y utiliza esto! —le lanzó a Madr un transcodificador vocal que había robado del estudio de Zin. El robot lo activó y corrió tras Eva, con el guardapilar a escasa distancia de ambas. Al girar la curva, se toparon con una brigada de guardias reales. Al encontrarse ante un guardapilar suelto, uno de ellos gritó:

—¡Pidan refuerzos!

Con el control remoto en la mano, Eva señaló a los guardias reales.

—¡Guardapilar, despeja el camino! —ordenó.

El autómata gigante dejó escapar un gruñido ronco y adelantó a Eva y a Madr balanceando sus largos brazos segmentados. Mientras unos guardias salían disparados contra la pared, otros se batían en retirada por el pasillo.

En poco tiempo, Eva y Madr se encontraron ante la puerta que daba a la planta superior de la Gran Sala del museo. Eva miró hacia atrás. A una cierta distancia vio a Zin, que parecía sujetar en la mano otro control remoto, con el taxidermista correteando a su lado.

—Me prometiste que no causarías ningún destrozo —dijo Zin alarmado.

—Dijiste que me ayudarías a escapar —respondió Eva con un aire despectivo. Se volvió y cruzó corriendo la puerta con Madr. El guardapilar fue detrás de ellas.

Los visitantes que se encontraban en la planta superior de la Gran Sala echaron a correr para huir del guardapilar rebelde. Eva miró en dirección a la rampa que llevaba hacia las salidas y vio que por ella subía todo un escuadrón de guardias reales con los rifles sónicos preparados.

—Bueno, esa vía está bloqueada —murmuró Eva mientras sacaba el Omnipod—. Aquí Eva Nueve. ¿Puedes comprobar si podemos bajar por otro lado?

—Saludos, Eva Nueve. El radar está escaneando la estructura superficial —dijo alegremente el dispositivo—. Podría tardar algunos minutos en interpretarla. Por favor, espera.

—¡No tenemos tiempo! —Eva observó que los guardias del palacio estaban a punto de llegar a la planta superior.

—¿Hay otra manera de llegar abajo? —preguntó Madr mientras inspeccionaba el área circundante.

—No a menos que saltemos —contestó Eva mirando desde el balcón al suelo que se encontraba a lo lejos. Se volvió hacia el guardapilar y le ordenó—: Agárranos con cuidado y salta hasta la planta baja, por favor.

El guardapilar levantó a la muchacha y al robot, saltó por encima del balcón y cayó firmemente sobre sus tres piernas como columnas. Aterrizó justo encima del expositor de los osos de agua, derribando los enormes especímenes expuestos y provocando una estampida de visitantes.

El guardapilar depositó a Eva y a Madr en el suelo, junto a sus pies. La muchacha oyó cómo los guardias, que habían llegado a la planta de arriba, daban la vuelta y se dirigían hacia la rampa.

—¡Vamos! —gritó, y agarró la mano de Madr para guiarla hacia la entrada trasera. Se abrieron paso entre una multitud de curiosos y se dirigieron hacia la salida del museo. Cuando se acercaban a las puertas,

Eva vio que del exterior llegaban los refuerzos de los guardias reales y dio la vuelta.

—¡Por aquí! —gritó mientras arrastraba a Madr entre las enormes piernas del guardapilar. Corrían a galope hacia la entrada principal cuando Eva descubrió que el escuadrón de guardias ya había llegado a la planta baja y empezaba a cercarlas.

—No sé si ésta es la mejor solución, Eva —gritó Madr para hacerse oír por encima del silbido de su motor, que funcionaba a toda velocidad.

—¡Ya casi estamos fuera! —exclamó Eva. El guardapilar todavía las seguía.

Estaban a punto de atravesar la entrada principal de la Gran Sala del museo cuando Eva lanzó una mirada al chaleco de la exposición. Tuvo un momento de duda antes de llegar a la entrada… En cuestión de segundos atravesarían la puerta.

En unos minutos estarían fuera del recinto real.

Y, en poco tiempo, se habrían escondido, camufladas entre los singulares ciudadanos de Solas.

De repente apareció Zin justo delante de Eva y Madr.

—Has llegado demasiado lejos, Eva Nueve —dijo mientras agitaba otro control remoto para activar a los guardapilares—. He recibido órdenes de la reina de detenerlas a las dos para interrogarlas. Por favor, desactiva al guardapilar y entrégame el control remoto.

La cabeza de Madr giró sobre sí misma para calibrar la situación. Los guardias reales las rodeaban por todas partes.

—Disculpe, señor —dijo—, pero mi hija y yo somos libres de ir adonde…

—Olvídalo, Madr. Es un mentiroso —dijo Eva con los ojos clavados en Zin—. ¡Me has mentido!

—Yo no te he mentido —afirmó Zin con seguridad mientras cruzaba sus numerosos brazos—. Te dije que emplearía todos los medios posibles. Eso significaba que solicitaría tu liberación a Su Majestad… Pero ella se negó. Lo siento.

—Yo también lo siento —dijo Eva, mirándolo con los ojos entrecerrados. En el exterior, las hordas de guardias reales subían las escaleras que llevaban a la entrada principal del museo, con sus rifles sónicos preparados. La muchacha también oía sobre el suelo el taconeo de otros guardias que se acercaban por detrás. Sin girarse, calculó que se encontraban en el centro de la sala.

—No lo hagas, Eva —dijo Zin—. Ríndete.

—Guardapilar —ordenó Eva—, arrebátale el control remoto a Zin.

Con los ojos fuera de las órbitas por el terror, Zin echó a volar y esquivó el embate de la gigantesca garra del guardapilar. Mientras revoloteaba por la Gran Sala activó a los demás guardapilares, ordenándoles que capturaran al robot y a la muchacha y que inutilizaran al guardapilar rebelde.

Eva vio cómo las enormes figuras esculpidas en los pilares abrían sus brillantes ojos y cobraban vida.

En cuanto liberaron sus gigantescos cuerpos de los soportes, los guardapilares inundaron la Gran Sala con sus gruñidos roncos. Dieron un paso hacia delante en perfecta sincronía, lo que hizo que los visitantes que quedaban en el museo se dispersaran en todas direcciones, presas del pánico. En la confusión, los guardias reales se desplegaron y adoptaron una posición en abanico alrededor de los autómatas gigantes. Estos desfilaron hasta el centro del museo, aplastando todo lo que había en su camino.

Madr recorrió con la vista el caos.

—No hay salida, Eva —dijo.

—¡Ven! ¡Por aquí! —Eva jaló a Madr en dirección a la Sala de los Artefactos. Los guardapilares más cercanos salieron en su persecución, las adelantaron y se dieron la vuelta para bloquearles el camino.

Eva y Madr pasaron a toda prisa entre las arrasadoras piernas de los gigantes. Uno de los guardapilares se agachó para agarrar a Eva, pero sus enormes manos ganchudas pasaron rozándola y se hundieron en el suelo de baldosas. Eva tuvo que soltar la mano de Madr para esquivar las afiladas garras. Dejó atrás corriendo al guardapilar que la atacaba y se ocultó en el expositor del chaleco.

El enorme autómata se dio la vuelta, intentando localizar a su presa, y golpeó el artefacto volador que estaba suspendido del techo. La máquina comenzó a balancearse de las vigas, como si fuera un juguete al lado del guardapilar. Entonces, los cables que la sujetaban se rompieron uno a uno y se estrelló contra el suelo del expositor, junto a Eva.

Cuando la muchacha salió de entre los escombros, se dio cuenta de que el chaleco amarillo estaba a su lado en el suelo, cubierto de trozos de cristal.

El Omnipod, que todavía le colgaba de la muñeca, habló con su alegre voz.

—Chaqueta —anunció, proyectando un holograma similar—. Especie de prenda de vestir hasta la cintura o hasta la cadera para la parte superior del cuerpo. En el siglo XIX, también se le llamaba "chaquetón". A finales del siglo XXI se inventaron las climatifibras, una auténtica revolución para la industria de la moda, ya que permitieron la aparición de numerosos estilos nuevos y populares, como el chaleco, que carece de mangas. ¿Deseas que continúe?

Eva se puso de pie justo a tiempo para ver un guardapilar que se dirigía disparado hacia ella. Echó a correr como una exhalación hacia el pasillo de la exposición, pero no era más que un bucle que tras una curva conectaba con la sala principal. Sus ojos se clavaron en el artefacto volador que había caído encima del expositor.

—Aerodeslizador, modelo S cinco treinta y uno, también llamado Carpa Dorada —dijo el Omnipod—.

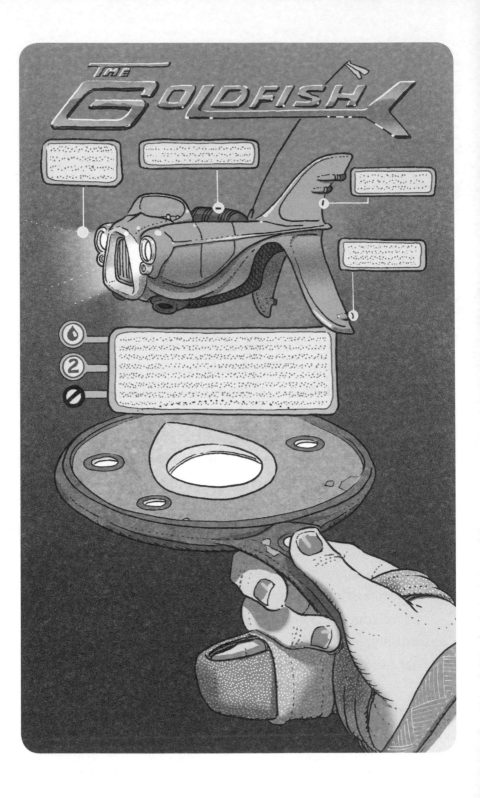

Esta aeronave, en ocasiones denominada "flotahículo", fue muy popular en el…

—¿Funciona? —gritó Eva para hacerse oír por encima del alboroto. Gateó debajo de una vitrina llena de deslucidos juguetes y muñecas Beeboo y orientó el Omnipod hacia el aerodeslizador.

—Enviando comunicación al vehículo y analizando los datos. Por favor, espera la respuesta —respondió el Omnipod. Un guardapilar que buscaba a Eva levantó una vitrina y la lanzó por el aire.

—¡Rápido! —Eva se incorporó a toda prisa y fue corriendo hacia Madr. Un pie descomunal cayó sobre un expositor que se encontraba entre ellos, provocando una ráfaga de cristales y metal.

Cuando Eva se abría paso entre los escombros, una inmensa garra descendió hasta su lado con un control remoto entre sus tenazas. Miró hacia arriba y se dio cuenta de que era su guardapilar, que había cumplido su misión. Eva echó un vistazo a los destrozos del museo. No había ni rastro de Zin.

—Destruye el control remoto —dijo Eva con una sonrisa. El control estalló en pedazos bajo la presión aplastadora del guardapilar.

Sin el control remoto, los otros guardapilares se desmandaron sin rumbo fijo, destruyendo todo lo que encontraban a su alrededor.

Eva miró fijamente a los tres ojos encendidos de su guardapilar.

—Eres libre —le dijo—. Ya no estás bajo las órdenes de nadie. ¿Entiendes? ¡Vete!

El guardapilar se quedó de pie, gruñó roncamente y salió de la Gran Sala del museo atravesando el cristal de la entrada principal.

—¡Atrápenlo! —gritó uno de los guardias reales—. ¡Y ustedes, saquen a todo el mundo de aquí y desactiven a esos malditos guardapilares!

Eva se mezcló con la multitud de visitantes del museo que salían a toda prisa y, en un momento dado, se ocultó furtivamente tras una gran vitrina que contenía una colección de señales oxidadas. Desde allí, dirigió el Omnipod hacia el aerodeslizador.

Mientras lo hacía, un guardapilar echó a correr hacia ella, pisoteando en el camino a varios guardias reales.

—¡Abatan a los guardapilares! ¡Abatan a los guardapilares! —gritó uno de los guardias reales por encima del barullo. Sus compañeros abrieron fuego con sus rifles sónicos contra los autómatas gigantes.

El guardapilar que se le venía encima a Eva recibió el primer impacto. Una de sus piernas estalló en pedazos y se derrumbó hacia atrás. Al desplomarse, salieron volando por todas partes fragmentos del gigante y se propagó por la sala una espesa nube de polvo.

—El aerodeslizador S cinco treinta y uno funciona, aunque sólo dispone de un cuarenta y nueve por ciento de su capacidad operativa —afirmó el Omnipod—. ¿Deseas acceder al manual de usuario?

—¡Sí! —Eva echó a correr entre el polvo y agarró a Madr. La llevó a rastras hasta el aerodeslizador y le puso bruscamente el Omnipod en la mano—. ¡Necesito que consultes el manual de usuario ahora mismo! —gritó Eva.

La muchacha trepó a tientas a un expositor aplastado para alcanzar el pequeño aerodeslizador. Escaló hasta el cuerpo oxidado de la nave y se metió en la cabina de mando. Haciendo gala de su apodo, la aeronave tenía la forma de una carpa dorada, aunque voladora y descapotable. Dos asientos de piel resquebrajados y polvorientos presidían su cuerpo de cromo dorado, de cuya cola sobresalían varias aletas y estabilizadores.

—Échate a un lado. Yo conduzco —dijo Madr mientras trepaba a la Carpa Dorada, agarrando firmemente con la mano el Omnipod. Incluso a través del polvo suspendido en el aire, Eva podía ver las luces del robot y del Omnipod, que parpadeaban en rápida sucesión. Con otra mano, Madr sujetó el timón de la aeronave. Haciendo palanca, una tercera mano abrió un panel del tablero y extrajo los cables del vehículo.

—Primero debo proporcionarle un poco de carga eléctrica —dijo con tranquilidad mientras enchufaba un cable a su cuerpo.

Un batallón de guardias reales pasó a toda prisa a su lado, ignorando a Eva y disparándole a un guardapilar que estaba arrasando con todos los expositores mientras se dirigía hacia ellas.

—Tienes que apurar —dijo Eva cuando una pierna gigante aplastó un esqueleto de la exposición.

—Unos segundos más. Sólo tengo tres brazos operativos —respondió Madr. En ese momento, pulsó un botón del tablero y empezó a sonar música por los viejos altavoces. Apagó el equipo de sonido y pulsó más botones rápidamente uno tras otro—. No sé si funcionará, Eva. Esta máquina lleva inactiva una eternidad.

Los guardias del palacio lanzaron una ráfaga de disparos contra el guardapilar que se dirigía hacia ellos y le reventaron la cabeza. El gigante descabezado empezó a dar vueltas sin control y golpeó a otro guardapilar, que perdió el equilibrio y se tambaleó hacia el aerodeslizador.

—¡Tienes que conseguir que se ponga en marcha YA! —Eva empezó a golpear el tablero al ver que la sombra del gigante que se desplomaba sobre ellas empezaba a envolverlas.

—¡Ya lo tengo! —dijo con voz cantarina Madr. La Carpa Dorada soltó un ruidito borboteante y proyectó un menú holográfico sobre el parabrisas. La nave se elevó aproximadamente a un metro de los escombros y empezó a moverse, arrastrando tras de sí una aleta de cola que estaba suelta. El enorme guardapilar cayó sobre la estela polvorienta del aerodeslizador y se estrelló de lleno contra el suelo, provocando una sacudida en todo el museo.

Madr cambió el rumbo de la nave y la dirigió hacia la entrada trasera. Con gran habilidad, condujo el vehículo a través de la multitud de guardias del palacio, que estaban ocupados tratando de abatir a los demás guardapilares en medio del caos, y salió como una exhalación a los jardines reales. Madr pilotó la renqueante Carpa Dorada entre los curiosos, los árboles y los arbustos, dejando a su paso un rastro de ramas y hojas arrancadas.

—Nivel de combustible bajo —dijo confusamente la aeronave—. Por favor, detente y abastece de inmediato.

—¿Nos está tomando el pelo? —dijo Eva mientras miraba hacia atrás por encima del hombro. Parecía que nadie las seguía.

—El vehículo funciona con un combustible a base de agua —le explicó Madr. Haciendo un esfuerzo denodado para conducir la nave, pues debía compensar los daños en el timón de cola, atravesó a toda velocidad un jardín de criaturas-tubo—. Actualmente obtiene de mí la energía. Por suerte, pronto llegaremos a un lugar seguro para abastecer. Esperemos que permanezca intacto lo suficiente como para llevarnos a un lugar seguro…

CAPÍTULO 33: REENCUENTRO

Los habitantes

de Solas se apartaban al ver el destartalado aerodeslizador maniobrando por las bulliciosas calles de la ciudad. Las calzadas y las aceras estaban abarrotadas de todo tipo de urbanitas: cocheros que conducían enormes bestias de carga

con plumas a través de la avalancha de transeúntes; niños que revoloteaban en sus flotamotos junto a la Carpa Dorada, pidiéndoles unas monedas; y algún que otro comerciante encaramado en su artefacto volador vendiendo todo y nada. A Eva Nueve todo le parecía espectacular.

A pesar de que acababa de escapar de un ejército de imponentes guardapilares y de que había destruido el Museo Real, quería mezclarse con los lugareños y explorar todos los recovecos de la ciudad… aunque sabía que no debía.

Mientras la Carpa Dorada recorría a toda velocidad un callejón serpenteante, alejándose cada vez más del recinto real, Eva se percató de que las viviendas iban desde residencias grandes y fantásticas hasta simples calabazas gigantes con las ventanas y las puertas talladas. La muchacha observó las tranquilas calles del vecindario, ignorando las miradas de extrañeza que les lanzaban los escasos peatones.

—Nadie nos sigue. Creo que estamos a salvo —dijo finalmente.

—Gracias al cielo —respondió Madr. Deceleró y la Carpa Dorada siguió desplazándose tranquilamente a menos de un metro del suelo, agitándose y traqueteando como la vieja máquina que era—. Este cachivache va a agotar todas mis reservas de energía. Tenemos que encontrar una fuente de agua para abastecer.

—Espera aquí —dijo Eva saltando fuera de la aeronave. Se acercó a un transeúnte semejante a un conejo calvo de brazos cortos que caminaba a saltitos sobre tres patas zancudas. Eva levantó la mano mostrando la palma, como había visto hacer a Rovender.

—Saludos —dijo.

El peatón-conejo aminoró la marcha y observó a Eva con sus numerosos ojos redondos al pasar a su lado.

—¿Sería tan amable de decirnos dónde podemos conseguir algo de agua, por favor? —preguntó la muchacha alto y claro.

El peatón la adelantó a toda prisa y prosiguió su camino.

—¿Cómo? ¡Eh, espere! —Eva se dio la vuelta y miró a Madr.

—Ez menzajero —dijo una voz desde el otro lado de la calle—. Zólo pueden hablar con deztinatario —un personaje grotesco, rollizo y de cara hinchada se acercó a Eva. Ante sus grandes ojos de color mostaza pendían unas llamativas carnosidades azul cobalto que llegaban cerca de su hocico con colmillos. Iba todo peripuesto con una gruesa chaqueta raída y deshilachada que arrastraba por el suelo, y que ocultaba en gran parte su cuerpo.

—Llamo Caruncle —dijo la criatura sin perder detalle de Eva—. ¿Buzcaz puerto?

—Mmm… Sí —respondió Eva—, el puerto nos vendría muy bien —se sentía incómoda cerca de ese individuo tan grande. Desprendía un olor agrio, como si se hubiera dado un chapuzón en la repugnante bebida que siempre llevaba Rovender.

—Puez eztá juzto por ahí —Caruncle hizo un gesto con un brazo atrofiado y enroscado.

—Bueno. Gracias, Carnucle —Eva se acercó trotando a la Carpa Dorada.

—Caruncle —la corrigió—. ¡Vaya! ¿Tienez máquina que vuela? ¿Conztruizte tú? Nunca vi nada azí. ¿Cómo conzeguizte?

Eva trepó a la nave y se sentó junto a Madr, que orientó el aerodeslizador en la dirección señalada por Caruncle.

—Gracias nuevamente por tus indicaciones —repitió Eva.

—¡Y con conductor robotizado! —Caruncle señaló a Madr—. Nadie en Zolaz tiene nada azí, menoz reina. ¿Erez reina? ¿O princeza?

—No, sólo humana —Eva se despidió con la mano cuando el aerodeslizador despegó—. ¡Adiós!

—¡Tú robazte! ¡Yo zé! —les gritó Caruncle—. ¡Tu zecreto eztá a zalvo conmigo, Zólo Humana!

—Casi hemos acabado —dijo Madr mientras vertía agua del lago en el depósito de combustible de la Carpa Dorada. Habían aterrizado en un astillero abandonado a las afueras de la ciudad. Eva contempló la altísima construcción, puntiaguda pero elegante, que se divisaba a lo lejos, sobresaliendo por encima de todo lo demás.

—Ése debe de ser el palacio —dedujo. Se protegió del sol con las manos y entrecerró los ojos para ver mejor los detalles de esa arquitectura de otro mundo.

Madr se acercó rodando hasta ella.

—Es maravilloso —dijo.

—¿El palacio? —Eva suspiró al recordar su encuentro no tan maravilloso con la Reina Ojo—. Sí, supongo.

—No, Eva —Madr le retiró el flequillo de los ojos con una caricia—. Es maravilloso estar contigo de nuevo.

—Yo también me alegro de que volvamos a estar juntas —dijo Eva mientras abrazaba al robot. Sintió la calidez que fluía del torso esmaltado de Madr hasta sus dedos con yemas de silicona.

—¿Qué tal está tu mano? —preguntó Madr—. ¿Qué pasó?

Eva le enseñó la herida.

—Tuve un encontronazo con un acechadunas; uno pequeño, por cierto. ¡E incluso así me dio problemas!

—Has realizado un buen vendaje —observó Madr—. Aun así, probablemente te quedará una cicatriz. Lo limpiaremos cuando lleguemos adonde nos dirigimos.

—¿Adónde vamos? —preguntó Eva—. El Santuario cincuenta y uno no ha respondido a nuestra llamada de socorro.

—Será mejor que nos recuperemos en algún sitio y que tracemos un plan. Pero aquí no —dijo Madr, señalando el astillero ruinoso. Se acercó a la Carpa Dorada—. Todavía podemos utilizarlo, pero no creo que nuestro vehículo de salvación nos lleve mucho más lejos.

—Cuando hablé con Zin, ya sabes, el enano que flotaba —le explicó Eva mientras se subía de un salto a la aeronave— me dijo que había un lugar en el que habían desenterrado objetos, como este aerodeslizador.

—Muy bien —Madr asintió con la cabeza—. Podría ser un buen lugar para buscar pistas.

—Sí, yo creo que sí —respondió Eva—. Pero me dijo que estaba muy lejos. Hay que cruzar un desierto. Un desierto muy peligroso.

—Entiendo —Madr pestañeó mientras lo procesaba—. Bueno, quizás pueda reparar el aerodeslizador para que nos lleve hasta allí. Pero necesitaré tiempo, y no tenemos ni provisiones para ti ni suministros para la Carpa Dorada.

—Ya lo sé —dijo Eva suspirando—, pero creo que si no nos vamos pronto de Solas, entonces…

Una voz flotó dentro de su cabeza.

"Tú. Yo. Encontré".

Los ojos de Eva se abrieron como nunca.

—¡Es Otto!

—¿Otto? —Madr escudriñó el lugar en busca del oso de agua gigante—. No lo veo.

—No está aquí —dijo Eva mientras cerraba los ojos para escuchar mejor—. Pero tampoco está lejos —se concentró y señaló—. Ve por ahí. Sigue la orilla y vuelve a la ciudad.

Con los ojos cerrados, Eva guió a Madr a través de los tortuosos callejones de la ciudad. Pronto se convirtieron en sencillos caminos que llevaban a un mosaico de granjas de líquenes y graneros de polen. Los senderos se desvanecían a medida que la tierra se hacía cada vez más seca y silvestre, hasta que finalmente se convirtió en un vasto páramo de color ceniciento.

—¡Ahí! —exclamó Eva abriendo los ojos y señalando. Madr condujo la aeronave en la dirección indicada por la muchacha, hacia un solitario árbol errante. Debajo de éste se distinguía la silueta inconfundible del oso de agua, que bramaba bajo la sombra. Antes de que Madr pudiera detener el vehículo, Eva saltó al suelo y corrió hacia su amigo acorazado.

"A salvo. Pequeña. Otra vez".

—¡Oh, Otto! —Eva le rodeó la cara y lo abrazó, sintiendo la placidez familiar de estar junto a él. Recorrió con sus delicados dedos el caparazón rugoso del tardígrado, sonriéndole—. Gracias, Otto. Gracias por venir a buscarme —susurró.

—Eva Nueve —dijo una voz desde el otro lado del tronco—. Mi compañera de viaje. Mi solucionadora de rompecabezas —una criatura azul y larguirucha saltó de una de las plataformas de hojas del árbol—. Mi espíritu se siente reconfortado al verte sana y salva.

—¡Rovi! —gritó Eva, y corrió a abrazar con fuerza a su amigo—. ¡Estoy tan contenta de que estés aquí! Estaba preocupada por ti —lo miró de arriba abajo—. Tu color es más brillante. Te veo bien. Más sano.

—Gracias —dijo Rovender, abrazando a Eva.

—Has venido para decirme adiós, ¿verdad? —preguntó la muchacha.

—Pensaba irme —respondió él—, pero claramente tú y tu madre necesitan a alguien que les impida meterse en líos, ¿verdad?

Eva vio que sonreía de oreja a oreja y le devolvió la sonrisa.

—Las acompañaré un poco más —añadió Rovender—. Quiero ver a dónde las lleva su viaje. Si no les importa, por supuesto.

—A mí no me importa en absoluto —respondió Eva encantada.

—Otto, señor Kitt —dijo Madr mientras rodaba hacia ellos—. Me alegro de que hayan conseguido venir.

—Y yo de que usted también lo haya conseguido, Madre Robot —Rovender apoyó una mano sobre el hombro de Madr—. Díganme, ¿cómo consiguieron escapar de Besteel?

—Me salvó Eva —dijo Madr con una sonrisa.

—También a mí me salvó —Rovender asintió con la cabeza.

Otto bramó para expresar su acuerdo. De pie frente a ellos, Eva los miraba con ojos llorosos.

—Ustedes también me han salvado.

—Ah, antes de que me olvide —dijo Rovender caminando hacia Otto—. Tus cosas —le dio a Eva su chaleco y su bolsa.

Echó un vistazo en la bolsa y vio que todo estaba tal cual lo había dejado, incluso el WondLa. Deslizó los dedos sobre su superficie y le sonrió a Rovender.

—Gracias —susurró.

—No hay de qué —dijo Rovender en voz baja—. Supongo que mientras estuviste secuestrada no lograste encontrar ninguna pista sobre el paradero de tu clan.

—En realidad, sí —respondió Eva, apoyándose contra el costado acorazado de Otto—. Hay que cruzar un vasto desierto. Allí se encuentra una ciudad antigua.

—¿El… el páramo? —Rovender se quedó con la boca abierta. Señaló la llanura de color ceniciento que se extendía tras ellos—. Está ahí. Estamos justo en la linde.

Eva dio un paso adelante, fuera de la sombra del árbol errante. Una superficie estéril e infinita se extendía hacia el horizonte del mediodía. No había ningún árbol ni ningún ser viviente hasta donde alcanzaban sus ojos.

—Muchos se han adentrado en este páramo —dijo Rovender, de pie a su lado—. Muchos han desaparecido. Es una tierra peligrosa.

—Tenemos que encontrar agua y comida, Eva. —Madr rodó hasta Eva y se puso a su otro lado—. Provisiones suficientes para ti, el señor Kitt, Otto y la nave.

Rovender escudriñó la llanura estéril.

—Pueden disponer de todas las provisiones que he acumulado.

—Necesitamos las coordenadas —prosiguió Madr—. No creo que el Omnipod tenga un radar con el alcance que necesitamos.

—Tu madre robot tiene razón —coincidió Rovender—. Si no sabemos adónde vamos, nos dirigimos hacia la muerte.

—Sí sabemos adónde vamos —dijo Eva. Sacó el cristal que le había dado Zin y que le había atado al cuello—. Vamos a solucionar este rompecabezas.

—¿Una guía luminosa? No está mal —Rovender estudió el dado de cristal tarareando—. Bien, entonces estoy listo. Vamos a buscar tu WondLa, Eva Nueve.

Otto acarició la mano de Eva con el hocico.

—Otto dice que también está listo —dijo Eva mirando a Madr.

El robot despegó la mirada del vasto mar de arena y se volvió hacia ella.

—Estoy aquí por ti, Eva. Guíanos.

Fin de la
PARTE III

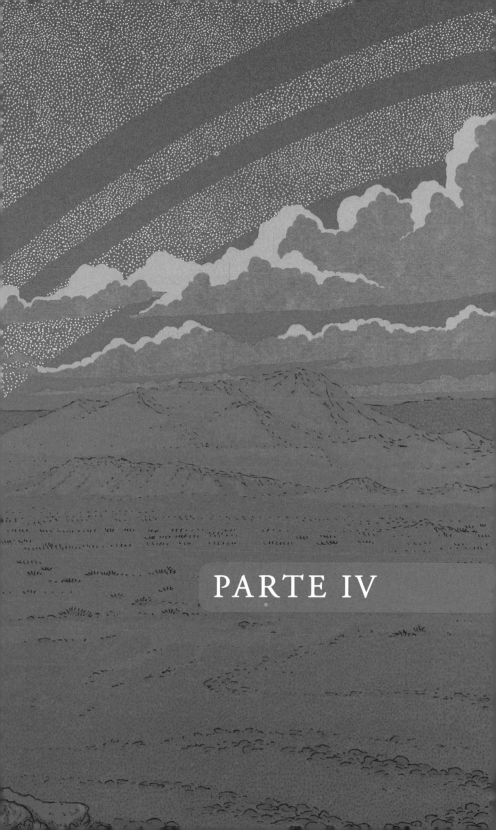

PARTE IV

CAPÍTULO 34: LA GRAN MIGRACIÓN

Un viento

caliente levantaba ráfagas polvorientas sobre el oscuro yermo cuando la procesión se puso en marcha. Rovender viajaba sobre el lomo de Otto, orientándose con la guía luminosa, mientras que Eva y Madr conducían la Carpa Dorada. Eva se reclinó en su asiento y apoyó los pies sobre el tablero para contemplar el cielo de la tarde. Veía cómo unas manchas brillantes de color azul empezaban a suplantar las nubes grises que cubrían la atmósfera. Aunque todavía era de día, vio a lo lejos una media luna que se asomaba por detrás del manto de nubes, con su cara salpicada de cráteres.

Continuaron a lo largo de las dunas crecientes durante varias horas, hasta que se detuvieron para abastecer cerca de unas colinas rocosas. La muchacha, que sentía náuseas y sudores, bajó de la Carpa Dorada y trepó al lomo de Otto. Se sentó cerca de Rovender y el oso de agua reanudó la marcha. Las sombras que se proyectaban sobre las dunas eran cada vez más largas.

—¿Te encuentras mejor? —preguntó Rovender sin dejar de mirar el desierto infinito que se desplegaba ante ellos—. Te ha vuelto el color a la cara. Ahora ya pareces tú.

—Sí —dijo Eva mientras tomaba un sorbo de EnergiJugo—. Madr dijo que me había mareado por el movimiento —miró hacia abajo en dirección al robot, que conducía la Carpa Dorada junto al behemot—. De todos modos, creo que me prefiere encima de Otto. Parece divertido viajar en el aerodeslizador, pero está hecho una auténtica tartana.

—No seré yo quien confíe en una máquina —dijo Rovender lanzándole una mirada—. Siempre están limitadas por las manos que las fabricaron.

Eva observó a Madr mientras conducía la aeronave.

—Yo sólo quiero encontrar las manos de una persona que haya fabricado cualquier cosa.

—¿Has conocido a alguien como tú? —Rovender parecía sentirse cómodo sobre la silla de montar provisional que había creado con mantas y esterillas.

—No —los ojos de Eva escrutaron el paisaje inhóspito.

—Entonces dime: ¿quién construyó tu casa? —Rovender se puso a hurgar entre sus dientes de marfil sin dejar de mirar las nubes que se deslizaban en el cielo—. ¿Quién construyó a tu madre robot?

—Pues… En realidad, no lo sé —dijo Eva mientras acababa su bebida—. He visto cosas en el Santuario en las que ponía "Fabricado por Dynastes Corporation", pero Madr me ha dicho que no sabe nada. Lo único que sabe es que yo soy muy especial. Que soy parte de una "visión del mundo futuro para la humanidad".

—¿Y eso qué significa? —Rovender miró a Eva de soslayo.

Eva sacudió la cabeza. Se sentía acalorada. Se sentía estúpida.

—No lo sé.

—Bueno, quizás lo descubramos pronto —dijo Rovender. Le apoyó una mano sobre el hombro para tranquilizarla—. Tardaremos un par de días en llegar, si he medido la distancia correctamente.

—De acuerdo —dijo Eva asintiendo.

Prosiguieron en silencio durante un tiempo mientras el sol naranja se hundía en el oeste, detrás de ellos. Bajo el cielo en penumbra, Otto emitió un sonsonete de bramidos graves.

—¿Qué pasa, chico? —Rovender le dio unas palmaditas al behemot.

—Ha detectado a otros como él —Eva se puso en pie y oteó el crepúsculo mortecino—. Es su manada.

En algún lugar a lo lejos, transportado por extrañas y maravillosas corrientes, un coro de osos de agua bailaba y flotaba en el ocaso.

—Suena como si estuvieran a nuestro nordeste —dijo Rovender mientras sacaba su catalejo—. Pero no veo ni rastro de ellos. Deben de estar todavía muy lejos.

—Otto les está hablando de nosotros… de Besteel. —Eva miró hacia abajo con el rostro lleno de dolor—. Y está cantando sobre la pérdida de su compañero.

—Es increíble —observó Rovender mientras deslizaba sus dedos callosos sobre las placas de la coraza de Otto—. He visto y oído muchas veces a estos tardígrados en mis viajes. Pero siempre los había considerado simples bestias. Jamás habría pensado que estaban tan conectados entre sí.

—Igual que el bosque, ¿no? —Eva se recostó.

Rovender miró hacia el cielo.

—Sí, Eva Nueve, igual que el bosque. Igual que todo.

De repente se oyó un sonoro gorgoteo. Eva miró hacia abajo y vio que la Carpa Dorada vacilaba y se caía sobre la arena fina y ardiente.

—¡Vaya, lo que faltaba! —dijo Madr con un suspiro electrónico mientras descendía del aerodeslizador inutilizado—. A pesar de mis ajustes, Eva, no creo que podamos llegar mucho más lejos con esta máquina. Las aletas de cola pierden líquido hidráulico, y yo lo estoy empeorando al seguir conduciendo. Además, la suciedad y el polvo se están acumulando sobre los cables del volante.

—Descansemos aquí esta noche, si podemos —dijo Rovender señalando una acumulación de rocas redondas recubiertas de líquenes, medio ocultas bajo las dunas—. Esas rocas de ahí delante parecen un lugar seguro para acampar —bajó de un salto del behemot—. Venga, Madre Robot, la guiaré a pie.

—Cuidado, Rovi —le advirtió Eva—. Otto dice que su manada ha visto lo que ellos llaman "mordedores de túneles", o sea, acechadunas.

—¿Ah, sí? Bueno, me fío de ellos —Rovender echó a caminar pesadamente por el suelo arenoso ayudándose de su bastón—. Avísenme si ven algo desde ahí arriba.

Eva se puso de pie sobre Otto y escudriñó el horizonte en todas direcciones.

—No hay ni rastro de ellos —anunció—. Creo que estamos a salvo.

—Bien —Rovender se detuvo—. Eva, Madre Robot, arrastremos el aerodeslizador hasta el campamento. Quizás podríamos necesitarlo.

Después de empujar la Carpa Dorada hasta la enorme formación rocosa, Eva y Rovender instalaron el campamento encima de la roca más grande. Madr se quedó más abajo con la Carpa Dorada para arreglar el timón de cola y la aleta estabilizadora con ayuda de las instrucciones del Omnipod. Otto acompañaba al atareado robot, arrancando los líquenes de las piedras erosionadas por el viento y lamiendo la humedad acumulada debajo de ellas.

Rovender se encaramó a una roca musgosa, cogió su saco de dormir y lo desenrolló.

—Por una vez, el cielo está casi completamente despejado —observó—. A lo mejor esta noche vemos los Anillos de Orbona.

—¿Qué anillos? —Eva miró hacia arriba. El viento helado del desierto jugueteaba con su pelo y le metía el flequillo en los ojos. Con la llegada de la noche, ya no le preocupaba encontrarse en semejante espacio abierto.

—Ah, claro —Rovender desenganchó sus farolillos de la mochila abarrotada—. El planeta Orbona está rodeado de un conjunto de anillos muy extensos, formados por fragmentos de asteroides y polvo.

—¿Desde cuándo están ahí esos anillos? —Eva miró hacia las nubes oscuras que se deslizaban por el horizonte.

—Poco después de fundar Solas, descubrieron que un enorme asteroide se dirigía directo hacia Orbona —le explicó Rovender mientras encendía los farolillos—. La familia Ojo utilizó un arma gigantesca, semejante a un rifle sónico, para desintegrar el asteroide a una distancia segura de la atmósfera. Con el paso del tiempo, los fragmentos empezaron a orbitar alrededor del planeta y formaron los anillos.

—¿Tú lo presenciaste? —preguntó Eva.

—Oh, no —respondió Rovender—. Fue mucho antes de que yo eclosionara. Pero mi clan todavía lo recuerda.

—¿Dónde vive tu clan? —Eva se quedó mirando el resplandor del farolillo que le pasó Rovender. Después bajó la vista hasta Madr, que trabajaba en la Carpa Dorada bajo la tenue luz azul del Omnipod. Ahora que el sol se había puesto hacía tiempo, el frescor de la noche invadía la tierra. Eva sentía la calidez que le transmitían las climatifibras de su túnica y su chaleco.

—Los cerúleos, mi clan, viven bastante lejos de aquí. Llegaron a Orbona varias generaciones antes de que yo eclosionara, durante lo que se conoce como la Gran Migración. Viajaron muchos años luz a bordo de una nave atestada de pasajeros, dirigidos por el gran rey Ojo —Rovender le dio a Eva un saco de dormir y una manta.

—¿Y de dónde procedían? —Eva se puso de pie para desenrollar la esterilla—. ¿Por qué viajaron hasta aquí?

—Venían de muchos mundos diferentes, la mayoría de ellos únicamente con sus pertenencias a la espalda. La hechicera de nuestra aldea no era más que una ninfa cuando llegó aquí, sin otras posesiones que un collar de su madre y el pie amputado de su padre guerrero asesinado —Rovender encendió otro farolillo. Sacó la bolsita de vainas y le ofreció a Eva.

—Pero ¿por qué aquí? —Eva cogió algunas vainas y se las metió en la boca. En cuanto su lengua húmeda tocaba una cáscara, la abría y extraía las semillas, que sabían a nueces. Luego escupía las cáscaras, como le había visto hacer a su amigo. Se metió otro puñado en la boca.

—Muchos partieron de planetas agonizantes, arrasados por las guerras —la voz de Rovender sonaba distante al evocar estos recuerdos—. Verás, la familia Ojo tenía la capacidad de "resucitar" planetas muertos, es decir, sacarlos de su hibernación. Eligieron Orbona por su clima y por su extrema distancia con nuestros mundos pasados… y nuestras vidas pasadas.

Eva recordó la pintura que había visto en el techo de la casa de Hestia. El ojo pintado en la parte delantera de la aeronave reproducía la mirada de la Reina Ojo.

—¡Oeeah! ¡Mira ahí! —Rovender señaló el cielo—. Ahí están. Incluso se ve el finísimo anillo exterior.

Las oscuras nubes se disiparon, como una manada descomunal que se alejaba de las estrellas, y revelaron una franja centelleante que trazaba un arco a lo largo del cielo. Eva siguió con los ojos el anillo celestial hasta el horizonte, donde el oscuro desierto desaparecía bajo una tenue luz. Envuelta en el brillo de la luna gibosa que se reflejaba sobre la arena negra como el ébano, se imaginó que su campamento flotaba en medio del universo, y que nadie —ni nada— podía tocar a sus amigos.

—Es precioso, ¿verdad? —Rovender respiró hondo.

—Me siento tan… pequeña —Eva intentó asimilar la enorme extensión iluminada por las estrellas—. Tan… insignificante.

—Pequeña, quizás —dijo Rovender sin despegar los ojos de los anillos—. Pero insignificante jamás, Eva Nueve. Ningún ser vivo es insignificante.

CAPÍTULO 35: GIRALETAS

Un coro de

ululatos suaves y graves le dio la bienvenida al alba. Aunque todavía había algo de neblina, la mayoría de las estrellas se habían desvanecido. El manto de nubes se había disipado y los lejanos Anillos de Orbona se extendían a lo largo del cielo violeta del amanecer. La gélida brisa que había aguijoneado la cara de Eva se había ido danzando ante la salida del sol.

Eva parpadeó al despertar de su sueño y buscó de dónde procedían los ululatos. Tres giraletas se habían posado en una roca desde la que divisaban todo el campamento. Envuelto en la bruma matutina, Rovender Kitt les lanzaba trozos de fruta pasada, que agarraban con sus fauces picudas. Una de las criaturas agitó las alas y le gorjeó a otra que intentaba robar su premio.

—Giraletas —Rovender sonrió cuando acabó de darles de comer—. No sé cómo consiguen encontrarte, pero lo hacen, por muy lejos que estés de la civilización —enrolló su saco de dormir.

—Giraletas —repitió Eva mientras estiraba sus brazos largos y huesudos hacia el cielo rosa. Los pájaros se asustaron y agitaron las alas, pero se quedaron donde estaban posados—. Lástima que no haya agua cerca. Así podrían bucear y cazar nuestro desayuno.

—Sí, lástima… —Rovender soltó una risita. Miró hacia arriba y observó una pequeña bandada que volaba en círculos sobre ellos—. Pero nunca se sabe. Podría haber agua por aquí cerca…

—¡Buenos días! —dijo Madr desde abajo—. Eva, tesoro, ¿has dormido bien?

Eva se asomó al pedestal rocoso y la saludó con la mano.

—He dormido de maravilla, gracias —respondió—. ¿Qué tal va la Carpa Dorada?

—Trabajé toda la noche, acompañada en todo momento por Otto. Es una criatura muy simpática —Madr le dio una palmadita en la cabeza al behemot—. La nave ahora debería funcionar considerablemente mejor. Por ahora se encuentra al ochenta y siete por ciento de su capacidad operativa —informó mientras regresaba hacia el aerodeslizador.

Bajo la luz del sol naciente, Eva se dio cuenta de que la Carpa Dorada, que ronroneaba suavemente, tenía mejor aspecto que el día anterior. Ahora flotaba a más de un metro de la arena. Las aletas de cola estaban colocadas de nuevo en el lugar que les correspondía, e incluso se oía una suave melodía procedente del equipo de sonido.

—¡Es increíble! —Eva bajó gateando hasta Madr.

Otto se le acercó y le frotó el hocico contra la mano izquierda para que le rascara detrás de la oreja.

—¡Hola, Otto! ¿Has estado cuidando a Madr mientras arreglaba este cachivache?

El oso de agua bramó contento su respuesta.

—Tuve que utilizar uno de tus EnergiJugos para limpiar y desatascar las tuberías de combustible, pero creo que mejorará su funcionamiento general —Madr le dio a Eva una SustiBarra—. Después del desayuno, y después de hacerte la cura de la mano, te enseñaré a conducirlo, si te apetece.

—¡Oh! ¿En serio?

Eva se olvidó de la comida y de la mano y trepó al asiento del conductor. Allí se encontró con una serie de botones y un pequeño timón para conducir el aerodeslizador. Sobre el brillante tablero transparente se proyectaba una serie de números e indicadores que informaban la altura de la aeronave, la velocidad y la dirección del viento.

—¡Esto va a ser genial! —exclamó Eva mientras movía el timón hacia delante y hacia atrás. De repente, se detuvo en seco—. Pero ¿no crees que podría marearme otra vez?

—He analizado tu sensación de náusea con el Omnipod —Madr agarró el dispositivo—. Por lo visto, puedes evitar la cinetosis, o el mareo por el movimiento, si eres tú quien conduce. Además, nunca está de más que aprendas a conducir un vehículo.

—¡Bueno, entonces pongámonos en marcha! —Rovender lanzó su mochila tintineante sobre la fina arena, al lado del aerodeslizador. De un salto alcanzó a Eva y le entregó la guía luminosa—. Antes de partir, debemos comprobar nuestra situación para asegurarnos de que tomamos la dirección correcta —Rovender le agarró la mano a Eva e inclinó el dado de cristal sobre un lado de modo que los rayos del sol matutino lo atravesaran directamente.

Con el dado actuando como prisma, la luz salió proyectada y se propagó como un holograma plano en todas direcciones. Eva se dio cuenta de inmediato de que estaba viendo un mapa virtual en relieve de la superficie de Orbona con todo detalle. Reconoció la ciudad de Solas en miniatura, cerca del Lago Concors. Incluso distinguió los pequeños pilares de Lacus, en la orilla opuesta, y el Bosque Errante más allá. Rovender señaló un punto que brillaba en el mapa.

—Ésta es nuestra ubicación actual, aquí… —dijo, y después atravesó el holograma para señalar un conjunto de agujas nudosas que sobresalían de una depresión en el terreno—. Y aquí, creo, es adonde queremos ir.

—Esto es impresionante, señor Kitt —la cabeza de Madr asomó a través del paisaje holográfico proyectado como si fuera una enorme esfinge del desierto—. Pero ¿qué son esas zonas en negro?

—Tierras inexploradas —respondió Rovender mientras se acariciaba las barbas—. Para funcionar, estas guías luminosas simplemente se comunican con otras guías enterradas en diferentes lugares. Esto es todo lo que han registrado los exploradores de Solas.

—¿Qué es eso? —Eva señaló una pequeña depresión llana en el mapa. Estaba situada entre su ubicación actual y su destino, las antiguas ruinas.

—Parece una pequeña masa de agua, quizás un oasis —Rovender se agachó para verlo mejor.

—Bueno, no nos vendría nada mal algo de agua —Madr se acercó para inspeccionarlo—. Y no parece muy lejos de nuestra ruta prevista.

—No, es cierto —Rovender se puso de pie sin dejar de mirar ese punto del mapa. Entonces escrutó el paisaje en su dirección—. Me pregunto si estas giraletas vienen de ahí.

—Vamos a averiguarlo —dijo Eva.

—De acuerdo, Eva Nueve —Rovender trepó sobre Otto—. Guíanos.

Rovender viajaba a lomos de Otto, disfrutando de su almuerzo y dándoles de comer a las giraletas, a la zaga de la Carpa Dorada. Allí donde Eva mirara parecía estar plagado de giraletas descendiendo en picada y graznando, como en los hologramas de gaviotas chillonas siguiendo a los barcos que se adentraban en el océano.

Eva condujo la aeronave hacia la cima de una duna de color gris ceniciento.

—Madr, ¿qué crees que encontraremos en las ruinas? —preguntó.

Madr permaneció en silencio, excepto por el clic de sus pestañas, mientras parecía procesar la pregunta de Eva.

—No lo sé, tesoro —escrutó el horizonte. En la parte posterior de su cabeza parpadeaban unas lucecitas—. Si te soy sincera, hemos superado tantas veces los límites de mi programación que he tenido que reprogramarme continuamente durante el viaje.

Eva ascendió suavemente hasta la cima de la duna y después se deslizó por su pendiente de sotavento.

—Yo también siento como si hubiera tenido que reprogramarme. Ninguna holosala me podía preparar para esto.

Madr asintió con la cabeza.

—Esto hace que me pregunte qué tenían en mente nuestros creadores al dejarnos en este planeta. Puede ser un lugar tan imprevisible…

—Tienes razón —dijo Eva con una risita, mientras dirigía el aerodeslizador hacia la siguiente pendiente a barlovento—. Pero también es un lugar bonito.

—Es cierto, pero francamente ninguno de nuestros programas acertó —Madr exhaló un suspiro con interferencias—. Siento que te he fallado, Eva.

Eva miró a Madr. El robot observaba con la cabeza gacha sus manos con venas de cables y parecía descorazonado.

—No me has fallado. Y todo va a salir bien —dijo Eva dándole una palmadita en la mano—. Iremos a ese lugar y veremos si encontramos alguna pista, o incluso a algún humano. Y si no, seguiremos buscando, ¿de acuerdo?

—De acuerdo —repitió Madr—. Sólo quiero que sepas que estoy muy orgullosa de ti, Eva. Creo en ti. Creo que estamos haciendo lo correcto.

—Yo pienso lo mismo —Eva sonrió mientras conducía la Carpa Dorada a lo largo de la pendiente de barlovento de otra enorme duna.

—¡Ahí delante! —gritó Rovender.

Eva se volvió hacia su amigo, que se había puesto de pie sobre Otto con su catalejo en la mano y señalaba hacia el horizonte.

—¡Ahí está el oasis!

—Eva miró en la dirección que indicaba Rovender. A lo lejos volaban en círculos unas bandadas de giraletas. Dirigió el aerodeslizador hacia ellas y redujo la velocidad, dejando a su rastro espirales de arena revoloteando en el aire.

E

va divisó un grupo de arbolillos errantes que deambulaban alrededor de una charca cenagosa en medio de la oscura arena del páramo. Como un espejo que reflejara el cielo de color azul celeste, la superficie de la charca era tan lisa como el cristal, incluso cuando alguna que otra giraleta se acercaba a la orilla y bebía un rápido sorbo a hurtadillas. En la humedad que rodeaba al gran abrevadero, un manto de líquenes y musgos de vivos colores cubría la arena del desierto.

—Eva, tesoro —le advirtió Madr después de que estacionara la Carpa Dorada bajo la sombra de una pequeña colina—, voy a analizar el contenido mineral del agua antes de que le añadas una pastilla potabilizadora para beber.

—Bueno —Eva saltó fuera de la aeronave. Lanzó el chaleco al asiento y echó a caminar en dirección a Rovender.

—Una cosa más, Eva —dijo Madr mientras abría el cofre, a un lado del aerodeslizador—. Te agradecería que trajeras un poco de agua para llenar el depósito de la Carpa Dorada. No quiero gastar todas tus pastillas potabilizadoras para mantenerla en funcionamiento.

—No hay problema —dijo Eva, y acarició a Otto al pasar a su lado. El oso de agua caminó pesadamente hacia la sombra donde se encontraban Madr y la nave.

—¿Otto no quiere beber? —Rovender, que caminaba al lado de Eva, miró hacia atrás por encima del hombro.

—Dice que está bien —respondió Eva mientras avanzaba sobre la arena húmeda hacia la charca—. Sus compañeros de manada no están muy lejos, y pronto se reunirá con ellos. Allí podrá comer y beber en abundancia.

—Ah, entiendo —dijo Rovender mientras se agachaba junto a la orilla, cargado con varias botellas. En el fondo de la gran charca cristalina, a escasa distancia, podían verse numerosas rocas y palos recubiertos de una fina capa de cieno. Eva se dejó caer sobre el suelo y empezó a quitarse las botas y los calcetines.

—¡Ay, qué bien me va a sentar! —Eva soltó una risita y se remangó los leggings—. ¡Las botas me hacen sudar muchísimo!

Rovender sumergió las yemas de los dedos en la charca y se limpió la suciedad de la cara. Los poros que formaban su nariz olisquearon el agua.

—Aquí pasa algo —susurró. Se echó un poco más de agua sobre la cara—. Eva Nueve —la llamó

Rovender. Se puso de pie y miró a su alrededor—. Sal del agua ahora mismo.

Eva ya se había metido hasta las rodillas.

—¿Por qué? ¿Qué pasa, Rovi?

—Sal lo más rápido que puedas. ¡Mira! —señaló a un grupo de árboles errantes cerca de la charca.

Desde allí los observaba una bandada de giraletas.

—¿Qué? —dijo Eva.

—No hay ninguna giraleta en el agua. ¡Sal de ahí!

Eva echó a caminar hacia la orilla. De repente, detrás de ella, en medio de la charca, se elevó un monstruoso bulbo apoyado sobre un tallo grueso y peludo. Eva se detuvo, se dio la vuelta y contempló boquiabierta el bulbo que se abría bajo los cálidos rayos de sol, como una enorme flor llena de pintas y salpicaduras de color. Le recordó a una orquídea exótica gigante cuando despidió a su alrededor una nube de polen.

—Es precioso —dijo Eva. Hechizada, se quedó mirando a su centro. Los filamentos rayados de la flor se desplegaron hacia ella, estirándose como tentáculos.

—Eva, no creo que… —gritó Rovender mientras se lanzaba al agua. Se detuvo en cuanto llegó a su lado y se quedó mirando a la flor gigante—. Tienes razón —murmuró—. Es una flor magnífica, preciosa.

Los filamentos se desenroscaron hacia los amigos hechizados y se acercaron hasta ellos como tentáculos polvorientos. Eva exhaló un profundo suspiro cuando un extremo peludo le acarició la cara.

—Es… maravilloso… —dijo jadeando.

—Tan… sublime… —añadió Rovender, respirando con dificultad.

Madr los vio desde la orilla y los llamó.

—¡Eva! ¡Señor Kitt! Les aconsejo que se alejen de inmediato de esa especie vegetal desconocida.

Otto se puso a bramar ruidosamente y a moverse intranquilo por la arena húmeda.

—Quédate aquí, Otto, tesoro —Madr se acercó al aerodeslizador y cogió a toda prisa el Omnipod—. No sé muy bien qué está haciendo esa flor monstruosa, pero creo que los ha sometido a un estado hipnótico.

El robot se introdujo rodando en el agua y se acercó a Eva, que permanecía inmóvil.

—Eva Nueve, ¿me oyes? —gritó Madr—. Necesito que… ¡Oh, no!

La piel de Eva estaba teñida de azul y sus ojos se movían descontroladamente. Comenzó a espirar un largo bostezo ahogado a medida que el aire era succionado de sus pulmones a través de su boca abierta.

—Los niveles de oxígeno en esta zona son gravemente bajos para la respiración humana —dijo alegremente el Omnipod—. Por favor, evita esta zona a toda costa si no dispones de un equipo de respiración adecuado. De lo contrario, puedes sufrir hipoxia.

Madr levantó a Eva y se volvió hacia la orilla. Bajo este peso adicional, su única rueda se hundía en los sedimentos del fondo. Otto se lanzó hacia la charca.

—¡No, Otto! ¡Quédate ahí! —le ordenó Madr mientras se hundía cada vez más en las profundidades cenagosas—. ¡Es una planta malvada! —miró hacia Rovender, que permanecía inmóvil mientras la flor le succionaba el aire de los pulmones. El agua ahora le llegaba hasta la cintura y su rueda no dejaba de hundirse en el lodo.

—Encendido remoto del aerodeslizador S cinco treinta y uno, por favor —le ordenó Madr al Omnipod mientras sujetaba encima del agua la cabeza de Eva, que había perdido el conocimiento. El cieno revuelto dejó a la vista un lecho turbio… no de rocas y palos, sino de huesos y calaveras.

—Comenzando el encendido del aerodeslizador —gorjeó el Omnipod—. Espera un momento, por favor.

—¡No tengo "un momento"! —dijo Madr—. ¡Necesito conducir el vehículo ahora mismo!

La Carpa Dorada cobró vida con un borboteo y planeó hasta Madr, que la conducía con su mano libre, produciendo un fino vapor de agua al deslizarse sobre la superficie de la charca.

Otto se puso a gruñir escandalosamente.

Madr giró la cabeza a tiempo de ver cómo los filamentos de la flor se enroscaban alrededor de Rovender para extraer su último suspiro. Con casi todo su torso metálico sumergido, el robot levantó el cuerpo inanimado de Eva y lo depositó en la Carpa

Dorada. Después orientó el aerodeslizador hacia la orilla y, agarrándose firmemente a la aleta de cola, se despegó del pegajoso cieno del fondo de la charca.

Cuando la Carpa Dorada regresó a tierra, el robot, recubierto de una costra de lodo, le gritó a Otto:

—¡Sujétala, por favor!

La puerta del copiloto se abrió y Otto sacó a Eva del vehículo con su boca picuda para llevarla lejos de la charca. Madr trepó hasta el asiento del conductor y condujo a toda velocidad la Carpa Dorada hasta Rovender.

Parecía inerte, estrangulado por los tentáculos rayados de la monstruosa planta. En cuanto Madr se le acercó, la flor escupió más polen, que salpicó todo su cuerpo lacado. Sin embargo, el robot agarró los tentáculos que aprisionaban a Rovender y empezó a retorcerlos y a arrancarlos de la cabeza de la flor.

Mientras luchaba para levantar el cuerpo inconsciente de Rovender hasta el aerodeslizador, la planta lanzó más tentáculos hacia la Carpa Dorada. Sus filamentos conseguían envolver todo aquello con lo que entraban en contacto. Con una fuerza descomunal, empezó a arrastrar el aerodeslizador hacia el agua.

—Omnipod —le ordenó Madr al dispositivo al comprobar que el agua ya cubría la cola de la nave—, necesito saber cómo poner fin de inmediato a la vida de una planta acuática.

—Si es una variedad de agua dulce —respondió el Omnipod—, puede afectarle el agua salada;

también la lluvia ácida, los pesticidas, la ausencia de luz solar u otras formas de contaminación. ¿Deseas que continúe?

—¿Qué me dices de la electricidad? —Madr abrió el panel del tablero.

—Podría tener un efecto inmediato si…

—¡Bien! —Madr sacó un puñado de cables del interior de la Carpa Dorada y los sumergió en el agua. La descarga eléctrica que recorrió toda la charca obligó a la planta monstruosa a aflojar la presión. Acto seguido, se retrajo y se hundió de nuevo bajo la superficie.

Madr condujo la Carpa Dorada chisporroteante a tierra firme, donde los esperaba Otto. Se bajó cargando a un Rovender renqueante.

—Eva, tesoro, ¿estás bien? Por favor, contesta, ¿qué tal te encuentras? —preguntó Madr mientras tumbaba a Rovender sobre el cofre del aerodeslizador.

—Estoy bien, creo —dijo Eva entre una boqueada y otra. Estaba sentada a la sombra, al lado de Otto—. Pero me duele muchísimo la cabeza —añadió.

—Tenemos que ayudar al señor Kitt, Eva, y debemos darnos prisa —dijo Madr. Sujetó el Omnipod con una mano mientras escaneaba su cuerpo—. Su fisiología es completamente diferente de la tuya, o sea que necesito que me digas todo lo que te haya contado sobre cómo desempeña sus funciones internas.

—Nunca me contó nada —dijo Eva jadeando—. Pero creé un registro para él en la IMA.

Madr abrió de par en par los ojos de Rovender y vio sus pupilas dilatadas. Después le exploró la boca con dos dedos mecanizados.

—Eva, tesoro, necesito que vengas aquí inmediatamente —le dijo con voz pausada mientras abría un pequeño compartimento sobre la cubierta protectora de su rueda. Con una mano le buscó el pulso a Rovender en sus gruesas muñecas y con otra sacó un tubo ondulado que le introdujo en la boca.

—¿Qué... qué estás haciendo? —preguntó Eva, acercándose a tropezones a Madr. Ahora que salía de su estupor, Eva se daba cuenta de la gravedad de la situación. El programa de IMA reprodujo un holograma tridimensional transparente de Rovender sobre el ojo central del Omnipod. Madr estudió los diagramas que comenzaron a parpadear en el dispositivo.

—Estamos intentando reanimar al señor Kitt insuflándole en los pulmones ráfagas de aire controladas —dijo Madr al tiempo que le inclinaba hacia atrás la cabeza—. Le suministraré el aire con uno de mis ventiladores de refrigeración internos. Para eso necesito que le mantengas cerrado el opérculo, es decir, el recubrimiento de las agallas, de modo que el aire le llegue a los pulmones. Los opérculos se localizan aquí, debajo de la barbilla. Apresúrate, tesoro, tengo las manos ocupadas.

Eva miró hacia abajo. Ahora que Rovender tenía la cabeza echada hacia atrás, descubrió justo debajo de la mandíbula dos ranuras de color rojo rubí que las barbas habían mantenido ocultas. Eva colocó sus palmas firmemente sobre los opérculos para cerrarlos e intentó ignorar el pánico que empezaba a apoderarse de su estómago.

"Por favor, no te mueras. Por favor, no te mueras. Por favor, no te mueras".

Madr introdujo aire en la boca de Rovender en dos ráfagas de un segundo. Eva vio cómo su estómago subía y bajaba. Subía y bajaba. Madr consultó el Omnipod y repitió el proceso.

—Por favor, no te mueras, Rovi —susurró Eva.

—Estoy haciendo todo lo que puedo, Eva —dijo Madr mientras volvía a insuflarle aire—. Tiene muchos órganos que el Omnipod es incapaz de describir. Por eso, no puedo arriesgarme a realizarle una reanimación cardiopulmonar.

—Por favor, Rovi —Eva intentó evitar que el frío se apoderara de sus manos temblorosas. Las mantuvo firmes sobre el cuello de la criatura—. Por favor...

Entonces notó que daba una sacudida... Y tosía... Y Rovender Kitt abrió sus ojos de color añil.

Madr le sacó el tubo de la boca y lo guardó de nuevo bajo su cubierta metálica.

—¡Bienvenido, señor Kitt! —dijo con su alegre voz de estrella de cine—. ¡Tremendo susto nos ha dado!

CAPÍTULO 37: SEÑAL

El campamento

de esa noche fue el familiar acceso a un Santuario subterráneo. La puerta había desaparecido tiempo atrás, por lo que la escalera que conducía al interior estaba llena de arena del desierto. A pesar de ello, la solitaria entrada cubierta les

ofreció un refugio contra la gélida llanura desértica azotada por el viento, y contra los abundantes acechadunas que salían de caza por la noche.

—Definitivamente, mañana —dijo Rovender al examinar el mapa de la guía luminosa—. Si nos ponemos en marcha pronto, deberíamos llegar a mediodía —guardó la guía junto con las pertenencias que abarrotaban su enorme mochila.

—Hemos progresado mucho, a pesar del revés de esta tarde —dijo Madr mirando a Eva bajo la luz del farolillo.

Eva estaba sacando todas sus posesiones de su bolsa para que se secaran, pues se habían empapado en la escaramuza del oasis. Levantó la vista hacia Otto, que dormía profundamente al lado de la Carpa Dorada.

—Creo que tendremos combustible suficiente para llegar a nuestro destino —prosiguió Madr—. Una vez allí, seguramente encontraremos una fuente de agua que no contenga plantas tan malévolas.

Rovender soltó una risita y se frotó el cuello hinchado.

—Sí, esperemos —vio el reflejo de los farolillos danzando y parpadeando en los grandes ojos de Madr—. Madre Robot, no es un secreto que no soy muy amigo de las máquinas. Si le soy sincero, en ocasiones he llegado a poner en duda la educación que le daba a Eva, con aparatos como el Omnipod, e incluso su Santuario.

Madr asintió con la cabeza.

—Bueno, creo que todos hemos visto que las máquinas, yo incluida, no tienen todas las respuestas. En mi opinión, nadie las tiene, señor Kitt.

—Tiene razón —respondió Rovender—. También soy el primero en reconocer cuándo me equivoco, y me he equivocado al juzgar el carácter de alguien como usted. Por favor, acepte mis más sinceras disculpas por mis ideas de miras tan estrechas.

—No hace falta que se disculpe, señor Kitt —dijo Madr—. Nos ha enseñado a Eva y a mí muchas cosas sobre este mundo que jamás habrían formado parte de un programa o una simulación. Soy yo quien debe pedirle perdón por haber dudado de usted.

—Está bien —dijo Rovender con una sonrisa—. Está bien.

Los dos permanecieron sentados en silencio durante un momento, acurrucados en la entrada abandonada del Santuario. Eva saboreó la reconciliación. Como les daba la espalda, ninguno de los dos podía ver que exultaba de felicidad, mientras deslizaba los dedos sobre la imagen húmeda del WondLa.

—Creo que cada vez lo hago mejor —dijo Eva a la mañana siguiente mientras pilotaba la Carpa Dorada sobre las dunas oscuras y ondulantes.

—Lo estás haciendo muy bien —respondió Madr—. Asegúrate de que estabilizas un poco el balanceo cuando superemos la zona abierta y llana de ahí delante. Las rachas de viento pueden ser muy fuertes.

—¿Por qué nunca habíamos hecho prácticas de conducción de aerodeslizadores? —dijo Eva mientras se concentraba en los instrumentos proyectados en el salpicadero.

—No estoy segura —respondió Madr—. Teníamos información sobre aerodeslizadores en la biblioteca virtual del Santuario, pero yo no conocía ningún ejercicio para enseñarte a pilotar uno.

Eva se frotó la férula con el dedo que le quedaba libre mientras agarraba el timón, pensativa. Le picaba la mano que se le estaba curando.

—Me encanta explorar. Me siento tan activa, tan emocionada, tan viva mientras lo hago, ¿sabes?

—Creo que entiendo lo que dices. No cabe duda de que tienes un espíritu de lo más aventurero, Eva —Madr se quedó mirándola.

—¿Echas de menos el Santuario? —Eva desvió la mirada hacia Madr y luego volvió a posarla en el paisaje frente a ella.

—Echo de menos tener acceso a todo cuando lo necesito y, por extensión, cuando tú lo necesitas —respondió el robot—. Me han diseñado para controlar mi entorno. Aquí fuera, parece que el entorno intenta controlarme a mí.

Eva se quedó callada, pensando en lo que había dicho el robot.

—Pero supongo que es la naturaleza de la supervivencia —prosiguió Madr—, es decir, vivir y existir a pesar de todo.

—Sí —dijo Eva. "Vivir a pesar de todo".

—No obstante, debo confesar que echo de menos nuestros holoprogramas. Me encantaba verlos contigo.

—¿En scrio? —Eva miró a Madr con una sonrisa en sus labios—. ¿Qué programas?

—Me gustaba mucho *Beeboo y sus amigos* —respondió Madr—. Era muy entretenido ver algunos episodios contigo.

—¿De verdad? —Eva soltó una carcajada—. ¿Te divertías?

—En realidad, me divertía más verte a ti. Sobre todo cuando eras más pequeña —dijo Madr—. Cuando acababa el programa, fingías que eras uno de los personajes. ¡Cuánto te gustaba esa Beeboo!

—¿Por qué no me lo dijiste antes? —preguntó Eva.

—No lo sé. Supongo que estaba demasiado ocupada asegurándome de que te sintieras feliz —respondió Madr.

—Bueno, a lo mejor, si encontramos a otros humanos, tienen algunos de los episodios antiguos —dijo Eva sonriendo—. Podemos verlos otra vez juntas.

—Eso me encantaría. —Madr le devolvió la sonrisa con sus labios de silicona.

—¡Eh! ¡Eva! —la llamó Rovender, de pie sobre el lomo de Otto—. ¡Espera!

Eva redujo la velocidad de la Carpa Dorada y dio la vuelta describiendo un arco sobre las dunas crecientes de arena negra y grava. La pintura moteada metálica del aerodeslizador refulgió bajo el sol de mediodía, a pesar de estar cubierta de polvo, cuando se detuvo al lado del oso de agua. Rovender se deslizó hacia abajo y se sentó en la enorme cabeza de Otto. Colocó la guía luminosa de cristal sobre el cofre plano de la Carpa Dorada y el prisma proyectó un mapa en relieve.

—Bien —dijo Rovender mientras estudiaba los puntos de referencia—. Casi hemos llegado. Está justo después de esa gran duna que se encuentra más adelante.

—Veamos si encontramos alguna pista —dijo Madr, y sacó el Omnipod. Se dirigió al dispositivo—: Activa el barrido EscanVida. Busca en la zona todas las formas de vida detectables.

—Iniciando EscanVida —respondió el Omnipod. Eva vio el familiar holograma generado por el radar con el terreno que se extendía ante ellos. Madr amplió su alcance hasta que incluyó el destino al que se dirigían. Constataron que en el holograma había todo tipo de estructuras presentes, así como numerosas formas de vida parpadeando. Formas de vida muy grandes.

—Un barrido inicial muestra que hay aproximadamente doscientas cuarenta y siete formas de vida de gran tamaño en la superficie de la zona indicada —informó el Omnipod—. Son del tamaño de elefantes y, según las imágenes adquiridas recientemente a través de la Identicaptura, es probable que sean tardígrados gigantes.

Otto emitió un bramido grave y prolongado.

—Es la manada de Otto —añadió Eva—. Lo están esperando para que se una a ellos.

—¿De verdad? —preguntó Madr.

—Él les dijo adónde íbamos —explicó Eva, dándole una palmadita a Otto, que empezó a ronronear—. Supongo que sabían dónde estaban las ruinas. Por lo visto allí tienen mucha comida.

—Jamás dejarás de sorprenderme, Otto —Rovender trepó de nuevo a su montura y espantó varias giraletas que se habían adueñado de su sitio en su ausencia—. De acuerdo, Eva Nueve. ¡Te seguimos!

Al grupo le llevó bastante tiempo escalar la duna más grande con la que se habían topado en ese páramo infinito. Por el aire revoloteaban los granos de arena negra como el ébano que levantaba el aerodeslizador al ascender en un ángulo muy pronunciado hacia la cima. Eva estacionó la Carpa Dorada en la cresta de la duna y se bajó de un salto. Sus amigos pronto la alcanzaron, impresionados por la visión monumental que se desplegaba ante sus ojos.

En un amplio valle que se extendía por todo el horizonte, cientos —quizás miles— de agujas, muros y fragmentos de escombros arquitectónicos yacían medio sumergidos bajo oscuros montones de arena.

Líquenes extraordinarios, los más grandes y llamativos que Eva jamás había visto, crecían en los antiguos restos de puentes, torres y otras construcciones de esta civilización perdida. Innumerables giraletas volaban en círculos y graznaban entre las ruinas, mientras que a lo lejos una nutrida manada de osos de agua pastaba en medio de las construcciones.

—¡Oeeah! —Rovender silbó encaramado a Otto. Sacó el catalejo y se puso a mirar—. Tremendo descubrimiento, Eva Nueve. ¡Nunca había visto un lugar así!

El viento caliente alborotó el flequillo castaño claro de Eva. Se quedó mirando estupefacta, mientras intentaba asimilar la increíble enormidad del yacimiento. Se oyó el zumbido del motor de Madr, que se acercaba a ella.

—Hubo un momento en que todo esto fue nuestro, ¿verdad? —susurró Eva—. Colonizamos Orbona, ¿no?

—Eso es lo que parece, ¿no crees? —respondió Madr.

Las dos contemplaron los vestigios que se alzaban hacia el cielo, como si intentaran escapar de las arenas del tiempo que lentamente los consumían.

—La locura del género humano es que se cree inmune a la decadencia —afirmó Madr.

El Omnipod empezó a pitar y a encender y apagar descontroladamente todas sus luces.

—¿Qué sucede? —Eva despegó los ojos del paisaje a duras penas—. ¿Qué es lo que le pasa?

—Nunca había visto así al Omnipod —dijo Madr mientras leía el aluvión de información que mostraba la pantalla—. Vamos a acercarnos.

Con Eva al volante de la Carpa Dorada, Madr guió al grupo a lo largo de la gran pendiente de la duna, en dirección a las ruinas. A medida que se aproximaban, Eva se percataba de la gigantesca magnitud de las agujas corroídas que se alzaban sobre ellos hacia el cielo vespertino. Hordas de giraletas se lanzaban en picada y revoloteaban entre las agujas. Cuando los exploradores empezaron a recorrer los caminos arenosos, sus gorjeos habían alcanzado cotas estruendosas.

Eva notó un cosquilleo en lo más profundo de la cabeza. Miró hacia atrás en dirección a Otto y Rovender.

—¿Qué pasa? —Madr estaba observando a Eva.

—Es Otto —cerró los ojos un segundo e intentó concentrarse mejor en él—. Se siente inquieto por alguna razón. Algo le preocupa… A lo mejor son todos esos pájaros.

—Estoy segura de que está deseando reunirse con su manada —dijo Madr.

—Probablemente tienes razón. Seguro que no puede oír el canto de los suyos con todo este escándalo —Eva se centró en conducir, pero no se sentía del todo tranquila. Guió la aeronave bajo los restos de un magnífico arco de acero—. Bueno, ¿qué dice el Omnipod?

Madr seguía leyendo los diagramas que proyectaba el dispositivo.

—Según esto, por aquí cerca podría haber algún tipo de sistema informático conectado.

—¿Lo dices en serio? —preguntó Eva boquiabierta.

—Me parece poco probable, pero a juzgar por lo que vemos, podría ser —dijo Madr mientras Eva dirigía la Carpa Dorada hacia las ruinas de un edificio—. La señal es débil. Proviene de una fuente situada bajo tierra.

—¡Un Santuario! —el corazón empezó a latirle con fuerza.

—No podré asegurarlo hasta que investiguemos —dijo Madr mientras estudiaba la ubicación de la señal.

Aferrada al timón, Eva empezó a toquetearse la piel que rodeaba la uña del pulgar. Mientras superaban los vestigios de una torre todavía en pie, le lanzó una mirada al Omnipod.

—¿Detecta a alguien como yo? ¿A algún humano?

—En este momento, no —dijo Madr sin despegar los ojos del dispositivo—. Pero eso no significa que no vayamos a encontrar pistas —cuando se aproximaron a un par de rocas con formas parecidas, recubiertas de líquenes, Madr dijo—: Es aquí.

—¡Rovi! —gritó Eva mientras estacionaba la Carpa Dorada—. ¡Por aquí!

—Estamos llegando —respondió Rovender a gritos en cuanto él y Otto giraron por el camino para alcanzarlas.

—Según esto —dijo Madr al bajar del vehículo con el Omnipod—, hay una débil señal que procede directamente de debajo de nosotros, aunque el Omnipod no es muy preciso a la hora de detectar elementos subterráneos.

Eva saltó fuera de la Carpa Dorada y cayó sobre una roca plana medio hundida.

—Oye, Rovi, ¿pasa algo si caminamos por aquí? ¿Hay acechadunas en lugares así?

—No, aquí no, Eva —respondió Rovender. Se bajó de Otto y observó los antiguos monumentos que los rodeaban—. Por suerte, prefieren los espacios abiertos.

—¡Mira! —Eva limpió la arena de la roca sobre la que estaba de pie—. Son unos escalones.

—Sí —dijo Rovender—. Escalones que llevan a… algún sitio.

Echó a correr hacia Otto y apoyó la palma de la mano sobre su frente.

"¿Estás bien?", le preguntó pensando.

"A salvo. Tú. Yo".

"¿Estamos a salvo?"

"Ruido. Daño".

"El ruido de los pájaros, ¿verdad?", le dijo al behemot sin hablar. "Son unos escandalosos".

"Daño. Ruido".

Eva miró a su alrededor y se dio cuenta de que no había ninguna giraleta en ese espacio abierto. Aunque se moría de ganas de explorar, se quedó cerca de Otto. El oso de agua se acercó arrastrando las patas a una de las muchas rocas que sobresalían de la arena y se comió un manojo de liquen gigante.

—Eva —dijo Madr mientras arrancaba una de las anchas hojas de color gris—, ¿puedes pedirle a Otto que retire todos estos líquenes?

— Claro —Eva se acercó a la formación rocosa que despuntaba en lo alto de las escaleras. La otra roca, que tenía una forma y un tamaño casi idénticos, se encontraba unos metros más allá. Parecían las columnas de arranque de una ancha escalera tallada en piedra.

Otto agarró el liquen con su pico corto y afilado y arrancó la planta. Mientras la masticaba con fruición, Eva reconoció la vieja roca agujereada que había debajo.

Era una escultura.

La escultura de un león.

—**E**stas dos esculturas son de leones —dijo Madr tras consultar innumerables datos en el Omnipod—. Estoy segura de que significa algo, pero puede llevarnos bastante tiempo descubrir qué es.

—Probablemente lo mejor es desenterrar estas escaleras y ver a dónde nos llevan —observó Rovender—. Estoy convencido de que las pistas se presentarán por sí solas.

—Buena idea, señor Kitt —comentó Madr, levantando la vista del Omnipod—. Por ahora no detecto formas de vida de gran tamaño en esta zona. ¿Está seguro de que no nos atacará ningún acechadunas en estos parajes?

—Segurísimo —Rovender golpeó los escalones de piedra con su bastón—. Además, que yo sepa, no abundan las criaturas que vivan en lugares antiguos, en los que probablemente moran los espíritus.

Madr concentró de nuevo su atención en la pantalla del Omnipod.

—Miren aquí. Parece que hay una cueva. Podríamos explorarla, aunque se encuentra a bastante distancia de la superficie. Nos llevará mucho tiempo excavar.

—Seguro que Otto puede hacerlo —dijo Eva.

—¿Tú crees? —Madr lo miró.

—Espera, voy a preguntarle —Eva cerró los ojos y acarició el costado de Otto—. Sí. Dice que lo hará antes de reunirse con su manada —Eva rascó al oso de agua gigante debajo de la barbilla—. Sólo tienes que indicarle dónde quieres que excave.

Eva, Madr y Rovender se sentaron bajo un fragmento de un gran arco que los protegía con su sombra del sol de la tarde. Desde su campamento provisional, observaban a Otto cavando un túnel en la arena. Sus movimientos le recordaron a Eva los hologramas que había visto de tejones escarbando madrigueras. El enorme oso de agua se abría paso en el suelo con sus garras delanteras, expulsando la tierra hacia sus patas traseras, con las que la lanzaba lejos del agujero gigante. En una de éstas, Otto dio una patada que arrojó sobre Eva un chorro de arena. La muchacha se levantó y se la sacudió de encima.

—Madr, si te parece bien, Rovi y yo vamos a echar un vistazo por ahí mientras Otto excava el túnel —dijo—. Quizás encontremos más pistas.

—Sólo si el señor Kitt está de acuerdo en acompañarte, Eva —respondió Madr sin dejar de mirar cómo cavaba Otto—. Controlaré su ubicación a través del Omnipod.

—Por supuesto —dijo Rovender al tiempo que cogía su bastón—. No nos alejaremos mucho. Pero avísenos cuando localice la fuente de la señal, Madre.

—Muy bien. Cuídense. —Madr los siguió con la vista.

—No te preocupes —respondió Eva, despidiéndose con la mano. Se detuvo un momento y observó a Madr antes de reanudar la marcha. El robot estaba de pie en equilibrio sobre su única rueda, en medio de unas ruinas que estaban excavando en el desierto. Madr había viajado muchísimo, desde el mundo hermético del Santuario. Y Eva también.

La muchacha y Rovender pasearon por las ruinas colosales, limpiando la arena por aquí, examinando las estructuras derrumbadas por allá.

—Quizás era un pueblo antiguo que adoraba a los leones —dijo Eva mientras husmeaban—. Quizás los leones eran criaturas míticas para ellos, ¿sabes?

—Yo ni siquiera sé qué es un león —respondió Rovender, dándole una patada a una piedra plana.

—Ah, pues eran esos gatos salvajes, muy grandes y peludos, que cazaban sin piedad —Eva hizo como si sus manos fueran garras para ilustrarlo mejor—. En mi planeta se extinguieron; sólo los había en los zoológicos.

—Es curioso —reflexionó Rovender— que un animal salvaje estuviera en cautiverio —recogió un ladrillo y lo olisqueó.

Eva siguió caminando en silencio, pensando en el acechadunas atrapado en el laboratorio del taxidermista. Se acordó de cuando ella misma había estado atrapada, como un animal salvaje en una celda… atrapada en el campamento de Besteel… atrapada en su propia habitación. Levantó la vista hacia el sol crepuscular que se ocultaba tras los Anillos de Orbona y sonrió, feliz por ser libre.

—Espero que Madr y Otto consigan abrirse paso bajo tierra —dijo la muchacha.

Rovender se agachó y examinó cuidadosamente un montón de escombros.

—Sí, me cuesta imaginarme lo que yace intacto en las cuevas antiguas —añadió su amigo—. Será…

De repente, una multitud de giraletas echó a volar en todas direcciones con un estruendo ensordecedor.

—¿Qué sucede? —preguntó Eva. Antes de que lo anunciara su túnica, se dio cuenta de que su corazón latía desbocado.

Rovender se quedó quieto mirando a los pájaros.

—Algo pasa —dijo—. Volvamos junto a Madre.

Se dirigieron a toda prisa hacia el campamento. El canto de Otto irrumpió en la cabeza de Eva como un huracán: "Ruido. No. A salvo".

—Tienes razón, Rovi —Eva se detuvo y cerró los ojos—. Otto está preocupado.

—No estoy seguro de qué pasa —Rovender miró hacia el cielo—. ¿Qué ha perturbado a los pájaros?

Los dos oyeron la respuesta. Un inquietante estrépito resonó por todo el paisaje.

Lo que quedaba del muro que se encontraba junto a Eva y Rovender salió volando por los aires, convertido en fragmentos de roca y polvo, cuando la onda sonora lo hizo añicos.

—¡Corre! —Rovender empujó a Eva detrás de un trozo de muro cuyos ladrillos todavía estaban unidos con mortero. Él se ocultó a toda prisa detrás de otra construcción.

Eva escaló el muro apoyando los pies en los ladrillos. Atisbó a través de una abertura y reconoció la forma de un planeador. Se le escapó un grito ahogado cuando se dio cuenta de que iba acompañado de otros planeadores idénticos. Todos ellos volaban directamente hacia Eva a través de la nube de giraletas.

Besteel los había encontrado.

Había llevado refuerzos.

Con un grito, Eva resbaló de su apoyo y cayó de espaldas justo cuando la parte superior del muro reventaba hecha pedazos. El planeador de Besteel pasó volando sobre ella como un rayo.

—¡Va a volver! —gritó Rovender mientras corría hacia Eva para ayudarla a levantarse. Estaba herido y por un lado de la cara le corrían unas gotitas de sangre de color carmesí oscuro—. No tenemos mucho tiempo. ¡Rápido! —agarró a Eva de la mano y echaron a correr por las ruinas.

—¿Dónde nos vamos a esconder? —gritó Eva mientras los adelantaba volando una bandada de giraletas atemorizadas.

—No lo sé, pero ha venido acompañado de guardias reales de Solas —respondió Rovender—. Volvamos junto a Madre y a Otto.

Atravesaron disparados los restos de una estrecha callejuela que desembocaba en un edificio en ruinas. Besteel y su escuadrón pasaron silbando sobre ellos y reventaron con sus armas uno de los muros de la callejuela, que se derrumbó encima del otro.

Eva y Rovender se escabulleron como pudieron justo cuando los restos se desplomaban sobre ellos con un aluvión de piedras. Los dos amigos dieron un salto en el preciso instante en que los dos muros de la callejuela se desmoronaban envueltos en una enorme nube de polvo, y se cayeron rodando por las ruinosas escaleras de piedra que llevaban al sótano de un edificio olvidado tiempo atrás. Cuando recuperaron el aliento, se abrieron paso en la oscuridad entre la tierra y los escombros.

—No hagas... ningún... ruido —susurró Rovender entre una boqueada y otra.

—Ni de... broma —dijo Eva.

—Esta cueva… está llena de… vuelarañas —Rovender señaló hacia arriba—. Si las molestamos… nos metemos en un lío.

Eva miró hacia arriba y vio que en el techo dormían apiñadas unas pequeñas criaturas semejantes a cangrejos, de aspecto grotesco, como las que había visto en el antiguo Santuario de Rovender.

Oyeron un "bum" lejano en el exterior que les recordó a la tormenta que se había cernido sobre el Lago Concors.

—Están intentando… hacernos salir —murmuró Rovender.

El suelo tembló y del techo cayó una lluvia de polvo. Unas cuantas vuelarañas abrieron sus ojos y lanzaron unos chillidos, pero al rato se tranquilizaron.

—Espero que Madr esté bien —suspiró Eva.

—Sí. Espero que ella y Otto —Rovender se estremeció cuando se repitió el estruendo— hayan podido esconderse.

—Yo también —dijo Eva. Sintió un escalofrío cuando pensó en ellos expuestos en el Museo Real.

—¿Crees —Rovender hizo una pausa para vigilar la horda que se cernía sobre ellos— que el tipo que te dio la guía luminosa también le dio una a Besteel?

Eva se quedó callada y sopesó sus palabras. Zin no parecía capaz de entregar a Eva. Por otro lado, había mentido al decirle que la ayudaría a escapar… y ella había destruido el museo.

—No estoy segura —respondió—. Creo que no —recordó su encuentro con Arius, la adivina—. Creo que de verdad quería que encontrara este sitio.

Se produjo otra vibración, esta vez mucho más cerca, que sacudió las paredes de su escondrijo. Eva y Rovender se taparon los ojos para protegerse de un chaparrón de polvo y arena. El polvo finalmente se asentó, y al mirar hacia arriba vieron que el techo estaba iluminado con cientos de ojillos.

—¡Es hora de que nos vayamos! —gritó Rovender, y empujó a Eva hacia las escaleras.

Centenares de vuelarañas surcaron el aire y, al sobrepasarlos, los picotearon y los mordieron. Eva y Rovender escaparon a la superficie y chocaron con Otto.

—¡Otto! —exclamó Rovender.

—¿Dónde está Madr? —preguntó Eva.

"Escondida. A salvo. Ven".

Eva y Rovender corrieron detrás de Otto cuando éste echó a andar sobre sus seis patas. Los guió más allá del túnel que había estado excavando, hacia la llanura abierta que rodeaba las ruinas. De repente, el oso de agua comenzó a chillar. Por encima de sus chillidos, Eva oyó los planeadores que los sobrevolaban en círculos.

—Eva Nueve —Rovender miró hacia atrás y vio el escuadrón en el cielo—, espero que Otto tenga un plan, porque aquí fuera somos blanco fácil.

Eva siguió corriendo y le gritó por encima del hombro:

—Sí lo tiene, ¡confía en mí!

—¡Aquí vienen! —gritó Rovender señalando hacia arriba.

Besteel, situado a la cabeza del escuadrón, guió a los guardias hacia Eva. La muchacha oía el zumbido de las armas cargándose mezclado con el silbido de los motores acelerando.

La manada de Otto surgió de detrás de su escondrijo entre las ruinas.

Utilizando sus poderosas colas, una sarta de osos de agua se propulsó hacia el aire y se lanzó como un cohete en dirección a Besteel y su escuadrón.

El cazador maniobró hábilmente el planeador para evitar la primera oleada de gigantes saltarines, pero varios guardias reales fueron alcanzados. Perdieron el control y desordenadamente cayeron en espiral al suelo, donde chocaron produciendo explosiones deslumbradoras. Eva y Rovender se escondieron detrás del costado acorazado de Otto cuando la siguiente oleada de osos de agua salió disparada hacia arriba. Como balas de cañón gigantescas, arrasaron con lo que quedaba del escuadrón real. Para la desilusión de Eva, Besteel los evitó de nuevo elevando su nave a una altura que los osos de agua no podían alcanzar.

—¡Buen intento, imbéeeciles! —les gritó—. ¡No veo la hora de cazarlos a todos!

Los osos de agua seguían saltando en persecución del cazador. Caían por todas partes alrededor

CAPÍTULO 39: RECLAMO

Eva se echó las manos a la cara cuando el arma sónica estalló con su fuerza arrolladora justo delante de ella. Todo lo que pudo oír fue un alarido electrónico… y después, el silencio.

Con un pitido resonándole en ambos oídos, Eva abrió los párpados pegoteados por una costra de arena y vio que estaba tumbada boca abajo, sobre la tierra blanda y cálida, al lado de un enorme trozo de metal retorcido. Escupió la tierra de la boca y

esperó que las garras acorazadas de Besteel la levantaran de nuevo para llevársela, pero eso no sucedió.

Sus ojos enfocaron los restos que se encontraban a su lado. Unas letras boca abajo formaban dos palabras: "Carpa Dorada".

—¿Qué? ¡Oh, no! —a cuatro patas, Eva se puso a limpiar a toda prisa la suciedad que las cubría. Sus manos tocaron algo redondo y pesado, como un leño que yacía silencioso en el suelo de un bosque.

Descubrió la verdad.

Madr estaba tumbada de espaldas con los ojos completamente muertos. El robot había interceptado el disparo de Besteel para salvar a Eva.

—¡No, no, no! —gritó Eva. Intentó levantar al robot, pero pesaba demasiado. Examinó a Madr y vio que faltaba una de las cubiertas de su cráneo. Inspeccionó los daños que había sufrido el cráneo de porcelana interior, que contenía una esfera de cristal. Dentro de dicha esfera se encontraba un cerebro de color marfil, conectado con multitud de electrodos.

La esfera estaba resquebrajada. Un líquido espeso de color rosa goteaba sobre la arena.

Eva colocó la mano sobre la resquebrajadura e intentó impedir que ese líquido, que parecía jarabe, se escapara. La luz ambarina de los ojos del robot parpadeó un instante, pero luego volvió a apagarse. Eva sintió que la empujaban suavemente por detrás.

"Tú. No. A salvo".

—Otto —dijo ella—, Madr está muy grave.

"Ven. No. A salvo", dijo Otto mientras la empujaba de nuevo.

—¡No! —los ojos le ardían por las lágrimas—. Tenemos que arreglarla. Vamos, ayúdame a encontrar el Omnipod.

El oso de agua abrió las fauces y escupió el Omnipod al suelo, frente a ella. Eva pestañeó y recogió el dispositivo, sorprendida de que lo hubiera encontrado.

"No. A salvo. Mordedores de túneles". Otto agarró la túnica de Eva con el pico y la jaló.

—¿Qué? No, Otto, tengo que…

Oyó que Besteel la llamaba. Eva se puso en pie e intentó ver a través de la nube de polvo y arena que poco a poco se disipaba.

—Pequeeeña, basta de juegos —gritó Besteel por encima del zumbido de su rifle, que se estaba cargando—. ¡Sal de donde estéees!

"Ven. A salvo. Conmigo".

Eva despegó los ojos de Madr, que yacía bajo el aerodeslizador destrozado, y trepó a la cabeza de Otto. El behemot se la llevó del lugar del choque a un espacio abierto fuera del recinto. Eva se encaramó a su lomo y descubrió que la manada de osos de agua había rodeado a Besteel y su planeador.

"¿Por qué no lo han aplastado?", pensó. "¿Quieres que lo presencie, Otto?"

"No. Ven. Mira".

Eva pronto comprendió lo que quería decir Otto mientras se abría paso hacia la cabeza de la manada. Un aturdido Rovender Kitt estaba maniatado y amarrado a la parte posterior de un planeador que se sostenía en el aire. Besteel se encontraba ante él, paciente e inmóvil, apuntándole a la cabeza con la boca del rifle.

—¡Ajá! ¡Aquí viene! —se regodeó Besteel—. Al final resulta que es lista, ¿eh, cerrúleo?

—No hagas nada de lo que te diga, Eva Nueve —gritó Rovender—. Sálvense Madr y tú. ¡Vete de aquí!

—¡Basta! —Besteel golpeó a Rovender en la cara con la empuñadura del rifle. Después, volvió a amenazarlo con la boca del arma—. O vienes y subes al planeador, mi pequeeeña recompensa, o este de aquí morrirrá. ¡Ahorra!

Eva se deslizó sobre el lomo de Otto hasta su cabeza.

"Mordedores de túneles. No. A salvo".

"Otto", pensó Eva cuando se detuvo sobre su cabeza, "dile a la manada que recule".

El oso de agua emitió un bramido grave y ronco.

—Deja de perder el tiempo —gruñó Besteel, y apuntó el rifle hacia Otto—. O acabarré lo que empecé con esta vaca. ¡Ven aquí ahorra mismo! No lo repetirré.

La manada de Otto reculó y formó un círculo en la arena alrededor del cazador.

—Así me gusta —dijo Besteel amenazando con su arma a la manada—. Ahorra ven aquí, pequeeeña.

Eva se puso de pie y sacó el Omnipod.

—No, no, no —Besteel meneó reprobatoriamente un dedo ganchudo—. Nada de trucos con tu juguetito. Dámelo, vamos.

Eva sujetó en alto el Omnipod.

Besteel apuntó el rifle hacia la muchacha.

Una ráfaga del cálido viento del desierto jugueteó con las finas trenzas de Eva, que no despegaba los ojos del cazador.

Besteel la miró a través de sus ojos entrecerrados mientras su robusto pecho subía y bajaba por efecto de su agitada respiración. El rifle cargado, que apuntaba inmutable a la muchacha, seguía zumbando.

Ella le lanzó una mirada feroz.

Él la miró de soslayo. Eva pestañeó y se encogió de hombros con un suspiro. Dejó caer el Omnipod, que aterrizó en la arena, en el centro del círculo formado por la manada de Otto.

—Muy bien —Besteel se acercó lentamente pero con paso seguro al dispositivo, que no dejaba de emitir chasquidos. Con un par de manos, buscó a tientas el dispositivo entre la arena, sin despegar los ojos en ningún momento de la muchacha, su presa. Lo encontró y lo sujetó firmemente con las garras—. Ahorra ven aquí y nos irremos. Perro nada de movimientos bruscos.

Eva se subió de nuevo al lomo acorazado de Otto. Se volvió al cazador y cruzó los brazos. En cuanto lo hizo, la manada abrió todavía más el círculo para dejar más espacio en torno a Besteel.

Eva permaneció de pie en silencio. Observando.

—¡Serrás traidorra! ¡He dicho que nada de trucos! —gritó Besteel—. ¡Te ordeno que bajes AHORRA!

Eva se mantuvo firme. Lo único que se oían eran los chasquidos.

—Tú lo has querrido —Besteel habló con frialdad—. Matarré a tu amigo —se volvió hacia el planeador para dispararle a Rovender, pero se encontró cara a cara con un enorme acechadunas que chasqueaba al ritmo del reclamo que reproducía el Omnipod.

Antes de que el cazador pudiera disparar su arma, dos picudas patas delanteras le atravesaron el cuerpo. Aturdido, Besteel soltó el rifle e intentó zafarse. El rifle cayó al lado del acechadunas justo en el instante en que docenas de ejemplares más jóvenes emergían de la arena. Estos también hundieron sus tenazas en el cazador mientras chasqueaban ensordecedoramente.

Besteel se hundió arrastrado por el acechadunas y su prole en las oscuras arenas del páramo, para siempre.

CAPÍTULO 40: OSCURIDAD

¡Rovi! ¡Rovi!

¿Cómo te encuentras? —Eva se bajó de un salto de Otto y corrió hacia el planeador del cazador. La manada de osos de agua se dispersó bramando y cantando para celebrar la muerte de Besteel, el malvado que los había estado persiguiendo.

—Algo magullado, pero nada que no solucionen un poco de musgo y un trago —dijo Rovender con una débil sonrisa mientras se retorcía en sus ataduras. Uno de sus ojos estaba tan hinchado que no podía abrirlo, y sobre él tenía una costra de sangre mezclada con arena.

—Espera —dijo Eva mientras rebuscaba entre las pertenencias de Besteel—. Tiene que haber un cuchillo en una de estas bolsas.

—Mira aquí —dijo Rovender echándose sobre un costado—. Busca en la bolsita de atrás de mi cinturón.

Eva encontró el pequeño cuchillo curvo que ya conocía, el mismo que había utilizado para liberar a su amigo en el campamento del cazador. En unos instantes, Rovender estuvo libre.

—Estoy tan contenta de que te encuentres bien —Eva hundió la cara en la chaqueta de Rovender y le empapó el hombro con sus lágrimas.

Rovender puso fin al abrazo para mirar a su alrededor.

—¿Dónde está Madre? —preguntó.

—¡Madr! —Eva rodeó a su amigo con un brazo—. ¡Ven, corre!

Los dos avanzaron renqueantes hacia los restos retorcidos de la Carpa Dorada.

Cuando se agacharon junto a Madr, Eva se dio cuenta de que había perdido más líquido del cráneo, que ahora empapaba la arena a su alrededor. Colocó con cuidado la palma de su mano vendada encima de la resquebrajadura, tal y como había hecho antes, y levantó la cabeza de Madr. Un brillo dorado reapareció en los ojos del robot.

—Mira, esto mismo pasó antes —dijo Eva. Se quedó mirando la cara de Madr y esperó a que dijera algo—. Si la sujeto por aquí, vuelve a encenderse.

—Es tu energía, la electricidad con la que estás cargada, Eva Nueve, lo que la reactiva temporalmente —le explicó Rovender. Estudió el cráneo fracturado—. Sin embargo, me temo que sus daños no pueden repararse.

Las interferencias silbaron en la boca del robot.

—Eva, tesoro —la voz de Madr sonaba distante y etérea, diferente de como la conocía Eva—. Menos mal que puedo verte por última vez. ¿Se ha ido Besteel?

—Sí, se ha ido —respondió Eva.

Rovender deslizó sus gruesos dedos sobre el rostro de Madr.

—No molestará a nadie nunca más, gracias a las habilidades de su hija —dijo.

—Somos libres y vamos a llegar hasta el final —dijo Eva intentando ser fuerte—. Y tú vas a decirnos qué debemos hacer, para que Rovender y yo podamos arreglarte. Vas a ponerte bien.

—Eva... —Madr extendió un brazo y le agarró la mano con fuerza. Al contacto, el robot parecía frío y metálico. Hizo una pausa cuando una descarga eléctrica atravesó su cráneo fracturado, provocando un cosquilleo en la piel de la muchacha—. Eva, tienes que dejar que me vaya.

—No, no —dijo Eva. Una larga lágrima descendió por su rostro, como un riachuelo de cristal sobre su mejilla cubierta de mugre—. Te pondrás bien. Nosotros te arreglaremos.

Madr giró la cabeza para mirar a Eva a los ojos.

—Ya me has arreglado, Eva. ¿No lo ves?

—No, todo esto es culpa mía. Teníamos que haber ido al otro Santuario —la voz de Eva no era más que un murmullo—. Lo siento. Nada de esto habría pasado si te hubiera escuchado.

Uno de los brazos de Madr estaba medio enterrado en la arena. Lo levantó y Eva vio que estaba agarrando algo. Con un esfuerzo agotador, le entregó a la muchacha un fragmento desgastado de un panel.

Era una imagen de una niña, y un robot, y un adulto. Sonriendo. Caminando.

—¿Mi WondLa? —Eva lo cogió—. No entiendo.

—Eva... —la voz de Madr era dulce y lenta, como un reloj que se queda sin pilas—. ¿Sabías que mi WondLa, mi deseo, era vivir este mundo maravilloso contigo, mi hija? Mi triunfo. Mi alegría. Lo único que quería era que fueras feliz y que estuvieras a salvo. Eso es lo único que he querido… Y ahora sé que así será.

Eva se secó las lágrimas con la manga.

—Pero sin ti, yo…

—Deja que me vaya, Eva —susurró Madr—. Deja que me vaya.

Eva retiró suavemente la mano de debajo del cráneo y apoyó la cabeza de Madr en el suelo.

—Siempre serás mi madre —Eva se inclinó y besó a la máquina en la frente—. Y siempre te querré.

—Te quiero, Eva. Cuando crezcas te convertirás en una mujer extraordinaria —la voz de Madr apenas era un murmullo. En su respiración había interferencias—. Estoy… tan orgullosa de ti.

Dicho esto, los ojos de Madr se apagaron.

CAPÍTULO 41: VERDAD

Una pequeña hoguera ardía con fuerza bajo un magnífico cielo de color lavanda, en el campamento instalado en las antiguas ruinas. Sentada bajo un arco de acero caído en el olvido, Eva Nueve contemplaba las llamas danzarinas mientras rememoraba la vida que había llevado antes de abandonar los confines de su Santuario. Pensó en Madr. Una leve punzada de soledad se fue apoderando de ella.

Sintió en la espalda el empujoncito familiar de un pico y oyó un ronroneo. Una lengua cálida y rugosa empezó a lamerle la cabeza.

"Pequeña, eres libre".

Eva se levantó y se limpió la cara con la manga. Se dio la vuelta esperando ver a Otto, pero en su lugar se encontró con el viejo rostro de otro oso de agua gigante que la observaba con ojos nublados por las cataratas. Su armazón, surcado por boquetes y abolladuras, estaba cubierto en algunas zonas por espesas acumulaciones de musgo y algas. Detrás del animal se encontraban los demás integrantes de la manada, que se habían apiñado para ver a Eva. Todos empezaron a bramar al unísono.

"Eres tú", cantaban, "eres tú la que arriesgó su vida para salvarnos, la que nos trataría como a su igual".

Eva no dejaba de pestañear mientras los pensamientos de los behemot se introducían en ella y la llenaban. Le abrieron los ojos y le infundieron vigor.

"Ahora tú, pequeña, eres uno de nosotros. Somos uno. Así debe ser".

Un enorme behemot dio un paso adelante. Eva sonrió en cuanto reconoció el rostro benévolo de Otto. Apoyó la mano sobre su áspera frente. "Siempre serás mi amigo, Otto".

"Manada. Debo. Irme".

—Entiendo —dijo Eva, aguantando las lágrimas—. A lo mejor volvemos a vernos algún día.

"Simplemente. Llámame".

—¡Oh, te quiero, Otto! —Eva echó sus flacos brazos alrededor del enorme cuello de su amigo—. Te echaré de menos.

"Yo. También. Pequeña".

La manada empezó a alejarse de las ruinas antiguas por las misteriosas dunas oscuras. Otto se dio la vuelta para marcharse, pero antes miró a Eva con sus ojazos bulbosos.

"Ve. Busca. Verdad".

El oso de agua se encaminó hacia su manada arrastrando las patas. Tras él, el enorme túnel que había excavado bajo las esculturas de los leones esperaba sumido en las sombras, en el crepúsculo que inundaba la tierra.

Eva cogió un farolillo y abandonó las siluetas de las ruinas para dirigirse al túnel gigante.

—¿Rovi? —susurró.

Sentado sobre una de las esculturas, solo en el ocaso, Rovender Kitt contemplaba el cielo mientras la parte superior del sol desaparecía bajo el paisaje negro como la tinta. Eva oyó que hablaba con alguien, pero no podía distinguir de quién se trataba, ya que le daba la espalda.

—¿Qué hay? —le dijo al acercarse a él.

—Hola, Eva Nueve —tomó un trago de su botella—. ¿Qué tal te encuentras?

—Estoy… bien, supongo. No lo sé —trepó hasta su lado—. ¿Y tú?

—Me siento triste por ti, y por mí —respondió dándole otro trago a la bebida—. Lamento la pérdida de Madre.

—Yo también estoy triste —Eva plegó las

rodillas contra el pecho y apoyó los brazos sobre ellas. Echaba de menos una parte de sí misma que sabía que jamás encontraría de nuevo.

—Es extraño. Nos hemos adaptado a vivir en un mundo nuevo. En una tierra nueva —dio otro sorbo a su bebida—. Hemos viajado hasta muy lejos, superando muchos peligros… muchos obstáculos.

Eva permaneció en silencio.

—¿Y qué sucede? ¿Cuál es nuestra recompensa a un viaje tan agotador? ¿Esto? —Rovender se rio sarcásticamente e hizo un gesto que abarcaba las imponentes ruinas que los rodeaban.

Eva no despegó los ojos del suelo.

—¡No es justo! —gritó Rovender, lanzando por el aire la botella, que estalló contra un muro solitario—. No te merecías esto.

Eva inclinó la cabeza.

—Tenía… ¡Tenía que haber sido yo! —su voz sonaba furiosa—. ¡No hay derecho!

—No digas eso, Rovi —Eva se sorbió los mocos. Tenía todo el cuerpo entumecido.

—¡No! —Rovender se puso de pie gritando—: ¡Tenía que haber muerto yo! No tenía que haber sido Madre. No tenía que haber sido ninguna madre… no con crías —se derrumbó y se agarró la cabeza con las manos—. No con crías. No se lo merecen. Tenía que haber sido yo —sollozó—. Tenía que haber sido yo.

Eva se acercó a toda prisa a Rovender y lo

rodeó con el brazo. Permanecieron sentados en silencio mientras una luna llena azul surgía en el nublado cielo de Orbona.

El crepitar del fuego del campamento despertó a Eva en medio de la noche. Desde donde se encontraba, hecha un ovillo bajo la gruesa manta de lana que le había dado Hestia, echó un vistazo a su alrededor. Rovender estaba sentado junto a ella y miraba el fuego como si estuviera hipnotizado. Tenía a su lado su enorme mochila completamente abierta y todas sus pertenencias desperdigadas.

Uno a uno, fue cogiendo los objetos y lanzándolos a la hoguera. Eva parpadeó hasta despertarse por completo y se incorporó.

—Rovi, ¿qué estás haciendo?

Su amigo parecía tranquilo, sereno, cuando le respondió mirando a las llamas.

—Por fin estoy purificando mi espíritu, Eva Nueve.

—¿Qué? —preguntó la muchacha mientras se frotaba los ojos con el dorso de la mano.

Rovender cogió de la mochila el collar ricamente decorado.

—Estas cosas no son más que eso: cosas —dijo al lanzar el collar al fuego.

Eva se sentó arrebujada en la manta y observó

cómo las llamas reducían el collar a cenizas.

—No son recuerdos… —Rovender lanzó un puñado de objetos a la hoguera.

—No están vivos… —levantó todo lo que pudo cargar en los brazos.

—Nunca reemplazarán a los seres a los que hemos perdido —vació hasta la última de sus posesiones sobre el fuego, cada vez más vivo.

Eva se levantó, todavía envuelta en la áspera manta. Cogió su bolsa, se acercó a la hoguera y le dio la vuelta encima de ella. Las provisiones que le quedaban de gránulos nutritivos, pastillas potabilizadoras, EnergiJugos y SustiBarras cayeron sobre las llamas crepitantes. Se sentó junto a Rovender y sonrió. No era una sonrisa de felicidad, sino más bien de comprensión.

En ese momento se dio cuenta de algo. Gateó hasta el saco de dormir y cogió de debajo del chaleco, enrollado como una bola, un pequeño objeto plano. Estudió el WondLa por última vez antes de acercarse a las llamas para lanzar la imagen, pero una mano callosa interceptó su muñeca.

—Eso no —Rovender habló con voz seria—. Debes honrar a Otto, a tu madre y a mí asegurándote de que encontrarás aquello que buscas.

—Pero… —Eva pestañeó desconcertada—. ¿Ahora qué más da?

—Ahora es cuando más importa, Eva Nueve

—respondió Rovender mientras la soltaba—. Hónrate a ti misma —la muchacha vio que Rovender llevaba atada a la muñeca su harapienta pulsera de la amistad.

Eva se levantó y contempló la hoguera, que devoraba todos los objetos de su vida pasada… y de la vida pasada de Rovender. Pronto le fue imposible distinguir las cenizas de la arena negra del desierto que los rodeaba. Dejó caer al suelo el WondLa y cogió su chaleco.

—¿Adónde vas? —Rovender se puso de pie—. Son mucho más de las doce.

Eva se puso el chaleco y encendió un farolillo.

—Voy a acabar lo que he empezado.

Uno de los leones de piedra había quedado enterrado bajo el enorme montículo generado por Otto al excavar. Acompañada por el crujido de los finos granos de arena bajo sus botas de deporte, Eva contempló el cielo despejado de color zafiro. Los Anillos de Orbona brillaban como enormes lazos en el firmamento. Se detuvo a la entrada del túnel, que se adentraba en las profundidades. Eva levantó el farolillo por encima de la cabeza para ver mejor y se estremeció cuando se dio cuenta de que apenas iluminaba la oscuridad que la rodeaba. De repente surgió tras ella otro farolillo.

—No pensarías que te dejaría hacerlo sola, ¿verdad? —dijo Rovender al alcanzar a Eva—. ¿Estás lista?

—Estoy lista —Eva lo miró bajo la luz dorada

parpadeante—. Necesito conocer la solución del rompecabezas.

Rovender sonrió de oreja a oreja.

—Ya lo sé, Eva Nueve. Es una de las cosas que me gustan de ti —igual que habría hecho Madr, Rovender extendió una mano y Eva se la agarró. Juntos se adentraron en el túnel gigante.

El enorme agujero se mantuvo recto por poco tiempo, ya que pronto giró y prosiguió hacia abajo con un suave ángulo. Avanzó serpenteando por la tierra húmeda y fría y acabó enderezándose en un pasillo subterráneo.

—¡Oeeah! ¡Qué manera de excavar la de Otto! —Rovender observó las paredes del túnel bajo la luz del farolillo, que había enganchado al extremo del bastón—. Fíjate bien.

Eva se agachó. La tierra que había bajo ellos era dura y firme. Limpió la arena con las manos y descubrió un sinfín de adoquines que formaban un dibujo perfecto. Miró hacia arriba y estudió las paredes y el techo de tierra.

—Parece la Carpa Dorada, ¿no?

Rovender acercó su luz a la de ella. El frente de un aerocoche sobresalía de las paredes de arena apisonada que se elevaban por encima de ellos. Las cavidades vacías de sus faros observaron a los dos amigos, que prosiguieron hacia abajo. Mientras recorrían el túnel, Eva reconoció algunos de los objetos que les daban una silenciosa bienvenida desde su última morada: señales de tráfico, otros aerocoches e incluso los restos corroídos de un robot. Más adelante, un oscuro portal en forma de arco cerraba el extremo del túnel.

Rovender acercó su farolillo al arco. Eva se dio cuenta de que se trataba de dos enormes puertas cerradas, recubiertas de una antigua costra de polvo y suciedad. Aunque una de las puertas estaba medio enterrada en los sedimentos, había algo escrito sobre ella que a la muchacha le resultó familiar.

Con la manga de la túnica, limpió la suciedad de la puerta que estaba a la vista. Unas letras perfectamente conservadas rezaban:

BIBLIOTECA PÚBLICA DE NUEVA YORK
Cámara de Archivos y Libros Impresos Raros

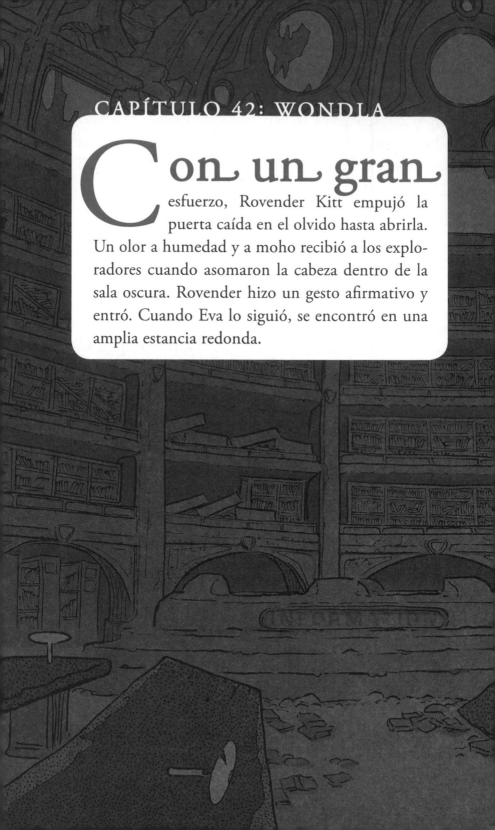

CAPÍTULO 42: WONDLA

Con un gran esfuerzo, Rovender Kitt empujó la puerta caída en el olvido hasta abrirla. Un olor a humedad y a moho recibió a los exploradores cuando asomaron la cabeza dentro de la sala oscura. Rovender hizo un gesto afirmativo y entró. Cuando Eva lo siguió, se encontró en una amplia estancia redonda.

Miró hacia arriba y contempló la arquitectura en proceso de desintegración que se encontraba ante ella. La bóveda sin ventanas que se abría sobre el suelo todavía resistía, sostenida por ladrillos y piedras. Por encima de Eva se elevaban varios niveles dispuestos en círculo alrededor de la oscura cámara. Cada planta estaba forrada de estantes abarrotados hasta los topes de libros muy voluminosos y antiguos. Por todas partes yacían ejemplares deteriorados de color marrón de todas las formas y tamaños. Algunos se habían caído de su posición original formando montones compactos; otros estaban expuestos en vitrinas resquebrajadas, como si fueran grandes polillas y mariposas amarillas. Eva caminó hasta el centro de la gran biblioteca sin oír nada más que su respiración y sus pisadas en el silencio melancólico.

—Aquí no ha entrado nadie en mucho, mucho tiempo —la voz de Rovender reverberó en la enorme cámara abovedada. El centro del polvoriento suelo estaba ocupado por filas de mesas ostentosas con sillas desvencijadas. Muchas mesas tenían partes devoradas por los insectos que se habían convertido en aserrín, mientras que otras se mantenían firmes y sólidas contra los estragos causados por el paso del tiempo.

—¿Crees que Madre se imaginaba que lo que había aquí dentro te ayudaría? —susurró.

—No lo sé —respondió Eva. Intentó no pensar en Madr.

—¿Qué es lo que hay aquí guardado, Eva? —Rovender recogió un libro muy voluminoso que se estaba desintegrando y se lo dio a la muchacha.

—Son libros —dijo Eva mientras los fragmentos amarillos de papel se deshacían en sus manos y se depositaban sobre el suelo—. Es lo que los humanos utilizaban hace mucho tiempo para dejar constancia de su escritura.

Rovender pestañeó sorprendido mientras intentaba captar todos los detalles de la enorme sala.

—Entonces esto es un banco. Todos los conocimientos antiguos de tu especie están aquí guardados. ¿Estoy en lo cierto?

—No lo sé —contestó Eva mientras apoyaba los restos del libro sobre una mesa—. Nunca he leído un libro de estos. En el Santuario no teníamos. Son antiguos. No tienen hologramas ni otros elementos interactivos.

—¿Entonces no sirven para nada? —Rovender cogió de nuevo el libro. Su portada de cartón se había separado del cuerpo, ya que el pegamento que los mantenía unidos había desaparecido hacía mucho tiempo. Limpió el polvo de la portada y la contempló entrecerrando los ojos. Su forma y su tamaño le eran familiares.

—El Omnipod dijo que recibía una señal de esta zona —recordó Eva—. Seguro que procedía de esta sala —miró a su alrededor en la oscuridad, deseando tener el Omnipod consigo.

Deseando tener a Madr consigo.

Eva se acercó al centro de la sala, donde todavía resistía un impresionante escritorio con un tablero circular de mármol. Echó un vistazo a lo que había encima.

—¡Rovi, ven aquí!

—¿Qué sucede? —Rovender se acercó a toda prisa, con su farolillo bamboleante proyectando una luz que bailoteaba por toda la bóveda.

Eva se deslizó detrás del escritorio y le dio un golpecito a la gran pantalla de cristal que tenía encima. La superficie parpadeó con interferencias unos instantes, hasta que se encendió con un suave resplandor.

—Biblipffft Pública de Pffft York, Cámara de Archivos y Libros Impresos Raros. ¿En qué pffft ayudarte?

—¡Caramba! —gritó Eva ahogadamente. Sin dar crédito a lo que veía, Eva contempló las palabras del menú que apareció tras la telaraña de grietas que recorría el mugriento cristal. Apoyó la mano sobre la pantalla y dijo—: Aquí Eva Nueve. ¿Hay algún humano en la zona?

—Los libros sobre la humanidad pffft en las plantas tres pffft cuatro —respondió el escritorio.

—No —Eva se acercó todavía más y vocalizó claramente—: ¿Hay… otros… humanos… en… la… zona?

La computadora permaneció en silencio durante un rato. Rovender apoyó una mano sobre el hombro de Eva. Observaba. Esperaba.

—Pffft siento. No entiendpffft lo que pffft. Los libros sobre la humanidad pffft en las plantas tres pffft cuatro —repitió el escritorio.

Rovender tocó la pantalla. Apareció entonces un plano de toda la bóveda, con menús interactivos de cada planta, estantería y libro.

—Eva, a lo mejor esta máquina no es como tu Omnipod. Creo que sólo tiene información sobre los objetos que están guardados aquí.

Eva se encogió de hombros descorazonada.

—Bueno, supongo que se acabó —susurró.

—Tu respuesta se encuentra aquí —dijo Rovender, abarcando con un gesto toda la biblioteca—. Ésta es la historia de los tuyos. Hubo una época en que vivieron aquí, y ahora tienes la oportunidad de conocerlos.

Eva suspiró y escrutó la oscuridad.

—Deja que te enseñe —dijo Rovender señalando el escritorio—. Pregúntale a la máquina dónde están los libros sobre Orbona.

Eva siguió su consejo.

—La pffftología romana se localiza en la sección de mitología. Disponemos pffft cinco libros —respondió el escritorio.

—No. Necesito información sobre los humanos que colonizaron el planeta Orbona —dijo Eva.

—Pffft siento. No entiendpffft lo que pffft. La pffftología romana se localiza en la sección de mitología. Disponemos pffft cinco libros —repitió el escritorio.

—Qué raro —Rovender se rascó su mentón.

—No, de eso nada —Eva volvió a hablarle al escritorio—: Por favor, dime dónde puedo encontrar libros sobre este planeta.

—Los libros sobre pffft Tierra se encuentran en la sección de astronopffft, la pffft de geología y la sección de mitología. ¿A qué pffft deseas ir? —respondió el escritorio.

—Dijiste que Orbona era un planeta durmiente, un planeta muerto, cuando el Rey Ojo viajó hasta aquí, ¿verdad? —Eva levantó los ojos hasta Rovender, iluminada por el resplandor que emitía la pantalla del escritorio.

—Sí, pero… —Rovender frunció su estrecho entrecejo cuando ató cabos.

Eva se remangó la manga izquierda y le enseñó la marca que había recibido de Arius.

—Zin me explicó lo que significaba esto. ¿Tú lo sabes?

Rovender negó con la cabeza.

—Significa —dijo Eva mientras seguía el trazo de los dos círculos— un mundo dentro de un mundo. Un planeta dentro de un planeta.

—Orbona era la Tierra —murmuró Rovender.

—La Tierra es Orbona —dijo Eva asintiendo con la cabeza.

—¡Oeeah! —Rovender estaba impresionado—. Esto explica muchas cosas.

Eva se sentó sobre el frío suelo de mármol. Se acercó las rodillas al torso y reclinó la cabeza contra el escritorio.

—No explica qué le sucedió a todo el género humano, ni por qué soy yo la única que queda.

—¿Y eso importa? —Rovender se sentó junto a ella y apoyó el bastón contra el escritorio.

—¿Qué quieres decir? —Eva dejó escapar una lágrima.

—¿Estás sola, Eva Nueve?

—Bueno, Madr ha muerto… y Otto ha tenido que irse con su manada —se secó las lágrimas con la manga.

—¿Pero…?

—¿Pero qué? Bueno, tú estás aquí conmigo —dijo mirando a la delgada criatura.

Rovender Kitt la rodeó con los brazos.

—Y siempre estaré contigo, Eva. Te cuidaré y te enseñaré todo lo que sé.

—¿Me lo prometes? —dijo sorbiéndose los mocos—. ¿No… no me dejarás?

—Te lo prometo —Rovender la abrazó con fuerza.

Se levantaron del suelo de mármol y salieron de detrás del escritorio. Eva paseó la mirada por la enorme cámara de libros.

—Bueno —dijo suspirando profundamente—, supongo que podría leer muchos libros… y aprender mucha historia. ¿Por dónde empezamos?

—Por esto —Rovender se sacó el WondLa carbonizado del bolsillo. Lo colocó sobre el escritorio y se lo acercó a Eva de un empujoncito.

Antes de que la muchacha lo cogiera, el escritorio emitió un pitido y habló:

—Edición original de *El maravilloso mago de Oz*, titulapffft en inglés *The **Wonder**ful Wizard of Oz*, pffft **L.** Frank Baum. Publicada pffft 1900. Literatura infantpffft, segunda pffft.

En la pantalla apareció la portada original, en perfecto estado de conservación. Eva apoyó el WondLa encima y lo alineó para completar las letras y las palabras que faltaban. Se quedó mirando la imagen de la niña agarrada a un robot y a un hombre con un sombrero de ala ancha, que paseaban por el mundo maravilloso. Sonreían. Eran felices. Eva pulsó un ícono y el escritorio mostró un diagrama de la biblioteca que indicaba exactamente el estante donde se localizaba el libro. Dejó el WondLa sobre la mesa y miró a Rovender.

—¿Y bien, Eva Nueve? —le dijo—. ¿Qué estás esperando?

Eva se despertó la tarde siguiente en el campamento. Rovender y ella habían explorado los libros que se pudrían en la enorme cámara abovedada hasta que el agotamiento finalmente los había vencido. Para cenar asaron unas giraletas que Rovender había cazado y adobado por la mañana. Tal y como él mismo había dicho, estaban deliciosas.

Después, cuando el sol naranja empezó a ponerse, Eva oyó un inquietante zumbido que se acercaba hacia ella. El planeador de Besteel, ahora pilotado por Rovender, aterrizó cerca del campamento. Su amigo bajó de un salto y extendió una mano hacia ella.

—Ha llegado la hora. Ven —le dijo.

Eva se montó en el planeador y se sentó detrás de Rovender, que se elevó cada vez más alto en el cielo del anochecer. Remontó el vuelo sobre las ruinas hasta que posó el planeador sobre el tejado de la estructura más grande que permanecía en pie. Provistos de sus farolillos, se bajaron del aparato y caminaron por el tejado plano, entre las giraletas posadas sobre enormes brotes de líquenes y musgo.

En el centro del tejado, tumbada de espaldas y rodeada por flores brillantes, se encontraba Multimecanismo de Auxilio en Dispositivo Robótico cero seis.

Eva se quedó mirando a sus párpados cerrados y a su rostro de silicona. Su espíritu agitado se tranquilizó y se apaciguó mientras toda la tierra era engullida por la penumbra. Rovender la rodeó con un brazo.

—Espero que sea así como lo habías deseado, Eva Nueve —le dijo en voz baja.

—Ahora podrá ver siempre el sol auténtico y la luna auténtica, por toda la eternidad.

Rovender se agachó delante de Eva.

—Tu madre contenía un espíritu bueno. Un espíritu afectuoso. Un espíritu que jamás cesará de existir.

Eva lo miró con el ceño fruncido.

Rovender apoyó un brazo en torno a los hombros de Eva.

—Verás, ahora vive dentro de ti, en todas las lecciones que te enseñó. Lecciones que jamás olvidarás. Lecciones que siempre llevarás contigo… y que algún día transmitirás.

Eva asintió con la cabeza. Sacó de su bolsa el viejo ejemplar de *El maravilloso mago de Oz.* Se agachó y colocó el libro, impecable e impoluto, entre los dedos con yemas de silicona del robot. Encima de su corazón.

—Gracias —susurró Eva.

—Tu WondLa —Rovender miró el libro—. ¿No lo quieres?

—No pasa nada, Rovi —respondió Eva, y le cogió la mano—. Ya he encontrado lo que buscaba.

—¿De verdad crees que este cachivache nos llevará allí, de regreso a tu aldea? —Eva y Rovender habían vuelto al campamento y estaban cargando sus escasas provisiones en el planeador.

—Sí. Es posible que tardemos un par de días y que tengamos que repostar combustible de vez en cuando, pero si el clima es benigno, debería ser un viaje agradable —respondió Rovender mientras ajustaba las correas de la mochila. Cuando se la echó a la espalda, Eva se dio cuenta de que su volumen se había reducido considerablemente. También se fijó en que la piel de su amigo había cambiado de color. Las marcas desvaídas de color azul cerúleo habían adquirido un tono brillantísimo, semejante al de los pavos reales que había visto en los hologramas. Azul pavo real.

—¿Te molesta si vamos volando? —preguntó su amigo.

Eva recordó la primera vez que había alzado el vuelo y el deseo que había sentido de planear sobre el mundo para contemplarlo al abrigo de las nubes. Había pasado poco más de una semana desde entonces, pero a ella le parecía un año.

—No —respondió con una sonrisa—, creo que me gustará.

—Bien —Rovender le devolvió la sonrisa.

"Mira. Arriba. Estrellas".

Eva cerró los ojos. Oía a lo lejos los pensamientos que le cantaba Otto, apenas perceptibles.

—¿Qué sucede? —Rovender miró a Eva.

Ella abrió sus ojos verde pálido.

—Es Otto. Quiere que mire las estrellas.

Eva y Rovender contemplaron la atmósfera de la noche. La pálida luna gibosa resplandecía con fuerza en el firmamento, más allá de los Anillos de la Tierra. Los fragmentos de asteroides y polvo cósmico que orbitaban en torno al planeta, como una cinta de diamantes, refulgían como estrellas.

De repente se precipitó una estrella que titilaba cerca del horizonte.

—¿Lo has visto? —Eva entrecerró los ojos en la penumbra, intentando ver mejor.

—Podría ser un meteorito —dijo Rovender mirando por el catalejo.

El punto luminoso se acercó a la Tierra, pero no golpeó la superficie; en su lugar, su brillo aumentó de intensidad... y de tamaño.

En la suave brisa nocturna del desierto, Eva oyó un zumbido lejano. Era una especie de gemido electrónico... casi como el de la Carpa Dorada.

—¿Lo oyes? —preguntó.

—Eso no es un meteorito —Rovender bajó el catalejo y entornó los ojos mientras miraba la estrella, cada vez más cerca.

Una gran nave con forma esférica descendió de la negrura del firmamento, levantando en el suelo remolinos de polvo y arena. Eva y Rovender se protegieron los ojos con las manos para contemplar mejor la nave que tomaba tierra sobre tres sólidas plataformas de aterrizaje.

—¿Viene de Solas? ¿Es de la Reina Ojo? —preguntó Eva.

—La Reina Ojo no tiene naves grandes —Rovender estudió la insignia con rayones y cuarteaduras en la pintura—. Al menos, ninguna como esta.

La maltrecha aeronave estaba decorada con cuadrados amarillos y negros y tenía una ventanilla redonda en el frente, donde se localizaba la cabina de mando. En la cola sobresalían dos motores gigantescos, cuyos ruidosos turboventiladores comenzaron a gemir al reducir la velocidad. A lo largo de todo el fuselaje de la aeronave había montones de pequeños generadores auxiliares. De repente, se oyó un silbido y de su vientre salió una rampa hidráulica.

Eva permaneció de pie junto a Rovender, paralizada por la impresión, esperando a que apareciera el piloto de la aeronave.

Del interior de la nave procedía una música atronadora que, de repente, dejó de sonar. Un par de mugrientas botas de deporte a cuadros aparecieron arriba del todo de la rampa. Cuando comenzaron a descender por la plataforma, Eva descubrió que pertenecían a un chico.

Un humano.

—Hola —dijo el chico. Parecía un par de años mayor que Eva. Tenía la piel bronceada, y su pelo teñido de azul y castaño estaba despeinado por el viento—. Me llamo Hailey —dijo al tiempo que extendía un brazo para estrecharles la mano.

Eva y Rovender se miraron.

Una sonrisa ladeada se asomó en el rostro pecoso de Hailey. Se rio entre dientes y dijo:

—No tengas miedo. Te he seguido la pista desde muy lejos. He venido para llevarte a tu hogar.

Fin del
LIBRO I

LAGO
CONCORS

CAMPAMENTO
DE BESTEEL

SANTUARIO DE
ROVENDER KITT

EL
BOSQUE
ERRANTE

SANTUARIO DE
EVA NUEVE

SANTUARIO
ABANDONADO

EL ALFABETO ORBONIANO

Todos los habitantes de Orbona utilizan el mismo alfabeto. La tabla que aparece a continuación es la clave para descifrar su lenguaje escrito. El alfabeto principal consta de treinta y dos caracteres (al contrario que el alfabeto español, que consta de veintisiete), muchos de los cuales se derivan de símbolos de objetos familiares, acciones o ideas. Aparecen recogidos alfabéticamente, con los dígrafos y las letras especiales en último lugar, aunque no es el orden que seguirían los orbonianos. Es su costumbre alinear los símbolos parecidos, de modo que sea más fácil identificar sus diferentes características y los jóvenes puedan aprenderlo sin problemas.

Los orbonianos escriben siguiendo una orientación vertical desde la izquierda. Las palabras compuestas suelen ir separadas; los componentes se escriben uno al lado del otro, como puede verse en el siguiente ejemplo de la transcripción de "Acechadunas":

Las letras mayúsculas son una versión más grande de las minúsculas. Los nombres propios comienzan con mayúscula, y a su derecha se escribe el resto de la palabra, como puede verse en el ejemplo de la transcripción de "Lacus":

Existen símbolos que simplifican la escritura de pequeñas partículas, como el artículo determinado "el / la / los / las" y la preposición "de". Ambos están incluidos en la tabla. Sin embargo, aquí se hace hincapié en el alfabeto principal, para que los lectores puedan descifrar cualquier palabra escrita en orboniano en éste y otros libros.

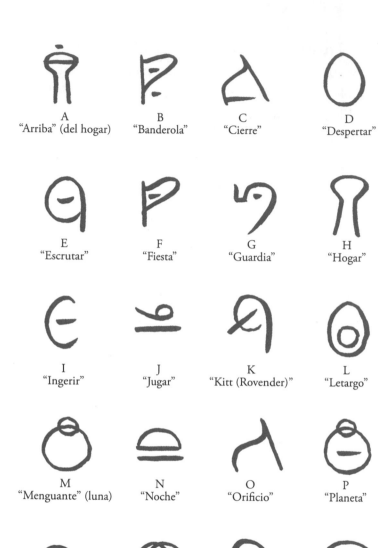

A
"Arriba" (del hogar)

B
"Banderola"

C
"Cierre"

D
"Despertar"

E
"Escrutar"

F
"Fiesta"

G
"Guardia"

H
"Hogar"

I
"Ingerir"

J
"Jugar"

K
"Kitt (Rovender)"

L
"Letargo"

M
"Menguante" (luna)

N
"Noche"

O
"Orificio"

P
"Planeta"

Q
"Quimera"

R
"Reina"

S
"Sueño"

T
"Tejado" (del hogar)

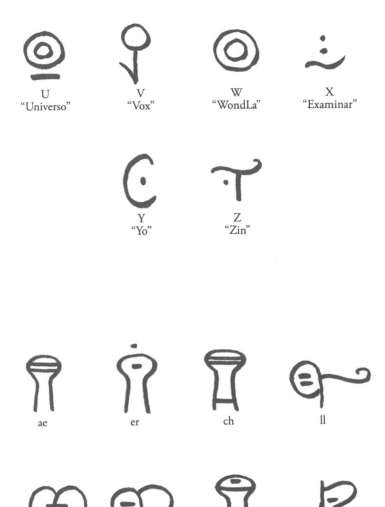

U
"Universo"

V
"Vox"

W
"WondLa"

X
"Examinar"

Y
"Yo"

Z
"Zin"

ae

er

ch

ll

ñ

rr

el / la / los / las

de

AGRADECIMIENTOS

Todos los libros conllevan su viaje particular, una búsqueda que el narrador debe emprender para encontrar la finalidad de su historia, de modo que los lectores disfruten plenamente de lo que tiene que contar. Aunque la portada de este libro sólo indica un nombre, muchos amigos me ayudaron a lo largo del camino a elaborar la historia que acabas de leer.

En primer lugar, mi maravillosa representante, Ellen Goldsmith-Vein, y su socia Julie Kane-Ritsch, a quienes el personaje de Eva les emocionó desde el primer momento. Gracias a ellas, y a Rick Richter y Kevin Lewis, *WondLa* encontró su hogar en Simon &

Schuster. El equipo de Simon & Schuster Books for Young Readers ha sido siempre un gran apoyo para mí, y me enorgullece celebrar con la publicación de esta historia la década que llevo creando libros con ellos. Quiero darles las gracias por ayudarme con las palabras y las imágenes a mi editor —David Gale—, mi directora artística —Lizzy Bromley— y mi correctora —Dorothy Gribbin—. A Jon Anderson, Justin Chanda y Anne Zafian les agradezco la lección de humildad que para mí ha supuesto la pasión que ellos y sus colaboradores le han infundido al mundo de Eva.

A medida que el libro se definía, recibí comentarios y apoyo de amigos y compañeros que me ayudaron a comprender sobre qué trataba realmente esta historia. Mantuve conversaciones decisivas con mi madre sobre el argumento del libro, y tomé muchos cafés con mi antiguo ayudante Will Lisak para decidir qué podría deparar el futuro de la Tierra. Mi suegra, Linda DeFrancis, y mi otro ayudante (más antiguo), Joe Bullock, también me dieron su opinión y me animaron a seguir adelante.

Antes de comenzar, algunos escritores que admiro enormemente, como Kate DiCamillo, Guillermo del Toro y Holly Black, me demostraron su apoyo y me insuflaron las fuerzas necesarias para escribir esta historia. Asimismo, conté con dos lectores expertos que me acompañaron a lo largo de todas las etapas del camino: Ari Berk y Steve Berman. Gracias a sus comentarios y a los retos que me plantearon mientras elaboraba los diversos borradores, logré convertirme en un mejor narrador. Estoy en deuda con ambos.

Dio la casualidad de que dos amigas mías muy cercanas son profesoras, lo que me permitió comprender mejor el mundo de una niña de doce años. Lauren Decker me recordó cómo era la vida a los doce años, cuando se tiene un pie en la infancia mientras el otro avanza hacia la edad adulta. Kim Pilla me sugirió numerosas ideas intemporales para pasar el tiempo, como la elaboración de pulseras de la amistad (Rovender todavía lleva la suya).

Hacia el final del proceso también conté con la ayuda de expertos bibliófilos, que compartieron conmigo su vasta experiencia lectora. Lisa Von Drasek, Joan Kindig, Ed Masessa y Heidi Stemple detectaron esos últimos rasguños y arañazos en la historia y me enseñaron a pulirlos con un brillo deslumbrante.

No resulta sencillo ilustrar un libro que evoca las tintas planas de principios de siglo. Comprendí la riqueza de este estilo, que se convirtió en una fuente de inspiración, gracias a Peter Glassman, pues compartió conmigo su colección de material gráfico original de *El mago de Oz* y me permitió estudiar minuciosamente sus primeras ediciones, tan preciadas para él. Para elaborar el material gráfico conté con Bryant Paul Johnson, quien me ayudó a crear las planchas de dos colores. También deseo hacerle llegar un agradecimiento especial a John Lind, ya que me acompañó a lo largo de todo el proceso de creación del material gráfico, ayudándome con el diseño y la ilustración y haciéndome un sinfín de sugerencias para que mi visión se hiciera realidad. Tenías razón, John: para que el título quedara genial debía dejarlo en manos de un diseñador de logotipos, y efectivamente el trabajo que llevó a cabo Tom Kennedy fue maravilloso.

Por último, quedan las dos personas más importantes de mi vida, que me acompañaron a lo largo de todo el viaje de creación de este libro. Le dedico un enorme abrazo a mi esposa, Angela, y un beso a mi hija, Sophia. Su amor, apoyo y paciencia han sido mi sostén todos los días. Son mi WondLa.

Nunca renuncies a la imaginación.

TONY DiTERLIZZI

dibuja y escribe sus propias historias desde niño. Estudió arte en varias escuelas, entre ellas la Florida School of the Arts y el Art Institute de Fort Lauderdale. En 1992 se graduó como diseñador gráfico. Durante algún tiempo se ganó la vida creando imágenes para el conocido juego Calabozos y Dragones. Después comenzó a ilustrar libros y también a escribirlos. La fantástica imaginación de Tony siempre ha impregnado sus historias. La serie *Las Crónicas de Spiderwick* —que creó en colaboración con Holly Black— ha vendido millones de ejemplares alrededor del mundo y ha sido adaptada al cine.

Inspirada por historias como las de los hermanos Grimm, James M. Barrie y L. Frank Baum, *En busca de WondLa* es un clásico moderno, un nuevo cuento de hadas para el siglo xxi, y el inicio de la trilogía *WondLa*.